杭州文学地图

张鸿声 主编

北京大学出版社
PEKING UNIVERSITY PRESS

图书在版编目(CIP)数据

杭州文学地图/张鸿声主编. —北京:北京大学出版社,2023.1
(城市文学地图系列)
ISBN 978-7-301-33483-6

Ⅰ.①杭⋯　Ⅱ.①张⋯　Ⅲ.①地方文学史–杭州　Ⅳ.①I209.955.1

中国版本图书馆CIP数据核字(2022)第193108号

书　　　名	杭州文学地图 HANGZHOU WENXUE DITU
著作责任者	张鸿声　主编
责 任 编 辑	张雅秋
标 准 书 号	ISBN 978-7-301-33483-6
出 版 发 行	北京大学出版社
地　　　址	北京市海淀区成府路205号　100871
网　　　址	http://www.pup.cn　新浪微博 @ 北京大学出版社
电 子 邮 箱	编辑部 wsz@pup.cn　　总编室 zpup@pup.cn
电　　　话	邮购部 010-62752015　　发行部 010-62750672 编辑部 010-62757065
印 　刷 　者	涿州市星河印刷有限公司
经 　销 　者	新华书店
	710毫米 × 1000毫米　16开本　17.25印张　179千字 2023年1月第1版　2024年6月第2次印刷
定　　　价	78.00元

未经许可,不得以任何方式复制或抄袭本书之部分或全部内容。
版权所有,侵权必究
举报电话: 010-62752024　电子邮箱: fd@pup.cn
图书如有印装质量问题,请与出版部联系,电话: 010-62756370

目录

丛书总序 .... 张鸿声 / 1

第一章　"三百六十寺" 1
  一　灵隐寺 1
  二　虎跑寺 13
  三　龙井寺 20

第二章　南北诸峰 33
  一　玉皇山 33
  二　飞来峰 42
  三　五云山 52
  四　凤凰山和吴山 61
  五　满觉陇的文学故事 68
  六　葛岭 76

第三章　形胜与城池 83

　　一　钱塘潮 83

　　二　城门 105

第四章　市廛街巷 129

　　一　市肆 129

　　二　桥梁 148

　　三　食与娱 151

第五章　西　湖 173

　　一　白堤 177

　　二　苏堤 182

　　三　孤山与放鹤亭 188

　　四　西泠与苏小小坟 196

　　五　断桥 203

　　六　忠骨 206

第六章　杭城的作家旧居 221

　　一　龚自珍与长明寺巷 221

　　二　俞樾、俞平伯的俞楼 230

　　三　马一浮与蒋庄 241

　　四　李叔同与虎跑寺 249

　　五　郁达夫的风雨茅庐 257

丛书总序

关于本丛书，得从九年前说起。

2011年，中国地图出版社约我主编一本《北京文学地图》。当时，我主持了一个北京市的文化产业的项目，是关于北京文学旅游方面的。项目完成后，团队成员们都觉得意犹未尽，要说的题外话还很多，而且，比之项目本身还更有意思。之后，中国地图出版社的几位领导也极有兴趣，一再与我商谈，看是否能做成一部以近现代文学对北京城市的叙述为对象，以北京城市地理为脉络的随笔式文化著作，既能作为随笔散文来看，也能作为文学旅游的导读。

其实，这一类著作，在国外并不少见。比如，哈罗德·布鲁姆（Harold Bloom）就主编有《巴黎文学地图》《纽约文学地图》《都柏林文学地图》《伦敦文学地图》《罗马文学地图》《圣彼得堡文学地图》等等。哈罗德·布鲁姆是大名鼎鼎的文学理论家、批评家，执教于耶鲁、哈佛，其《影响的焦虑》是文艺研究的必读书。不过，哈罗德·布鲁姆主编的这几本书，主要是叙述作家在城市中的行止。虽然也涉及作家对于城市空间的描绘，但不是最重要的。另外，讨论"文学中的城市"而又兼及旅游功能的读物也有。陈思和先生曾谈起，他在访问日本东京的时候，有朋友给他看了一幅真的地图，图上标出了许多著名作家的行旅路线。日本学术界和文化界在文学旅游方面的成果丰赡。其中，尤以京都大学为甚。2016年，我参加在京都举办的东亚汉学会会议，还顺道去查找过相关资料。我们不敢望前贤之高，但比之同类著作，《北京文学地图》也有不同的地方。其独特之处是，完全以作家的城市叙述为主。由于参与编写的都是大学文学院的学者，既有文学研究功底，也擅长散文写作，所以，按我的想法，著作立意与论述的蕴藉，来自深厚的学术研究；而文字的轻快与优美，又属于散文创作。在阐明学理性观念时，还要有文学性，以及旅游的实用性。

关于这一点，陈平原先生在给《北京文学地图》的序中说的非常准确，不妨在这里引录一下：

> 记得当初在《"五方杂处"说北京》(《书城》2002年3期)中，我提及如何兼及深度旅游与文学阅读，还专门介绍了Ian Cunninham编纂的《作家的伦敦》(Writers' London, London: Prion Books Ltd. 2001)、马尔坎·布莱德贝里(Malcolm Bradbury)的《文学地图》(台北：昭明出版社，2000)，以及日本学者木之内诚《上海历史导游地图》(东京：大修馆书店，1999)，并大发感慨："曾在不同场合煽风点火，希望有人步木之内诚先生后尘，为北京编著'历史导游地图'，可惜至今没人接这个茬。"事后证明，我属于只会空想、执行力很差的书斋人物。因为不断有读过此文者，邀约以文学家的

眼光写一册"北京旅游指南",我都临阵退却——不是没兴趣,而是杂事繁多,担心答应下来,不知何年何月才能完成。

现在好了,张鸿声教授的团队实现了我的梦想,让早已消逝在历史深处的老舍的太平湖、蔡元培的孔德学校,以及只剩下遗址供人凭吊的圆明园、前门火车站,还有虽巍然屹立却也饱经沧桑的钟鼓楼、琉璃厂等,以简明扼要而不失丰满的叙述呈现在读者面前。我曾经说过,"虽有文明史建构文学史叙述的考虑,但我更希望像波德莱尔观察巴黎、狄更斯描写伦敦那样,理解北京这座城市的七情六欲、喜怒哀乐。如此兼及历史与文学的研究角度,当然是我自己的学科背景决定的。"本书作者与我学识及志趣相近,故所撰不同于一般的文化史著作,带有浓厚的文学色彩。①

关于《北京文学地图》,陈平原先生不免抬爱,有些话说的我都不好意思。但是,对于这本书的立意、类型与文学风格,却又说的非常精到。

这之后,出版社力劝我再做一本《上海文学地图》。我原本的专业研究,多是以上海文学为对象的,所以也就更方便一些。2012年底,《上海文学地图》也出版了。因为已经有了《北京文学地图》的写作经验,《上海文学地图》的编写就更扎实,材料也更多。陈思和先生给《上海文学地图》作序,写序过程中,他考察了书中涉及的巴黎大戏院、长乐路的文

---

① 陈平原:《北京文学地图的意义》,《中国社会科学报》2011年5月31日,第10版。

化艺术出版社、宝山路的商务印书馆等文艺旧址，颇显考据功夫。他说：

> 王国维考据学提出二重证据法，即"地下之材料"与"纸上之材料"的二重互证。我想人的经验在尚未消失之前，深藏于脑海深处，如同深埋于地底下，把这些经验写出来也如同出土文物一般，若再与书中描写的细节两相对照，亦可证其说不虚。

陈思和先生关注材料方面的考据。序中还说此书有"考据"的成分，则真是夸奖了：

> 这样的书阅读起来真是有趣味，每一章、每一节，鸿声教授与他的团队都做了认真的考据，结合文学作品的描写，将历史的上海和文学的上海互为见证。

除此之外，两本"地图"的趣味性也是重要特色。我在《北京文学地图》的"后记"中说了一段话："既可以按照城市地理，寻找北京的文学故事，又可以在文学中，发现北京的城市内奥；面对北京的一砖一瓦，见出别样的光辉。说俗一点，既可以是'北京的文学游'，又可以说是'游览'了北京的文学。"因为趣味的关系，我当时还给两本书题了书名，尽管当时我的书法比较糟糕。

《北京文学地图》出版之后，在不长的时间里，第一版第一次印刷就告售罄。很快，出版社就进行了第二次印刷。之后，出版社还出了一种普及本。其间，不断有朋友向我索取，样书很快也送完了，我只好在网上购买再送朋友。很快，网上也没有书了。当时，出版社还有继续做下去的动议，两本书的封面还有"城市文学地图系列丛书"字样，只是我实在没有精力去做了。后来，我在访问台湾几所大学的时候，谈起这两本书，台湾的教授朋友们非常有兴趣，还说以后到大陆来，要拿着书作为游览北京、上海的"攻略"。我听了心下一惊，不免暗暗叫苦：倘若书中某处写的不准确，把人家领错了路怎么办呐！由于台湾朋友的推荐，台湾著名的五南出版社编辑惠娟女士多次与我商谈台湾版的问题，并约定在下一次访问台湾时详说细节。只不过，因为诸事烦扰，约定的出访没有成行，台湾版的事情也就没有跟进。之后，因为各种事情耽误，后续的工程也搁下了。这一搁，就是5年。

大约在2017年，我的一部专著《城市现代性的另一种表达》在北京大学出版社出版。因为后期编校的原因，我与北京大学出版社的张雅秋老师——也是我多年的朋友——常常要见面，或者她来朝阳，或者我去海淀，就说起"地图"的事情。她觉得，这一套"文学地图"实在应该做下去。虽然北京、上海两个城市的"文学地图"已经完成，可是，以中国这样伟大的文学国度，还有若干个文学城市的地图需要去发现。这中间，我在校内也换了岗位，相对有了余裕，于是，关于南京、苏州、杭州、成都的"文学地图"编写又开始了。虽然有此前两本书的写作经验，但是，对于宁、苏、杭、蓉等文学城市的认知可能更加复杂。一来，与上海比较，宁、苏、杭、蓉等城市的文学叙述多属古代文学，需要写作团队深厚的古典文学功力；二来，所涉及文学作品，多是散在的小型篇制，资料的查找有较大困难。而成都呢，可讲的作家文字又不太够，且还集中于李劼人。整个材料体量很不均匀。所有这些，都构成了写作的困难。好在有两个力量不断使我增加信心，一是北京大学出版社的支持，特别是雅秋的不断督促；二是，一众古典文学学者加入进来，而且，他们多有在苏州、杭州、南京、成都生长、读书乃至工作的经历。在这里，要深深感谢各方面。

关于宁、苏、杭、蓉等城市文学地图，除去与北京、上海两书的共有性之外，还有两个特点。一是大量讲述城市的文学故事，并由故事带出文学地理。比如杭州，有白居易与白堤、苏东坡与苏堤、林逋与孤山、苏小小与西泠、梁祝与凤凰山，还有《白蛇传》与断桥、雷峰塔，以及李叔同与虎跑等等；二是，比之北京、上海两书，因城而异，涉及的文学文体与年代更加多元。比如，文学的北京、上海，由于是核心城市，除了传统文体，所涉及的当代流行歌曲、影视作品也很多。而在宁、苏、杭、蓉文学地图中，除却诗歌、戏剧、散文、小说、典籍、史志之外，更多的是古代的杂记、笔记、掌故。另外，民间故事也占了相当篇幅。涉及当代文学的部分也很多，如叶兆言、陆文夫、范小青等等。

宁、苏、杭、蓉四本"文学地图"将要出版了。我想，在我们手持一卷，走过了北京、上海的文学天地之后，进入更加温婉、柔和的文学风景中，也许更加惬意。城市的文学行走，也必定会持续下去。

张鸿声

2020 年 5 月于北京朝阳

第一章 "三百六十寺"

一　灵隐寺

唐人孟启所著的《本事诗》一书中有"征异"条,记载了唐代诗人宋之问与骆宾王在灵隐寺的一段轶事:

> 宋考功以事累贬黜,后放还,至江南。游灵隐寺,夜月极明,长廊吟行,且为诗曰:"鹫岭郁岧峣,龙宫隐寂寥。"第二联搜奇思,终不如意。有老僧点长明灯,坐大禅床,问曰:"少年夜夕久不寐,而吟讽甚苦,何耶?"之问答曰:"弟子业诗,适偶欲题此寺,而兴思不属。"僧曰:"试吟上联。"即吟与之,再三吟讽,因曰:"何不云'楼观沧海日,门听浙江潮'?"之问愕然,讶其遒丽,又续终篇曰:"桂子月中落,天香云外飘。扪萝登塔远,刳木取泉遥。霜薄花更发,冰轻叶未凋。待入天台路,看余度石桥。"僧所赠句,乃为一篇之警策。迟明更访之,则不复见矣。寺僧有知者,曰:"此骆宾王也。"之问诘之,

曰："当敬业之败，与宾王俱逃，捕之不获。将帅虑失大魁，得不测罪，时死者数万人，因求戮类二人者，函首以献。后虽知不死，不敢捕送，故敬业得为衡山僧，年九十余乃卒。宾王亦落发，遍游名山，至灵隐，以周岁卒。当时虽败，且以匡复为名，故人多护脱之。"

原来，这位与王勃、杨炯、卢照邻并为"初唐四杰"的诗人骆宾王，在和徐敬业讨武兵败后逃亡，据说是不知下落，孰料竟与游历江南的宋之问有了一次诗才的碰撞，而灵隐寺恰好见证了这两位诗人的奇遇。骆宾王的"楼观沧海日，门听浙江潮"一句成了宋之问诗的点睛之笔，而灵隐寺呢，因成为骆宾王传奇人生中最后一次露面的地点，亦有了扑朔迷离的神异色彩。

这则故事中提到的灵隐寺，即今浙江杭州最早的古寺、中国佛教禅宗十大古刹之一。灵隐寺，又名云林禅寺，位于西湖西北的北高峰下、飞来峰前。宋代祝穆的《方舆胜览》卷一《临安府》载："灵隐寺：在钱塘十二里，灵隐、天竺两山，由一门而入。"灵隐寺始建于东晋成帝司马衍咸和元年（326），宋代施谔《淳祐临安志》卷八《城西诸山·武林山》曾引晏殊《舆地志》说：印度高僧慧理云游至此，见峰奇岭秀，山色葱茏，景色秀美，遂惊叹不已："此是中天竺国灵鹫山之小岭，不知何年飞来？佛在世日，多为仙灵所隐，今此亦复尔邪？"于是挂锡建寺，宣扬佛理。山也因此被称为飞来峰，亦名灵鹫峰，寺名灵隐寺。若据此说，灵隐寺已有一千六百多年的历史。

千年古刹灵隐寺被誉为"东南佛国",与其相对的飞来峰亦有"东南第一山"之称。后人对"飞来峰"一名的由来颇有微词。在灵隐寺西南隅,冷泉亭的亭柱上曾题有:"泉自几时冷起,峰从何处飞来?"在飞来峰的玉乳洞里,也有人题书:"人到无求即是佛,山因无据说飞来。"孰是孰非,后人无法知晓。但这些美丽的故事,美丽的传说,无不化文字为神奇,使飞来峰、灵隐寺多了些仙气、佛气、灵气,亦多了几分神秘。

到了唐代,灵隐寺的规模之大,从当时人的诗文可以想见。茶圣陆羽为撰写《茶经》,曾寓居灵隐,他这样写道:"南天竺,北灵隐。"寺内有百尺弥勒阁、莲峰堂、白云庵、千佛殿、巢云亭、延宾水阁、望海阁。宋人罗处约笔下的灵隐寺华美繁盛,令人向往:

> 晋宋已降,贤能迭居,碑残简文之辞,榜蠹稚川之字。唐人历六载,复新其大壮焉。谢亭肖然,袁松多寿,土运之季,国霸为钱,云措之规,则又过矣。绣栭画栱,霞翚于九霄;藻石雕楹,花垂于四照。修廊重复,潜奔溅玉之泉;飞阁岌峣,下瞰垂珠之树。风铎触钧天之乐,花鬘搜陆海之珍。有若碧树芳枝,春荣冬茂;翠岚清籁,朝融夕凝。(《灵隐寺记》)

此文约成于宋太宗雍熙三年(986)。灵隐寺曾毁于唐会昌灭法(845),唐宣宗李忱大中(847—860)间又重建。

五代吴越国时，杭州成为都城。吴越的几代君王皆崇信佛教，不仅扩建了唐以前建造的二十余座旧寺，还新建寺院三百余座、塔幢百余座，使杭州成为江南佛国。灵隐寺也在此时得到二次重建。时灵隐寺有九楼十八阁七十二殿，僧房一千三百间，僧众三千余人，成为"东南之冠"（巨赞《灵隐小志》），达到极盛。元人李孝光曾作《灵隐寺》诗，中有"经营缅齐梁，宏丽自吴越"一句，可以为证。

宋代，灵隐寺屡修屡建。北宋真宗赵恒景德四年（1007），真宗赐名"景德灵隐禅寺"。至南宋，小朝廷定都杭州，偏安一隅，"山外青山楼外楼，西湖歌舞几时休。暖风熏得游人醉，直把杭州作汴州"（林升《题临安邸》），灵隐寺遂成皇帝们的常幸之地。南宋孝宗赵昚、理宗赵昀也曾赐额。宁宗赵扩嘉定（1208—1224）间，钦定灵隐寺与径山寺、净慈寺、天童寺、育王寺为"禅院五山"（田汝成《西湖游览志》）。灵隐寺成为江南巨刹，寺僧多达一千七百余人，不仅享誉国内，而且声名远播外域。当时，日本僧人就曾慕名而来。如南宋孝宗赵昚乾道七年（1171），日本天台宗僧觉阿与弟子金庆就曾拜名僧慧远为师，在灵隐寺研习佛法，后开创了日本临济宗的新局面。孝宗淳熙十四年（1187），日本僧荣西到灵隐寺学习佛法，后促进了日本禅宗的发展。南宋时灵隐寺的规模和布局可从理宗赵昀开庆元年（1259）入宋的日本僧人彻通义介所绘"五山十刹图"中一窥：

寺院总体布局横向展开，前临冷泉溪流，有飞来峰、冷泉亭，入寺香道从东侧切入。中轴线上的院落为寺院的核心，分为前、后二区。前区为佛殿区，空间宏敞，中部为山门、佛殿、卢遮那殿，两侧设钟楼、转轮藏；后区为说法区，布局紧凑，中部为法堂、前后方丈、坐禅室，两侧有土地、檀那、祖师等殿。除中轴线群组之外，东、西各有数组建筑，其中主要殿堂位于佛殿两侧，西部有大僧堂（大圆觉海）、僧寮及僧人生活用房，东部有圣僧堂、库堂、香积厨、选僧堂等。（引自李路珂《古都开封与杭州》）

南宋后，灵隐寺历经多次灾异，规模大为缩小。明末清初，呈现"苔寮藓壁"的破败状况。张岱在《西湖梦寻》一书中记载了历代对灵隐寺的修建。顺治十四年（1657），他去灵隐寺拜访族弟具德和尚，后来写道：

明季昭庆寺火，未几而灵隐寺火，未几而上天竺又火，三大寺相继而毁。是时唯具德和尚为灵隐住持，不数年而灵隐早成。盖灵隐自晋咸和元年，僧慧理建，山门匾曰"景胜觉场"，相传葛洪所书。寺有石塔四，钱武肃王所建。宋景德四年，改景德灵隐禅寺，元至正三年毁。明洪武初再建，改灵隐寺。宣德七年，僧昙赞建山门，良玠建大殿。殿中有拜石，长丈余，有花卉鳞甲之文，工巧如画。正统十一年，玹理建直指堂，堂额为张即之所书，隆庆三年毁。万历十二年，僧如通重建；二十八年，司礼监孙隆重修，至崇祯十三年又毁。具和尚查如通旧籍，所费八万，今计工料当倍之。具和尚惨淡经营，咄嗟立办。其因缘之大，恐莲池金粟所不能逮也。具和尚为余族弟。丁酉岁，余往候之，则大殿、方丈尚未起工。然东边一带，闳阁精蓝凡九进，客房僧舍百十余间，棐几藤床，铺陈器皿，皆不移而具。香积厨中，初铸三大铜锅，锅中可煮米三担，可食千人。具和尚指锅示余曰："此弟十余年来所挣家计也。饭僧之众，亦诸刹所无。"午间，方陪余斋，见沙弥持赫蹄送看，不知何事，第对沙弥曰："命库头开仓。"沙弥去。及余饭后出寺门，见有千余人蜂拥而来，肩上担米，顷刻上廪，斗斛无声，忽然竟去。余问和尚，和尚曰："此丹阳施主某，岁致米五百担，水脚挑钱，纤悉自备，不许饮常住勺水，七年于此矣。"余为嗟叹。因问大殿何时可成，和尚对以："明年六月，为弟六十，法子万人，人馈十金，可得十万，则吾事济矣。"逾三年而大殿、方丈俱落成焉。余作诗以记其盛。

灵隐寺的另一别名"云林禅寺"，始于清代。关于此名由来有两说。一说据《西湖古今佳话》载：

清圣祖至杭州时，一日，幸灵隐寺。寺僧乞书寺额，以彰殊宠。圣祖欣然濡翰，方书就"靈"字之上截"雨"字，意中微嫌笔势稍纵，虑下截或不相称。正踌躇间，高江村学士在侧，乃书"雲林"二字于手中，故作磨墨状，以手向御案而立。圣祖瞥见之，大悦，即如其所拟书之，故灵隐又称"云林寺"。

就这样，"灵隐寺"成了"云林禅寺"。另一说为康熙帝于二十八年（1689）二月南巡杭州，幸灵隐寺，登上寺后的北高峰，极目望去，见"山林秀色，香云绕林"，乃取唐诗人杜甫的"云林得尔曹"诗句，改灵隐寺为"云林禅寺"。后说当为是。乾隆帝于四十五年（1780）六月曾幸灵隐，作《驻跸轩》一诗云：

灵隐易云林，奎章岁月新。名从工部借，诗意考功吟……

由此可证，康熙改"灵隐"为"云林"，并非笔误，而是借用杜甫的诗句。但这个讹传的故事却为灵隐寺增添了一些曲折动人的情趣。只是，康熙帝御赐的"云林禅寺"之名终究还是敌不过印度高僧所唤的"灵隐寺"。佛家讲究因缘，或许这也是一种因缘？

唐代白居易在杭州时作有《寄韬光禅师》一诗：

一山门作两山门，两寺元从一寺分。东涧水流西涧水，南山云起北山云。前台花发后台见，上界钟声下界闻。遥想吾师行道处，天香桂子落纷纷。

诗思奇特，写得饶有情趣。白居易还在唐穆宗李恒长庆三年（823）八月作《冷泉亭记》，云："东南山水，余杭郡为最；就郡言，灵隐寺为尤。"他最爱灵隐，尤爱位于寺西南隅的冷泉亭，其《冷泉亭记》又云："由寺观，冷泉亭为甲"，因其深藏于林木葱茏的幽谷，"撮奇得要，地搜胜概，物无遁形"：

> 春之日，吾爱其草薰薰，木欣欣，可以导和纳粹，畅人血气。夏之夜，吾爱其泉渟渟，风泠泠，可以蠲烦析酲，起人心情。山树为盖，岩石为屏，云从栋生，水与阶平。坐而玩之者，可濯足于床下；卧而狎之者，可垂钓于枕上。矧又潺湲洁澈，粹冷柔滑。若俗士，若道人，眼耳之尘，心舌之垢，不待盥涤，见辄除去。潜利阴益，可胜言哉！斯所以最余杭而甲灵隐也。（《白氏长庆集》卷四十三）

在宋代，有着"梅妻鹤子"之称，写下"疏影横斜水清浅，暗香浮动月黄昏"（《山园小梅》）的林逋，隐居杭州时，常徜徉于西湖山水之间，但他最喜欢的还是灵隐天竺一线。他曾写有《西湖泛舟入灵隐寺》诗："水天相映淡潋溶，隔水青山无数重。白鸟背人秋自远，苍烟和树晚来浓。桐庐道次七里濑，彭蠡湖间五老峰。辍棹迟回归未得，上方精舍动疏钟。"他还有《和运使陈学士游灵隐寺寓怀》一诗：

> 山壑气相合，旦暮生秋阴。松门韵虚籁，铮若鸣瑶琴。举目群状动，倾耳百虑沉。按部既优游，时此振衣襟。泓澄冷泉色，写我清旷心。飘摇白猿声，答我雅正吟。经台复丹井，扪萝尝遍临。鹤盖青霞映，玉趾苍苔侵。温颜煦槁木，真性驯幽禽。所以仁惠政，及物一一深。洒翰嶙岣壁，近驾旃檀林。回眄窣堵峰，天半千万寻。

由于对杭州山水、对灵隐寺的喜爱，林逋笔下的一诗一字皆充满情致。如此良辰美景，岂能不让人心生向往？

苏轼知杭州时，亦常到灵隐寺赋诗吟赏，其《游灵隐寺》描绘了灵隐寺的暮鼓晨钟、香火鼎盛：

> 溪山处处皆可庐，最爱灵隐飞来孤。乔木百丈苍髯须，扰扰下笑柳与蒲。高堂会食罗千夫，撞钟击鼓喧朝晡。凝香方丈眠氍毹，绝胜絮被缝海图。

其《闻林夫当徙灵隐寺寓居》中有诗句："灵隐前，天竺后，两涧春淙一灵鹫。不知水从何处来，跳波赴壑如奔雷。"冷泉亭附近的壑雷亭、春淙亭，亭名即源于此。

名寺离不开名僧。提起灵隐寺，想必有一位僧人是妇孺皆知、家喻户晓的，那就是济公——济颠（道济）和尚。1985 年，据《济公传》改编的电视剧《济公》中，饰演济公的游本昌以诙谐自如、妙趣横生的表演，演绎了罗汉化身的济公在人间惩恶扬善、治病救人的故事。其主题曲《鞋儿破帽儿破》也被人们广泛传唱，甚至一提起《济公》，就会不自觉地出口成歌："鞋儿破，帽儿破，身上的袈裟破。你笑我，他笑我，一把扇儿破。南无阿弥陀佛，南无阿弥陀佛，南无阿弥陀佛，南无阿弥陀佛……"可谓绕梁数年，余音不绝几代人。

但是很少有人知道，历史上济公确有其人，但并不像我们所熟知的那样古怪离奇。济公（1148—1209），原名李修缘，字湖隐，浙江天台城北永宁村人，南宋高僧。十八岁在灵隐寺出家，从瞎堂慧远为师，法号道济。后移居净慈寺。有《镌峰语录》十卷及诗词偈语榜文等十四篇。南宋释居简《北磵集·湖隐方圆叟舍利铭》云：

> 叟，天台临海李都尉文和远孙，受辞于灵隐佛海禅师，狂而疏，介而洁，著语不刊削，要未尽合准绳，往往超诣，在晋宋名缁逸韵。信脚半天下，落魄四十年，天台、雁宕、康庐、潜皖，题墨尤隽永，寒暑无完衣，予之，寻付酒家保。寝食无定，勇为老病僧办药石。游族姓家，无故强之，不往……叟名道济，曰湖隐，曰方圆叟，皆时人称之。

这一记载与《补续高僧传》和小说《济公传》中的形象不尽相同。明河的《补续高僧传》卷十九中这样写道：

济颠者……饮酒食肉，与市井浮沉。喜打筋斗，不著裈，形蝶露，人姗笑，自视夷然。出家灵隐寺，寺僧无不唾骂，逐之。居净慈寺，为人诵经、下火，得酒食，不待召而赴。吟诗曰："何须林景胜潇湘，只愿西湖化为酒。和衣卧倒西湖边，一浪来时吞一口。"息人之诤，救人之死，皆为之于戏谑谈笑间。神出鬼没，人莫能测。年七十三示化。

孙治《武林灵隐寺志》载：

济颠祖师，名道济，台州李氏子。初参瞎堂，知非凡器，然饮酒食肉，有若风狂。监寺至不能容，呈之瞎堂。批云："法门广大，岂不容一颠僧耶？"人遂不敢言。及远公既寂，出居净寺，济累显神通，奇异多端……

关于济颠的颠行疯言，晦山戒显禅师在《济颠本传序》中说道：

维摩云："菩萨住于生死，不为污行。"而布袋、济颠、酒仙、蚬子竟为污行者，何耶？良以既证果人，欲度执相凡夫，不得不隐圣现劣故也。济颠本天台罗汉，示迹尘中。出家灵隐，继迁净慈，踪迹最为奇特。予尝谓：因中、果地二种行事，迥不相同，果地中人示为污行，便显神通，貌混凡夫，旋彰灵异，决不与痴暗愚夫同一颠倒而迷惑也。今以因中人冒果地相，不过狮虫狐种，败坏僧仪而已，何足为正人所齿录哉！近世有等魔禅口说宗教，妄餐酒肉，以为吾学济颠也。此虽可学，而济颠来踪去迹，种种奇特能学否耶？济颠示梦太后，口吐佛金，乃至触境逢缘，现种种神通三昧，能学否耶？济颠锦绣蟠胸，出口珠玉，尽大地儒释皆让一头地，能学否耶？

如此看来，"酒肉穿肠过，佛祖心中留"并不是所有的人都能轻易做到的，唯有那些内心透彻的人方能做到。清代夏基《西湖览胜诗志》卷五引屠赤水的《济颠赞》云：

非俗非僧，非凡非仙。打开荆棘林，透过金刚圈。眉毛厮结，鼻孔撩天。烧了护身符，落纸如云烟。有时结茅宴坐荒山颠，有时长安市上酒家眠。气吞九州，囊无一钱。时节到来，奄如蜕蝉。涌出舍利，八万四千。赞叹不尽，而说偈言。呜呼！此其所以为济颠也耶？

如果有机会，一定要去杭州，走进这座有着一千六百多年历史的灵隐寺，在晨钟暮鼓、梵香袅袅中寻找济公过往的痕迹。

二 虎跑寺

关于西湖西南大慈山白鹤峰下的虎跑,杭州流传着"一泉一寺三和尚"的说法。"一泉"指虎跑泉,"寺"则是虎跑寺,"三和尚"就是唐代的性空大师、宋代的济颠和尚与近代的弘一法师。

虎跑寺的虎跑泉是很有名的。甚至,武侠小说大师金庸在他第一部长篇武侠小说《书剑恩仇录》中也不忘提及。在第八回"千军岳峙围千顷,万马潮汹动万乘"中,杭州一家饭店的店小二给红花会浙江分舵舵主马善均推荐虎跑寺的泉水和龙井茶。小说这样写:

> 众人乐得哈哈大笑。正取笑间,店小二一连声的招呼:"张大爷,你这边请坐,今儿怎么有空出来散心?"一个富商模样的人走了进来,身穿蓝长衫纱马褂,后面跟着四个家人,有的捧水烟袋,有的挽食盒,气派豪阔。那张老爷坐定,店小二连忙泡茶,说道:"张老爷,这是虎跑的泉水,昨儿去挑来的,你尝尝这明前的龙井。"张老爷嗯了一声,一口杭州官话,道:"你给来几件儿肉,一碗虾爆鳝,三斤陈绍。"店小二应了下去,一会儿酒香扑鼻,端了出来。

看过小说的人都知道,原来这店小二是马善均的手下假扮的,而他口中的"张大爷"正是马善均。这店小二与张老爷虽是假的,但虎跑的泉水和龙井的茶叶却不带一丝含糊。要知道,这虎跑泉与龙井、玉泉并称西湖三大名泉，而虎跑泉与龙井茶向来被誉为"西湖双绝"，有"龙井茶叶虎跑水"之说。虎跑泉水清澈纯净，龙井茶叶清香扑鼻，入口，味香水甜，沁人心脾，可谓相得益彰。

虎跑寺，本名定慧寺，建于唐宪宗李纯元和十四年（819），宪宗赐额曰广福院。到唐宣宗李忱大中八年（854），改大慈禅寺；僖宗李儇乾符三年（876），又加"定慧"二字。宋末寺毁，元成宗孛儿只斤·铁穆耳大德（1297—1307）间重建，后又毁。明武宗朱厚照正德十四年（1519），宝掌禅师重建；至明世宗朱厚熜嘉靖十四年（1535）又毁，二十四年（1545），山西僧永果重建。真是屡建屡毁，屡毁屡建。

北宋苏轼任杭州通判时，曾因病休假，到了虎跑寺，有《病中游祖塔院》一诗为证：

> 紫李黄瓜村路香，乌纱白葛道衣凉。闭门野寺松阴转，欹枕风轩客梦长。因病得闲殊不恶，安心是药更无方。道人不惜阶前水，借与匏樽自在尝。

此诗作于宋神宗赵顼熙宁六年（1073）。一个"惜"字，既表现了道人与己的情意，又说明了虎跑泉水的珍贵。据今人分析，虎跑的泉水之所以好，是因为"它从石英砂岩的裂隙中涌出，矿化度较低，并含有三十多种对人体有益的微量元素，饮后有保健作用"（杨雨蕾《杭州》）。难怪这道人要让苏轼"自在尝"了。

苏轼另有《虎跑泉》一诗,说的是唐代性空大师开山建寺的故事:

> 亭亭石塔东峰上,此老初来百神仰。虎移泉眼趁行脚,龙作浪花供抚掌。至今游人盥濯罢,卧听空阶环玦响。故知此老如此泉,莫作人间去来想。

性空大师开山建寺的故事,也许是关于虎跑来历最广被接受的说法。特别是性空大师与虎跑的关系,一直被历代人们记述。明初文学家宋濂在《虎跑泉铭》的序中,说的也是这个意思:

> 唐元和十四年,性空大师来游兹山,乐其灵气郁盘,缚庵其中。寻以无水,将他之,忽神人跪而告曰:"自师之来,我等徼惠者甚大,奈何弃去?南岳童子泉当遣二虎来移,师无患也。"翼日,果见二虎以爪跑山出泉,甘冽胜常,大师因留止,建立伽蓝……大师讳寰中,蒲坂卢氏子,得法于百丈海,一时龙象,如临济玄、赵州谂、南泉愿、岩头奯、雪峰存,咸来咨叩道要,则其德服鬼神,彰灼灵异,有不难致者。呜呼!拔剑刺山,水为之涌;折腰拜井,泉乃仰流。武夫健将,一诚之所格尚若此,况大师心悟无际者乎?(宋濂《芝园续集》)

张岱《西湖梦寻》以为"今人皆以(虎跑)泉名其寺云",此说与宋濂记载大同小异,当是出于宋濂的文章。他写道:

先是，性空师为蒲坂卢氏子，得法于百丈海，来游此山，乐其灵气郁盘，栖禅其中，苦于无水，意欲他徙，梦神人语曰："师毋患水，南岳有童子泉，当遣二虎驱来。"翼日，果见二虎跑地出泉，清香甘冽，大师遂留。

其实，宋濂的《虎跑泉铭》源于他与虎跑的一段奇缘：

洪武戊午冬十有一月，濂朝京师，道经山下，今主僧定岩戒，有道之士也，亟要濂观泉，且被法衣，率其徒同举梵咒，久之，泉鬐沸而出，若联珠然，已而微作涌势，濂心异之，定岩遂来谒铭。（宋濂《芝园续集》）

古时，虎跑一带人迹罕至，性空见到老虎，或因见虎饮水而发现泉，都是极有可能的。今人已经证实，虎跑泉完全是周围地势自然形成的——"虎跑泉的高度只有海拔七十米，它的北面、西面和西南都被高山包围，形成一个马蹄形洼地。后面的山峰高二百三十米，这一百六十米的高差和汇水的洼地使得虎跑泉水能终年不涸，并且水质极好。"（谢前明《西湖地名》）虎跑移泉终归只是一个美丽的神话故事，但却使虎跑之名千年不变，著称于今。宋濂将其归为性空大师的"德服鬼神，彰灼灵异""心悟无际"，赋予虎跑之地以宗教神秘色彩，使之成为西子湖畔集文学、宗教、自然于一身的人间圣地。宋濂或许不是有意为之，"泉鬐沸而出，若联珠然，已而微作涌势"的奇异现象也确实令他疑惑。晚于他的田汝成在《西湖游览志》中作出了解释："盖虎跑泉本非因咒而起者，以人声振动之，则加沸耳。"试想，如果宋濂当时明白了个中因由，或许就不会有这篇传诵至今的《虎跑泉铭》了。不妨抄录其铭文如下：

> 天一所形，厥质乃凝。潜行重渊，与气俱升。至人来居，地不爱宝。谁信清泠，生于虎爪？山后川君，与道为谋。肯私一勺，不师之留。师既留止，化泉为雨。式沛且滂，润于千里。幻此荒墟，遂成宝坊。群生依之，为正法幢。命世大才，犹龙类象。来游来咨，如山答响。代祀虽邈，声华弗亏。至今草木，尚被余辉。我于世缘，逢触辄碍。泉特相知，献万珠琲。扰扰征骖，风埃渺弥。有素者衣，化而为缁。愿挹寸波，如习禅定。洗涤根尘，一时清净。

《西湖古今佳话》载有一则故事"黄大痴虎跑寺仙去"，引自明代文人李日华的《紫桃轩杂缀》：

> 常闻人说："黄子久，年九十余，碧瞳丹颊。一日，于武陵虎跑泉，方同数客立石上，忽四山云雾涌溢郁浡，片时遂不见子久，以为仙去。"予向疑耽画者饰之，今翻道藏玉元金笈经，公望编录者非一。其师则金蓬头，友则莫月鼎、冷启敬、张三丰。乃知此老原从十洲来，绘事特其狡狯之一耳。

黄子久，即黄公望，是元代画家。他本姓陆，名坚，宋度宗咸淳五年（1269）出生于江苏常熟，幼年父母双亡，族人将其过继给永嘉（今浙江温州）黄氏为养子，因改姓名黄公望，字子久，号一峰、大痴道人。中年当过中台察院掾吏，后因上司张闾犯事，黄公望遭诬陷，蒙冤入狱。出狱后，不再过问政事，遂放浪形骸，游历于江湖。后皈依全真教，在松江、杭州等地卖卜为生。他擅画山水，师法董源、巨然，创浅绛山水，画风雄秀、简逸、明快，对明清山水画影响甚大，与吴镇、王蒙、倪瓒合称"元四家"。有《富春山居图》《富春大岭图》《溪山雨意图》《九峰雪霁图》等作品传世。晚年居于杭州筲箕泉，元惠宗至正十四年（1354）逝世，寿八十六岁。

黄子久活了八十六岁，《紫桃轩杂缀》中载其于虎跑寺仙去时却说是九十岁，可见，故事很可能是后人编造的。元代杨瑀《山居新语》还载有黄子久游山吹笛的故事：

> 一日与客游孤山，闻湖中笛声，子久曰："此铁笛声也。"少顷，子久亦以铁笛自吹下山，游湖者吹笛上山，乃吾子行也。二公略不相顾，笛声不辍，交臂而去。一时兴趣，又过于桓伊也。

如此看来，黄子久信仰全真教，且常年游历于山水之间，确有仙风道骨之感。后人说其仙去也非全无根据。但奇怪的是，黄子久信仰道教，为什么会于佛教圣地虎跑寺"仙去"？佛道二教难道竟然如此相容？或许，即使六根不净之凡人，置身于虎跑寺的梵音妙语、禅香袅袅之中，再饮几口清甜甘冽的虎跑泉水，可能也会有些许顿悟，何况是黄子久这样慧深才高之士？如此，虎跑的名僧则更不可小看了。

在"灵隐寺"一节里，我们提到过的南宋高僧道济和尚，也是虎跑寺引以为荣的名僧之一。慧远圆寂后，道济于宋宁宗嘉泰元年（1201）移居南屏净慈寺。嘉定二年（1209）五月十六日圆寂于虎跑。临终前曾书偈云："六十年来狼藉，东壁打倒西壁；如今收拾归来，依旧水连天碧。"可谓其一生写照。

至于济公圆寂后为什么葬于虎跑，柯玲所编的《济公传说》第三章中这样解释说：

> 梁同书碑文中明确认定是因为"南山定慧禅寺，和尚茶毗所也"，（"茶毗"指僧人死后火化）且"即藏骨于其（定慧寺）西，为堵坡"（堵坡为梵文音译，也有称翠堵坡，我国诗文称做浮屠或塔陀，指僧人死后所建之塔）。另外，在《净慈寺志》卷十中也记载道济圆寂于（宁宗）嘉定二年（1209年）五月十六日，"茶毗，舍利如雨，葬虎跑塔中"。与梁同书碑中所记是相吻合的。

现在，虎跑寺还留有济颠塔院一座，以简洁的方式记载了济公传奇的一生。塔院内有一组大型的浮雕群，全长十五米半，高两米半，济公立像高近三米半。浮雕由"济公斗蟋蟀""飞来峰的传说""古木运井""大闹秦相府"四个民间流传的关于济公的传说故事组成,刻画出十多个人物形象,活灵活现。

1985年,"虎跑梦泉"被列为新西湖十景之一。现在,虎跑寺已圮,改为公园。尚存济公塔院、虎跑史话馆、李叔同纪念馆、弘一精舍(李叔同试断食处)、弘一法师舍利塔等。

三 龙井寺

龙井,是一个集泉名、寺名、茶名为一身的文化名词。

龙井原以泉名,本名龙泓,三国时已有。相传晋葛玄、葛洪都曾在此炼丹。北宋司马光《资治通鉴》名之以"龙泉",清顾祖禹《读史方舆纪要》称"龙湫"。最早记载"龙井"的地方志是南宋施谔所撰《淳祐临安志》,卷九"龙井"条云:

> 龙井本名龙泓,吴赤乌中,葛洪炼丹于此。道西湖南山,登风篁岭,涧泉决决,与幽花野草延缘山磴。更上岭背,岩壑林樾皆老苍,而西湖已蔽掩不可见。气象愈清古,岩骨棱瘦,中涵一泓,清澈翠映,即之凄然。相传有龙在焉,触石为云,祷者辄应。因建龙祠,加以封号,傍有亭,曰德威亭,旧云龙井亭(东坡书扁)。过归隐桥入寿圣院,今为广福院。山有狮子峰、萨埵石(余具本院)。秦少游观为记,米元章苏书。

元人周密撰《武林旧事》说到了"龙井":

> 在凤篁岭上,岩壑林樾幽古,石窦一泓,清澈翠寒,甘美可爱,虽久旱不涸。石上流水处,其色如丹,游者视久,水辄溢,人去即减。其深不可测,相传与江海通,有龙居之。每祷雨必应,或见小蟹、班鱼、蜥蜴之类。

这里说的龙井的位置,似乎有些疑问。清汪孟鋗辑《龙井见闻录》说:"老龙井,宋人纪载未闻,始见《西湖游览志》,《咸淳临安志》于龙井称更上岭背。《武林旧事》以下并称在岭之上,而今日龙井仅在山半,则昔之龙井,非今日之龙井也。"赵大川《龙井茶图考》据此及秦观《游记》、张京元《西湖小记》、许浩《西湖麈谈录》、田汝成《西湖游览志》、潜说友《咸淳临安志》、冯梦祯《赐田记》以及宋人秦观、程珌、周必大的诗作记载,断定"宋时龙井为今老龙井。明清以后,老龙井逐渐荒芜遗弃,在岭半又有了龙井。因为有两个龙井,故明清以后的古籍,称原来位置的龙井为'老龙井'",当是。"老龙井",在今杭州凤篁岭西晖落坞内,龙井村西北隅,旧龙井寺原址;明清龙井,即今龙井茶室。

龙井寺本名延恩衍庆寺。后汉高祖刘知远乾祐二年(949),居民凌霄募缘,建为报国看经院。宋神宗赵顼熙宁(1068—1077)中,改寿圣院,苏轼书额。元丰二年(1079),辩才大师自天竺归老于此,不复出入,与苏子瞻、赵抃友善,后人因建三贤祠祀之,岁久寺圯。宋高宗赵构绍兴三十一年（1161），改广福院。宋理宗赵昀淳祐六年（1246），改龙井寺。明英宗朱祁镇正统三年（1438），迁移至今龙井茶室处。明神宗朱翊钧万历二十三年（1595），司礼监孙隆重修，构亭轩，筑桥，锹浴龙池，创霖雨阁，焕然一新，游人骈集。1949年后，寺废，其址改为龙井茶室。

北宋神宗赵顼元丰二年（1079），辩才大师自天竺道场退居龙井寺寿圣院。辩才法号元净，本名徐无象，浙江临安人。《咸淳临安志》和《龙井见闻录》有"元净"条。辩才出生就颇为传奇：据说刚生下来，左肩肉起，犹如袈裟，八十一天后才渐渐消去，圆寂时刚好寿八十一岁。他十岁出家，十八岁学于上天竺慈云法师，法名"元净"。二十五岁时，皇上赐紫衣及"辩才"号。六十八岁，从上天竺退居到龙井寺，于宋哲宗赵煦元祐六年（1091）圆寂。苏辙尝赞其曰："辩才真法师，于教得禅那。口舌如澜翻，而不失道根。心湛如止水，得风辄粲然。以是于东南，普服禅教师。"（苏辙《龙井辩才法师塔碑》，见《栾城后集》卷二十四）居龙井期间，辩才大师煮茶论道，吟诗作赋，交游名流，如苏轼、秦观、赵抃等人，并作有《龙井十题》，即《狮子峰》《风篁岭》《归隐桥》《寂室》《照阁》《讷斋》《潮音堂》《萨埵石》《冲泉》《龙井亭》等十首诗。

自宋代始，杭州西湖便已成为各地游客争相游览之胜地。翰林学士陶谷（903—970）誉杭州为"地上天宫"。宋仁宗嘉祐二年（1057），梅挚（994—1059）知杭州时，仁宗为其写送行诗，首句便说杭州："地有湖山美，东南第一州。"作为杭州名泉、名寺的龙井，自然也少不了迎接文人雅士的造访。所以，《西湖游览志》说："元祐以来，名贤留题甚多，东坡竹石，廉宣仲枯木，杨次公诗十三首。"

苏轼在知杭州时，曾多次游龙井，与辩才交游唱和。据传，在离开杭州前，苏轼尝到龙井访辩才。两人煮茗论道，相谈甚欢，不觉天色已晚，苏轼遂宿于寿圣院，次日方与辩才惜别。辩才忘了自己所定送客不过溪的规定，送苏轼过了归隐桥。为记此事，辩才在龙井建一新亭，并作诗《龙井新亭初成诗呈府帅苏翰林》，中云：

暇政去旌旆，杖策访林丘。人惟尚求旧，况悲蒲柳秋。云谷一临照，声光千载留。轩眉狮子峰，洗眼苍龙湫。路穿乱石脚，亭蔽重风头。湖山一目尽，万象掌中浮。煮茗款道论，莫爵致龙优。过溪虽犯戒，兹意亦风流。自惟日老病，当期安养游。愿公归庙堂，用慰天下忧。

苏轼和诗云：

日月转双毂，古今同一丘。惟此鹤骨老，凛然不知秋。去往两无碍，人天争挽留。去如龙出山，雷雨卷潭湫。来如珠还浦，鱼鳖争骈头。此生暂寄寓，常恐名实浮。我比陶令愧，师为远公优。送我还过溪，溪水当逆流。聊使此山人，永记二老

游。大千在掌握，宁有离别忧。(苏轼《次辩才韵赋诗一首》，见《东坡全集》卷十八)

苏轼与辩才的情谊由此可见一斑。因此，后人称此亭为"过溪亭"，也称"二老亭"，并把辩才送苏轼过溪经过的归隐桥称为"二老桥"。

秦观也尝至龙井访辩才。元丰二年（1079），秦观自吴兴东还会稽，道经杭州，受辩才大师邀请，至龙井，作《龙井题名记》以记其事：

> 元丰二年，中秋后一日，余自吴兴过杭，东还会稽，龙井辩才法师以书邀予入山。比出郭，已日夕，航湖至普宁，遇道人参寥，问龙井所遣篮舆，则曰："以不时至，去矣。"是夕，天宇开霁，林间月明，可数毛发，遂弃舟，从参寥杖策并湖而行。出雷峰，度南屏，濯足于惠因涧，入灵石坞，得支径，上风篁岭，憩龙井亭，酌泉据石而饮之。自普宁经佛寺上，皆寂不闻人声。道旁庐舍，或灯火隐显，草木深郁，流水激激悲鸣，殆非人间有也。行二鼓矣，始至寿圣院，谒辩才于潮音堂，明日乃还。

可见，那时的龙井，环境确实清幽，一到晚上就寂静不闻人声。秦观另有一文《龙井记》，其中说道：

龙井旧名龙泓，距钱塘十里。吴赤乌中，方士葛洪尝炼丹于此，事见《图记》。其地当西湖之西，浙江之北，风篁岭之上，实深山乱石之中泉也。每岁旱，祷雨于他祠，不获，则祷于此，其祷辄应，故相传以为有龙居之。然泉者，山之精气所发也，西湖深靓空阔，纳光景而涵烟霏；菱芡荷花之所附丽，龟鱼鸟虫之所依凭，漫衍而不迫，纡余以成文。阴晴之中，各有奇态，而不可以言尽也。故岸湖之山多为所诱，而不克以为泉。浙江介于吴越之间，一昼一夜，涛头自海而上者再，疾击而远驰，兕虎骇而风雨怒，遇者摧，当者坏，乘高而望之，使人毛发尽立，心掉而不禁。故岸江之山多为所胁，而不暇以为泉。惟此地蟠幽而踞阻，内无靡曼之诱以散越其精；外无豪捍之胁以亏疏其气。故岭之左右大率多泉，龙井其尤者也。夫蓄之深者发之远，其养也不苟，则其施也无穷。龙井之德，盖有至于是者，则其为神物之托也，亦奚疑哉？

这时期，常来龙井的还有一人，即赵抃（1008—1084）。他曾于北宋神宗赵顼熙宁三年至五年（1070—1072）、熙宁十年至元丰二年（1077—1079）任杭州知州。元丰二年（1079），赵抃出游南山，宿龙井，与辩才促膝长谈。元丰七年（1084），他再至龙井，在龙泓亭赋诗一首：

予元丰年己未（1079年——引者）仲春甲寅，以守杭得请归田，出游南山，宿龙井佛祠。今岁甲子六月朔旦复来，六年于兹矣。老僧辩才登龙泓亭，烹小龙茶以迓予，因作四句云：

湖山深处梵王家，半纪重来两鬓华。珍重老师迎意厚，龙泓亭上点龙茶。

北宋仁宗时期的"铁面御史"赵抃，在英宗治平初任成都府知府，匹马入蜀，以一琴一鹤相随，为政简易，长厚清修，日所为事，夜必衣冠露香以告于天。神宗即位后，官拜参知政事，因反对王安石新法，罢为杭州知州，移任青州（今属山东）、成都、越州（今浙江绍兴）等地长官。年四十余，究心宗教。初在衢州，常亲近蒋山法泉禅师，禅师未尝容措一词。及在青州，政事之余多晏坐，一日忽闻雷震，大悟。乃作偈云："默坐公堂虚隐几，心源不动湛如水。一声霹雳顶门开，唤起从前自家底。"

赵抃第一次到杭州龙井寺是在神宗元丰乙未年，六年后重新来到这里，喝了辩才法师奉上的龙井茶，体味着深情厚谊。清雅宁静的茶香似乎和禅境相通。辩才有和诗，中云："南极星临释子家，杳然十里祝春华。公年自尔增仙籍，几度龙泓诗贡茶。"（《咸淳临安志》）所以，后人又称辩才、苏轼、赵抃为"三贤"，建三贤祠以示纪念。自古至今，文人与僧侣往往能结成深厚的友谊，个中因由我们不去追究，但这些诗词故事无疑增添了龙井的文化内涵，使之历久弥香。

龙井有泉、有寺，亦有茶，即龙井茶。龙井茶色翠、形美、香郁、味醇，冠列中国十大名茶之首，有"黄金芽""无双品"等美称，自古就受人们钟爱。说到龙井茶，亦离不开辩才。据说辩才居龙井期间，寺僧将上天竺僧人种植的白云茶移栽至狮峰山麓，从而使这里成为龙井茶的发源地。因而，龙井茶在某种程度上属于佛茶。

柳宗宝主编《龙井问茶——西湖龙井茶事录》，书中有"杭州产茶，始于唐代以前""在唐末宋初，杭州只有'宝云茶'、'香林茶'和'白云茶'"的记载。《咸淳临安志》载："宝云庵产者名宝云茶，下天竺香林洞产者名香林茶，上天竺白云峰产者名白云茶。"此时龙井茶尚不著名，只有一二诗人加以渲染而已。

元代以后，龙井茶渐渐有名了。元代诗人虞集（1272—1368）有《次邓善之游山中》诗赞龙井云："坐我薝卜中，余香不闻嗅。但见瓢中清，翠影落群岫。烹煎黄金芽，不取谷雨后。同来二三子，三咽不忍嗽。"林右（1356—1409）在《龙井志序》中说："龙井距钱塘十余里，山水靓深，宋辩才法师行道处也……钱塘虽多胜刹，至语清迹，必曰龙井，凡东西游者，不之龙井，必以为恨。"田汝成（1503—1557）的《西湖游览志》也说："龙井之上，为老龙井"，"老龙井有水一泓，寒碧异常，泯泯丛薄间，幽僻清奥，杳出尘寰，岫壑萦回……其地产茶，为两山绝品，郡志称宝云、香林、白云诸茶，乃在灵竺、葛岭之间，未若龙井之清馥隽永也"。到明代，龙井茶更负盛名，文人诗词中赞誉龙井茶的有不少。屠隆（1543—1605）的《龙井茶歌》颇为著名：

山通海眼蟠龙脉，神物蜿蟺此真宅。飞泉喷沫走白虹，万古灵源长不息。琮琤时谐琴筑声，澄泓冷浸玻璃色。令人对此清心魂，一漱如饮甘露液。吾闻龙女参灵山，岂是如来八功德。此山秀结复产茶，谷雨霢霂抽仙芽。香胜旃檀华严界，味同沆瀣上清家。雀舌龙团亦浪说，顾渚阳羡讵须夸。摘来片片通灵窍，啜处泠泠馨齿牙。玉川何妨尽七碗，赵州借此演三车。采取龙井茶，还念龙井水。文武每将火候传，调停暗合金丹理。茶经水品两足佳，可惜陆羽未知此。山人酒后酣鼗鼙，陶然万事归虚空。一杯入口宿醒解，耳畔飒飒来松风。即此便是清凉国，谁同饮者陇西公。

清代，龙井茶升为贡茶。杭州西湖"盖南北两山及外七邑诸名山，大抵皆产茶"（《咸淳临安志》），而雍正朝的《浙江通志》载："杭郡诸茶，总不及龙井之产，而雨前细芽，取其一旗一枪，尤为珍品，第所产不多，宜其矜贵也"。清高宗乾隆帝六下江南，四次巡幸西湖天竺、云栖、龙井。每次到龙井，都会观茶作歌。

第一次到龙井是乾隆十六年（1751），乾隆帝在天竺观看龙井茶的采摘和炒制，作诗三十韵，其中《观采茶作歌》诗云：

火前嫩，火后老，惟有骑火品最好。西湖龙井旧擅名，适来一试观其道。村男接踵下层椒，倾筐雀舌还鹰爪。地炉文火续续添，乾釜柔风旋旋炒。慢炒细焙有次第，辛苦功夫殊不少。王肃酪奴惜不知，陆羽《茶经》太精讨。我虽贡茗未求佳，防微犹恐开奇巧。防微犹恐开奇巧，采茶揭览民艰晓。

第二次，即乾隆二十二年（1757），乾隆帝览云栖胜景，又作《观采茶作歌》诗：

前日采茶我不喜，率缘供览官经理。今日采茶我爱观，吴民生计勤自然。云栖取近跋山路，都非吏备清跸处。无事回避出采茶，相将男妇实老幼。嫩荚新芽细拨挑，趁忙谷雨临明朝。雨前价贵雨后贱，民艰触目陈鸣镳。由来贵诚不贵伪，嗟哉老幼赴时意。弊衣粝食曾不敷，龙团凤饼真无味。

第三次，乾隆二十七年（1762），乾隆帝在老龙井品茶，作《坐龙井上烹茶偶成》诗：

龙井新茶龙井泉，一家风味称烹煎。寸芽生自烂石上，时节焙成谷雨前。何必凤团夸御茗，聊因雀舌润心莲。呼之欲出辩才在，笑我依然文字禅。

第四次，乾隆三十年（1765），乾隆帝再游龙井，作《再游龙井作》诗：

> 清跸重听龙井泉,明将归辔启华旃。问山得路宜晴后,汲水烹茶正雨前。入目景光真迅尔,向人花木似依然。斯诚佳矣予无梦,天姥那希李谪仙。

乾隆帝所作的关于龙井的诗歌并不局限于此。想起龙井,我们还会想起乾隆所题的"龙井八景":"过溪亭""涤心沼""一片云""风篁岭""方圆庵""龙泓涧""神运石""翠峰阁"。这些地名,虽然先他之前就已存在,但皇帝的御笔御诗无疑是最好的宣传,龙井从此胜名更重。

龙井是名胜,所以"名泉""名寺""名茶"缺一不可。在现代社会奔波久了,何不抽空去一趟龙井,于青山绿水、楼榭亭台间品一品那淡而香、清而雅的明前龙井?作家韩少华就曾于龙井寺品茶,他写道:

> 估摸着壶里的叶子正渐渐舒展着,就浅浅地斟了半盏——一见那茶色么,只得袭用前人拈出的"宛若新荷"几个字形容;也心领了紫陶杯偏挂上一层素白釉子里儿的那番美意。等举着茶盏到唇边,略呷了呷,只觉得淡而且爽,不像铁观音那么浓,那么执重;再呷一呷,又感到润喉而且清腑,不同于祁红那样一落肚就暖了个周到;随后,又细细呷了一呷,这才由心缝儿里渐渐渗出那么一种清醇微妙的感觉来——哪怕你是刚从万丈红尘里腾挪出半侧身子,心里头正窝着个打翻了的五味瓶

儿，可你一脚跨进此时此地这情境中来，举盏三呷之后，也会觉得换了一挂肚肠似的；什么"涤浊扬清""回肠荡气"一类话头，早已丢了用场。你或许压根儿也无缘玩味龚定庵"自家料理回肠直"的句子。可你此时会觉得出，在这雪后雨中的龙井寺，任凭这窗下灶台上煮滚了的龙井泉泡开了的龙井茶，经三呷而入腹，就把你的百结愁肠给料理得舒活起来——说得直白些，那可是连老妻幼子都不一定抚弄得到的去处呢……何况窗下茶灶头的款款的沸声，檐前绿叶间的绵绵的情话，乃至那一潭的暖烟，满山的寒碧，已在不知不觉之间，悄悄儿地融进手掌心上这小半盏清茶的几许氤氲里来了呢。

茶盏，就这么半空着。我竟不敢也不忍再斟第二盏了……
（韩少华《龙井寺品茶》）

韩少华到龙井寺，是在春雪过后的细雨天。壶是小巧的紫砂秋柿壶，盏是细釉子素白瓷挂里儿的紫砂枇杷盏，茶是杭州西湖梅家坞的龙井，也是周恩来总理最喜欢的龙井茶。

在其他地方品龙井，和到龙井品龙井，当会有不一样的感觉吧！

第二章　南北诸峰

一　玉皇山

玉皇山北向西湖，南近钱塘江，东接凤凰山，西连南屏、大慈诸山。有了如此优越的地理位置，人们登上玉皇山顶，大可一览杭州的全城风光。不过，登玉皇山可不是一件轻松的事儿。玉皇山海拔二百三十九米，步行到山顶共有两千六百多级石阶，着实需要好脚力。一旦登上山顶，云雾在脚下缭绕，顿觉湖光山色连为一体，江天浩渺宛若仙境。郁达夫在《玉皇山》中写道：

> 玉皇山屹立在西湖与钱塘江之间，地势和南北高峰堪称鼎足；登高一望，西北看得尽西湖的烟波云影，与夫围绕在湖上的一带山峰；西南是之江，叶叶风帆，有招之即来，挥之便去之势；向东展望海门，一点巽峰，两派潮路，气象更加雄伟；至于隔岸的越山，江边的巨塔，因为是居高临下的关系，俯视下去，倒觉得卑卑不足道了。

与江南柔美秀丽的风景相比，玉皇山别有一番风情。登此山，使人有超脱凡俗、神清气爽之感。更加奇妙的是，在不同的天气登玉皇山，会领略到全然不同的风光。来裕恂在《杭州玉皇山志》卷二曾言道：

> 当天日晴和之会，山水光气所钟，玉皇山风景之美丽淑秀，固不待言。而或长烟一空，皓月千里，其风景之皎洁清朗，赏心寓目，又是不同。更或风霜凛冽，雨雪晦暝，在常人足不敢出户庭，而好游之士，往往倍增其兴致，伊古以来，盖多有之。要之四时之风景，每随气候为变迁，以之论玉皇山，论福星观，有山外观外之景，有山内观内之景。

山高景美，气象恢弘，景观变幻，又别有洞天，难怪在1985年这里以"玉皇飞云"为名入选"新西湖十景"，成为远近游客慕名而来的圣地。

据民间的说法，西湖是天上的一颗明珠坠落人间幻化而成的。为了保护这颗明珠，玉皇大帝特地派出玉龙和金凤，化作玉龙山和凤凰山耸立在西湖的南北两岸。实地来看，玉皇山与凤凰山山体相连，颇有"龙飞凤舞"之势。于是，这个美丽的传说也就伴随着人们的心愿一直流传下来。

这个民间传说大约是到了宋代才出现的。我们追溯玉皇山的历史会发现，早在唐代就已经出现了关于玉皇山的记载，只是名字有所不同。因其山体陡峭,高耸如柱,人们称之为玉柱峰。到了五代时期,江浙一带佛学兴盛,杭州更是著名的"江南佛国"。贞明二年(916),吴越王钱镠曾派弟弟钱铧率一群官吏僧众从明州(今宁波)迎取阿育王舍利供奉于此山上。人们出于对阿育王的尊崇,遂将玉柱峰改名为育王山,以纪念这件佛教界的盛事。宋代南渡以后,杭州变成帝都。皇帝为祭祀农耕之神,在山南开辟八卦田。也许有了"真龙天子"到此,此山又更名为玉龙山、龙山。到了明代,有道士在山顶创建了福星观,供奉玉皇大帝。从此,玉皇山的名字才正式确立下来。对于这座山的历史,还是郁达夫在《玉皇山》中记录得清楚明白:

> 这山唐时为玉柱峰,建有玉龙道院;宋时为玉龙山,或单称龙山,以与东面的凤凰山相对,使符郭璞"龙飞凤舞到钱塘"之句;入明无为宗师创建福星观,供奉玉皇上帝,始有玉皇山的这一个名字。清康熙年间,两浙总督李敏达公,信堪舆之说,以为离龙回首,所以城中火患频仍,就在山头开了日月两池,山腰造了七只铁缸,以象北斗七星之像,合之紫阳山上的坎卦石和北城的水星阁,作了一个大大的镇火灾的迷阵,于是玉皇山上的七星缸也就著名了。洪杨时毁后,又由杨昌浚总督重修了一次。现在的道观,却是最近的监院紫东李道士的中兴工业,听说已经花去了十余万金钱,还没有完工哩。这是玉皇山寺观兴废的大略,系道士向我述说的历史。

至于山中景物，除了郁达夫所提到的福星观、七星缸之外，田汝成在《西湖游览志》中尚有介绍：

> 龙山一名卧龙山，又名龙华山，与上下石龙相接。……山北有鸿雁池，其东为白塔岭。……天真禅寺，梁龙德中钱王建寺，居山顶，今惟一庵存焉。登云台，后梁龙德中钱王建，又名拜郊台，盖钱王僭郊天地之所也。……宋籍田在天龙寺下，中皋规圆，环以沟塍，作八卦状，俗称九宫八卦田，至今不紊。山傍有宋郊坛。

几经战火，历经祸乱，沉默的玉皇山见证了千年以来沧桑变迁。如今，重走玉皇山，宛如重新回味历史的余温。

玉皇山顶的福星观与黄龙洞道院、葛岭抱朴道院并称为西湖"三大道观"。据清人卓炳森《玉皇山庙志》说，福星观的历史可以上溯到一千三百年前。唐玄宗开元年间，有位采花老人在山中偶遇一位自称"特朝三清道祖"的道士，遂在此山建玉龙道院，即福星观的前身。五代道人刘海蟾曾在此修行，面壁九年，并留下四句偈语："参出真空不夜天，娘是我来我是娘。无为一体主人公，玄妙消息永无穷。"刘海蟾被道教全真教尊为五祖之一，这也为玉龙道院增添了神秘的色彩。明代中期，山东莱州即墨人罗梦鸿来到玉龙道观，在此修行十三年。成化十八年（1482），罗梦鸿明心悟道，自立罗教，亦称"无为教"。正德十二年（1517），皇帝敕封罗梦鸿为"无为宗师"，在官场以及民间都有众多信徒。罗梦鸿扩建了玉龙道观，并将之命名为"福星道院"。因此后人通常把罗梦鸿视为福星观的开山祖师。

福星道观在盛极一时之后旋又毁于战火。清代同治三年（1864），全真道士蒋永林为之深感痛心，遂下决心重建道观。为了实现这个理想，蒋永林不断奔走，终于游说到当地部分热心官员的捐助。十余年后，新的福星观于光绪元年（1875）落成。据《玉皇山庙志》载，福星观原有建筑是："旧殿旧系四发戗，两翼共四十椽；前殿三间，共二十一椽；山门一间，两椽。……官厅楼房三间两厢，共计四十二椽。……厨房旧址系三间，每间六椽。"新的福星观则系统修建了灵官殿、真武殿、大罗宝殿、三清殿等建筑。蒋永林更于观前题写楹联："夫玉皇山者，山感天下之首灵；于福星观者，观为世上之阴骘。"肯定了玉皇山的道教地位，福星观也再次成为杭州一大道教圣地。

如果说蒋永林给了福星观第二次生命，那么紫东道人李理山（1873—1956）则对福星观的兴盛壮大有不可磨灭之功。李理山自幼在福星观出家，1919年以后任福星观监院，主管道观中各项事务。在他的悉心经营之下，福星观香火鼎盛，成为闻名江南的道观。李理山既精通道教的斋醮科仪，又习练道教的内家拳技，更与当时的社会名流有广泛的交谊。小说家许钦文在游览玉皇山时还特意想去拜访他：

> 进了福星观,放大的紫东道士的照相,一望见就认得。固然前次来玩时蒙他招待过,"八一三"的前夕,我跟达夫去福州,在上海碰着这位老道士,达夫托他带回杭州一大捆的木版书,是刚到上海买得的,请他吃中饭,我是同席的。……探问以后,知道紫东道士还健在,已有八十五岁。一时很想找他谈谈,终于因为觉得没有什么话可说作罢。(许钦文《重游玉皇山小记》)

阴霾之下,相见不如怀念。此种情怀,只有亲身经历过才会心有戚戚焉。故人虽未曾相见,许钦文却偶遇了一个小道姑:

> 在玉皇山上,将到福星观的地方我就碰着了小道姑,圆圆的头脸上梳着两个螳螂髻,额上养着刘海仙,脚上套着长筒的白布袜,裤脚藏在袜统里。并不搽脂擦粉,皮肤白嫩嫩,脸颊红粉粉,这是自然的健康美。一跳一跃的跨着大步子,尤其显得生动活泼。(许钦文《重游玉皇山小记》)

年轻可爱的小道姑,毕竟让人觉得欣喜与祥和。可见,这座玉皇山终究还是笼罩着道家气味的。

李理山的另一个贡献在于开辟了玉皇山腰的紫来洞。紫来洞得名于道家典故"紫气东来"。据《关令内传》载:"关令登楼四望,见东极有紫气西迈,喜曰,'……应有圣人经过京邑。'至期乃斋戒,其日果见老子。"李理山根据山势,带领道众开辟而成。洞口陡峭狭窄，仅容一人侧身而过。进入洞口之后，便会发现洞中有洞，深邃幽奇，被称为"西湖七大古洞"之一。

与整体上浓郁的道教氛围相映生辉的，是在紫来洞以南的天真禅寺。这里本是吴越王钱镠祭天时沐浴更衣、休息养神的地方。沿寺院南下，与凤凰山相连的慈云岭上，还保存了吴越王钱镠所雕凿的大小两龛岩壁造像。大龛坐东朝西，高五米八，宽十米，有造像七尊。其中，弥陀居中，左侧是观世音菩萨，右侧是大势至菩萨，均为坐像，合称"弥陀三尊"。在"弥陀三尊"两侧，还有菩萨和天王各两尊，均为立像。小龛位于大龛的北侧，坐北朝南，高三米九，宽两米三八。中间是地藏王菩萨的坐像，两侧是两尊供养人的立像。慈云岭造像是五代时杭州规模最大的石刻造像，吸引了许多佛教信徒来此参拜。

这充满了佛教色彩的天真禅寺，因为明代大儒王阳明的到来，又增添了一股儒家的气息。当年，王阳明在杭州养病期间曾经到天真寺讲学，吸引了大批追随者。王阳明去世之后，这些追随者在附近修建了许多书院，在此研读儒家典籍。至清代，这些书院经过修整以后，改称为紫云道院。佛教也好，儒家也好，道教也好，慈悲的济世情怀总是内在如一的。宣统二年（1910），这里接纳了四十多名来自河南的儿童，成立了慈云小学，免费供这些儿童读书。抗战期间，李理山敞开紫云道院，收容了数千名逃难而来的民众。直到一年多以后，杭州的战乱逐渐平息下来，难民才陆续下山。

在紫来洞东北角，还有七只注满水的大铁缸，以北斗星座排列，是为七星缸。古时杭州城经常发生火灾，尤以南宋、明末、清初三个时期最为严重。清朝雍正年间，浙江总督李卫听信道士进言，认为玉皇山山势如龙，龙在"离"位，代表南方和火，导致杭州城火患频仍。根据阴阳五行的学说，"坎"代表北方和水，所以"坎制离"，最好的办法就是在紫来洞的东北角铸缸七口以镇"离龙"。在一城最高处贮水辟火，多少给老百姓以心理上的安慰。是以七星缸虽象征意义大于实际意义，却屡毁屡建，一直被保存了下来。

出紫来洞，离开七星缸，俯视东南山下，就可以看到著名的八卦田。宋室南渡，高宗在杭州临安府建立行都，遂仿照北宋旧制，修建籍田先农坛。先农坛是皇帝祭祀先农神的地方，籍田则是先农坛下开垦的农田。按照惯例，皇帝每年要在春耕季节举行祭祀典礼，然后亲自耕作农田，表示"为天下先"之意。绍兴十六年（1146）宋高宗赵构曾在这里举行过非常隆重的亲耕仪式。当代画家傅伯星作《皇帝亲耕图》，展示了南宋皇帝举行亲耕仪式、行籍田之礼的场景和整个过程。这个仪式极为复杂：首先，皇帝要颁诏天下，预告来年行籍田礼的大致日期；其次，太史在正月要选定吉日；再次，皇宫内要准备好耕种的谷种献给皇帝；最后，皇帝要率领两千人在吉日拂晓赶赴先农坛，亲自参与耕种。皇帝右手执耒，左手执鞭，在鼓乐声中，随着驾着耕牛的农夫走三个来回。"皇帝亲耕，三推成礼"，以祈求神灵保佑国家风调雨顺，五谷丰登。

八卦田的形成体现了南宋统治者对理学的崇尚。整个田地呈八卦状，分为八块，当中有个圆圆的土墩，象征半阴半阳的太极图。太极代表了理学的最高哲学范畴，而八卦则代表天地万物。明代以后，八卦田的政治功能消退。籍田主要由附近的农民耕种，这里也逐渐变成了一个著名的景点。文人高濂游览到此，深深地被这里的景色打动："春时菜花丛开，自天真高岭遥望，黄金作垾，碧玉为畴，江波摇动，恍自河洛图中，分布阴阳爻象。海天空阔，极目了然，更多象外意念。"（《遵生八笺·四时游赏笺》）世易时移，景色变迁，到了上个世纪40年代，人们看到的八卦田也变了模样：

> 八卦田在山下，在平地看，只是几亩田，登上玉皇山远望，才有点像八卦形。实在也只是有点像，并没有真正做到八卦的条件，连太极图都没有弄圆。（许钦文《重游玉皇山小记》）

相比附近的凤凰山，玉皇山的名气与人气都略逊一筹。究其原因，郁达夫慨叹：

> 细想想，玉皇山的所以不能和灵隐天竺一样的兴盛，理由自然是有的，就是因为它的高，它的孤峰独立，不和其他的低峦浅阜联结在一道。特立独行之士，孤高傲物之辈，大抵不为世谅，终不免饮恨而终的事例，就可以以这玉皇山的冷落来做证明。（郁达夫《玉皇山》）

郁达夫的感喟中多少包含着对自身境遇的自怜之意。热闹固然令人向往，静默却也未必全然是失落与怨艾。玉皇山以自己固有的身姿展现在世人面前，早已不用言说。

二　飞来峰

关于飞来峰的来历，有关西湖的多种文献都引用了晏殊《舆地志》的记载。尽管原书早已散佚不见，但其中却保存了我们现在所能见到的提及飞来峰的最早记录：

> 晋咸和元年，西天僧慧理登兹山，叹曰："此是中天竺国灵鹫山之小岭，不知何年飞来。佛在世日，多为仙灵所隐，今此亦复尔邪？"因挂锡造灵隐寺，号其峰曰"飞来"。

咸和是东晋成帝司马衍的年号。东晋政权偏安江南，佛教逐渐兴盛，僧人的文化交流也日益增加。为飞来峰命名的慧理，本是印度僧人。他登上兹山，见其风貌之奇，以之为印度灵鹫山飞来中土。在印度，灵鹫山本来就是仙灵隐居之所。慧理心向往之，遂在飞来峰北建灵隐寺，亦名北山为灵隐山。除灵隐寺外，慧理留给后世的遗迹，还有他在世时常安坐于上的理公岩和呼白猿而致的呼猿洞。呼猿洞也颇有神秘色彩。据清人翟灏、翟瀚辑录的《湖山便览》卷六记载:"相传慧理谓峰自灵鹫飞来,人不之信,因就洞呼出黑白二猿为证。"后世有诗赞云:"引水穿廊走,呼猿绕槛跳。"盖因惠理在此畜白猿,又有"饭猿台"一说:"在呼猿洞,西天竺师慧理畜白猿,因起台寺中,旧施食于此。"(《浙江通志》卷四十引《万历灵隐寺志》)

按照当时佛教初盛的文化风貌来看,慧理在当时的杭州构筑了一所"迪斯尼乐园",让各地的游客可以在这个传说和与此相关的传奇人物的号召下得到一种佛国的虚拟体验。可以说,慧理以飞来峰为核心,整个改扮了武林山的文化面貌:

> 盖武林山者,灵隐、天竺诸山之总名也。自晋僧慧理有天竺国灵鹫山飞来之语,而后有灵鹫之名,有灵隐之名,有天竺之名,有飞来之名,至莲花、佛国、白云、白猿、狮子、香炉之名,皆继慧理而发者。(《浙江通志》卷一)

从自然山水演变成富有佛教韵味的人文山水,慧理对杭州山水的影响可谓大矣。与之相应,佛教对杭州的文化影响也可谓大矣。

飞来峰的传说自然是虚妄的,前人对此早有认识。宋人邢凯在《坦斋通编》中借辨析罗浮山的来历否定了飞来峰的传说:

> 《惠州罗浮山图》陈文惠公赞序谓浮山即蓬莱别岛,尧时洪水浮至,依罗山而住。唐图志如之。段成式《杂俎》:齐郡历山

> 上有一小山，铁锁缠绕，世传海神锁之，索断飞来。予谓山峙而静，无远徙之理，如灵隐寺前飞来峰，所传皆诞也。

对于很多与地名相关的典故，我们只要尊重前人丰富的想象和生动的描绘就可以了。不过，关于飞来峰的传说流行甚广，几乎尽人皆知。据《行水金鉴》卷七十七载："宋太宗雍熙三年秋七月癸巳，阶州福津县有大山飞来，自龙帝峡壅江水，逆流坏民田数百里。山崩而壅江水，《汉书》屡书之，兹曰'大山飞来'，恐犹是吾浙西湖飞来峰之讹传也。"这又是仿照飞来峰、罗浮山等宗教传奇而制成的说法，但离开宗教的语境自然也就不易被人接受了。

正是由于飞来峰的佛教背景，历来就有很多题咏飞来峰的禅诗。北宋高僧慧洪诗云：

> 意行忽出门，欲留聊植杖。云开飞来峰，肖然眉睫上。气势欲翔舞，秀色无千嶂。万物皆我造，何从有来往。大千等毫末，古今归俯仰。心知目所见，皆即自幻妄。如窥镜中容，容岂他人像。颇怪胡阿师，乃作去来想。此意果是非，一笑声辄放。且复临冷泉，举手弄清涨。（慧洪《飞来峰》，见《石门文字禅》卷三）

这首诗写得大有禅意。佛教的基本理论是"缘起有"和"自性空"，一切的"有"都是"假有"，而一切的空才是"真无"。既然如此，西天的灵鹫山本身也应该是个虚幻的存在，又何以"飞来"东土？

慧理既然对"二山"外形之似如此执着,以至于改名、建寺,说明他要么不是一位领悟到佛法真谛的人,要么是有意哗众取宠。在这"两假必有一真"的逻辑困境中,惠洪嘲笑了慧理。

宋人《养疴漫笔》中又记一则趣话:

> 孝宗幸天竺及灵隐,有辉僧相随,见飞来峰,问辉曰:"既飞来,如何不飞去?"对曰:"一动不如一静。"又看观音像手持数珠,问曰:"何用?曰:"念《观音经》。"问:"自念则甚?"曰:"求人不如求己。"孝宗大喜。

孝宗问得天真,而僧人答得聪敏。这类禅宗公案既有智慧的碰撞,又有意趣的激发。

当然,关于飞来峰更为世人熟知的诗作,当属北宋王安石的《登飞来峰》:

> 飞来峰上千寻塔,闻说鸡鸣见日升。不畏浮云遮望眼,只缘身在最高层。

这首诗的精彩之处在于后两句,透着青年王安石强烈的政治自信。不过,读者大多会将这种自信与前两句提到的飞来峰相对应。细心的读者也许会想到,飞来峰是有的,但是千寻塔在哪儿啊?杭州的飞来峰上并没有高塔。这不禁令人疑惑:王安石此诗所咏是否真的是杭州飞来峰？中国名为"飞来峰"者有多处，这种怀疑历来有之。最早的怀疑者是南宋李壁。他在给这首诗作注的时候说："兴化军仙游县有大飞山，临安钱塘县灵隐寺有飞来山。介甫未尝入闽，若又以灵隐飞来峰，则初无塔，兼所见亦不至甚远，恐别指一处也。"（《王荆公诗注》卷四十八）因杭州飞来峰上"无塔"而证王安石诗作所描写的是"他山"，这种说法一直影响到今天。但也有学者坚持认为此诗中的飞来峰就是杭州飞来峰，如近来沈衣食在《王安石〈登飞来峰〉诗小考》一文中就认为，隋初曾于飞来峰建神尼舍利塔，王安石应见过此塔。到南宋李壁的时代，或许此塔已不存。总之，说飞来峰"则初无塔"，实在也是没有根据的。

飞来峰上这座曾经闪现于历史的神尼舍利塔，还附着一个政治传说。《隋书·高祖纪上》记载了一段隋文帝一统中国是受命于天的神话传说：

> 皇妣吕氏，以大统七年六月癸丑夜生高祖于冯翊般若寺，紫气充庭。有尼来自河东，谓皇妣曰："此儿所从来甚异，不可于俗间处之。"尼将高祖舍于别馆，躬自抚养。皇妣尝抱高祖，忽见头上角出，遍体鳞起，皇妣大骇，坠高祖于地。尼自外入见，曰："已惊我儿，致令晚得天下。"

后来，隋文帝为了纪念圆寂的神尼，便在飞来峰上修建了这座神尼舍利塔。按照沈衣食的说法，王安石必定是见过此塔的。我们按沈衣食的描述设想：三十二岁的王安石已经成功地在鄞县任上试行了改革，期满卸任即将赴京。他意气风发地路过杭州，登上飞来峰的高塔，踌躇满志。这时的王安石绝无苏轼的"高处不胜寒"之感，有的只是摆脱流俗阻力一往无前的改革锐气。"时然而然，众人也；己然而然，君子也。己然而然，非私己也，圣人之道在焉尔。"这是王安石在《送孙正之序》中说过的境界，即坚信自己的正确，才是真正的君子，这不是刚愎自用，而是因为真理只掌握在自己的手中！有趣的是，正像王安石的改革是站在一个并不坚实的基础上一样，他在飞来峰千寻塔上穿透浮云的眼光，也是被人质疑的。因为如前所述，这座高塔本身的有无就是个问题。

飞来峰的风景究竟怎样？明人田汝成在《西湖游览志》中带我们一览当时的风景：

> 界乎灵隐天竺两山之间，盖支龙之秀演者。高不逾数十丈，而怪石森立，青苍玉削，若骇豹蹲狮，笔卓剑植，衡从偃仰，益玩益奇。上多异木，不假土壤，根生石外，矫若龙蛇，郁郁然，丹葩翠蕤，蒙幂联络，冬夏常青，烟雨雪月，四景尤佳。……林景熙诗："何年移竺国，秀色发棱层。清极不知夏，虚中欲悟僧。树幽岚气重，泉落乳花凝。犹忆烹茶处，闲来话葛藤。"

现代学者顾无咎在《西湖游记》中则为我们描述了1915年的飞来峰：

（合涧）桥前有坊，镌"飞来峰""咫尺西天"等字。过桥即飞来峰，峰高不逾数十丈，而怪石森立，青苍玉削，若骇豹蹲狮，笔卓剑植，纵横偃仰，益玩益奇。上多异木，不假土壤，根崛石外，矫若虬龙，枝蟠云际，郁若籀篆。山壁遍镌佛像，有"佛国"二字，为宋苏长公所书。山下为龙泓洞，宛转幽邃，壁间题刻甚多，苔藓侵蚀，漶漫不可辨。仰视旭光一线，上透极顶，即所称"一线天"者。空中别无一物，而在愚夫言之谓可证他生事，不亦可笑乎？峰之旁有三亭翼然峙者，为春淙、壑雷、冷泉也。瀑布声淙淙，盈两耳间，如琴筑交奏。其激于石也，又如滚雪飞花，天然奇绝，不可名状。余于壑雷亭坐久，觉灵秀之气，深沁诗脾，而向之红尘缭绕于眼底者，遂一洗而净，岂不快哉！岂不快哉！即放歌一首，以纪其事。

文中的"苏长公"就是苏轼，"佛国"二字至今犹见。中国人学佛，是非常关注其"方便法门"的。净土宗的传播、禅宗之创立，也是基于满足了我们简单易行的需求。印度佛教兴于苦修，也终于苦修，而佛教之所以在中国留存了下来，跟我国佛教中很多吸引大众的理念和办法分不开。飞来峰的传说可以让人足不至西域而仿佛见到佛山，即是迎合了此种大众心理。为了满足对来世的期许，人们纷纷在飞来峰下修筑佛像，这又是飞来峰的一景。

说飞来峰周遭可成"佛国"，十分恰当。即便不提慧理等人的传说，就是现存的佛教造像也可以构成这种氛围。林风眠《美术的杭州》云：

> 飞来峰的雕刻可以说是西湖的精粹，其临灵隐寺之一面，自麓至顶，自表至里，满布以宋元以来的大小雕刻物。过去呢，在洞中的，有些被人凿去了头面，有的被无识的僧侣满涂以金漆；在洞口上者，已为大自然的力量侵凌到几乎泐破的地步；在对灵隐寺天王殿之一面，则满盖了杂树荒草，有些竟因植物根部逐渐膨胀，弄得手裂腹绽！

从雕塑的角度看，飞来峰自五代以来的佛教造像非常值得研究。元代的胡僧杨琏真伽却给这个"佛国"增添了一个败笔，因为他在这里雕凿了千百座佛像，但把自己的相貌也掺入其中。学者谢国桢云："说起来飞来峰的石佛，是大家都知道的了。但是那样的恶劣的大佛，真是为名山之玷。原来元代胡僧杨琏真伽掘了南宋六陵，宋代的遗民谢皋羽、吴玉潜、林霁山辈，偷偷捡拾六陵的遗骨，重新埋葬，种了许多冬青树，这是宋代遗民月湖汐社怎样可纪念的事情！胡僧不但掘了六陵，还在飞来峰上刻了无数的狞猛的佛像，逼肖杨髡的样子，西子有知，能不气死？但是一般的游人，偏偏愿在石佛旁边，拍一个照，这是我不解的事。"

对于杨琏真伽的行为，许多人都用实际行动表达了自己的愤慨。徐宝山《西湖风光》说：

> 湖上山峰很多，要推飞来第一。峰石高至几十丈，石的上面，生着奇异的树木，树根不着泥土，完全生出石外，真是奇极怪绝！前后大大小小的洞，有四五个，都是玲珑剔透；峰的上下，刻着许多佛像，相传是胡髡杨琏真伽所创，并且把自己的像，也刻杂在里面，后来某刺史断其头，投诸江中，真是一大快事！

"某刺史"是谁呢？明代文学家田汝成有明确的记载：

> 嘉靖二十二年二月，杭州知府福清陈公仕贤击杨琏真伽等三髡像于飞来峰，枭之灵隐山下。田汝成为之记曰：飞来峰有石人三，元之总浮屠杨琏真伽、闽僧闻、剡僧泽像也。盖其生时，刻画诸佛像于石壁，而以己像杂之，到今三百年，莫为掊击。至是，陈侯见而叱曰："髡贼！髡贼！胡为遗恶迹以蔑我名山哉！"命斩之，身首异处，闻者莫不雪然称快。（田汝成《西湖游览志余》卷六）

这位陈公名仕贤，其断胡僧造像的壮举是很得民心的。无独有偶，明末清初的散文家张岱在《峋嵝山房小记》一文中回忆了自己少年时代在灵隐韬光山下的"峋嵝山房"读书的情景。其中对他破坏飞来峰造像的事情有具体的记述：

> 天启甲子，余键户其中者七阅月……日晡必出，步冷泉亭、包园、飞来峰。一日，缘溪走看佛像，口口骂杨髡，见一波斯胡坐龙象，蛮女四五献花果，皆裸形，勒石志之，乃真伽像也。余椎落其首，并碎诸蛮女，置溺溲处以报之。

不过，张岱这次乌龙了，他砸的其实只是想象中的杨琏真伽，事实上毁坏的却是密理瓦巴造像。

无论如何，在中国文人的心里，佛只是一种意境罢了。飞来峰乃至造像的真假并不重要，重要的是超然物外的体验。据《咸淳临安志》卷七十记载，唐代有僧人为天竺寺住持，曾在飞来峰之南麓西岭下建草庐修行，号为西岭草堂，与著名诗僧皎然、灵澈等人唱和，时人有"洞冰雪，摩云霄"之誉。长庆三年入灭，世称西岭和尚。

谈到飞来峰，值得一提的还有合涧桥和冷泉亭。

关于合涧桥，《西湖游览志》卷十记载："合涧桥在飞来峰路口，北涧自灵隐而下，南涧自天竺而下，合流于此，号曰'钱源'。唐时有灵隐、天竺寺门，袁居中所书。"唐代大诗人白居易曾有诗云："一山门作两山门，两寺元从一寺分。东涧水流西涧水，南山云起北山云。前台花发后台见，上界钟声下界闻。遥想吾师行道处，天香桂子落纷纷。"这首诗题名《寄韬光禅师》，在数量词、方位词方面做了很多设计，建构起了一个充满禅意的封闭空间，也体现了白居易在此游览时的闲适心情和感悟自然的生活乐趣。现代人游览飞来峰，则又是一番情趣。台湾散文家琦君在《西湖忆旧》中就追忆了自己年少时与父亲同游的情景：

> 灵隐寺对面的山峰就是有名的飞来峰。峰下清泉寒冽，泉边有亭名冷泉亭。有一副对联是："泉从几时冷起，峰从何处飞来？"另一副却回答道："泉从冷时冷起，峰从飞处飞来。"煞是有趣。在冷泉亭里，泡一壶龙井茶，手中一卷书，就可消磨竟日。方丈款待我父亲的，据说是市面上买不到的上品清茶。大概就是彭玉麟联句中的"坐、请坐、请上坐，茶、泡茶、泡好茶"的好茶了。父亲那时已非达官贵人，只是和老和尚谈得非常投契。老和尚将八十的高龄，精神非常健旺。我问他怎样修行？他指着寺前巨大的弥勒佛像，叫我念旁边的对联："大肚能容，了却人间多少事；满腔欢喜，笑开天下古今愁。"他说："懂得此中妙理，便是修行。"父亲笑着点点头，我小小年纪，哪儿懂得呢？

能坐在灵隐寺边上的冷泉亭里，面对着飞来峰饮上一杯清茶，相信必有一番禅意的领悟。

三　五云山

五云山在杭州西南二十里，介于九溪十八涧和梅灵南路之间，是西湖群山中的第三座大山，高三百八十五米。由于五云山处在钱塘江和西湖两水相夹之间，水汽充沛；再加上山上山下温差明显，形成山地云，经强烈阳光照射，便呈斑斓的彩霞。传说旧有五色云彩盘旋，经久不散，故得此名。五云山山腰有凉亭，留有楹联"长堤划破全湖水，之字平分两浙山"，逼真地写出了山景动情处。在五云山顶，游人可以俯瞰大江三折而东，南北二高峰如同双髻。沿着绕山盘旋七十二弯、脚踏千余级石磴登山游览，半山腰的伏虎亭、建于五代的真际寺、西山的云栖寺都是深具人文风情的名胜。

（一）志逢与伏虎亭

伏虎亭的由来，关涉到五代高僧志逢大师的传说。

据《十国春秋》《武林梵志》《五灯会元》等书记载，杭州僧人志逢，生下来就厌食荤腥，后在杭州东山朗瞻院出家，依寺规逐年修习戒定慧三学。经过不懈的努力，他终于贯通，洞达性理。为了修行，他在五云山顶搭了个草屋。一天，志逢梦到自己飞升至须弥山，看到并列而坐的三座佛。他知道前两尊佛是释迦牟尼和弥勒佛，却全然不识第三位，只是仰视发怔。释迦牟尼佛告诉他，这是师子月佛。志逢正要行礼，却忽然醒了。后来查阅大藏经，他竟然找到符合自己梦中情境的记载。后晋天福年间，志逢游方至天台山云居寺德韶禅师处。宾主一见如故，相谈甚欢。一天，志逢正在普贤殿安坐，看见有神人长跪于自己面前。志逢感到很意外，问道："你是何人？"回答说："我是护戒神。"志逢趁机问道："我患有慢性疾病，至今不愈，你能帮我解说一下吗？"回答说："不过是犯了随便丢弃洗涤钵盂的废水的罪罢了。"讲完，护戒神就隐身不见了。志逢自此尽饮洗涤法器的脏水，日久又患上了脾病，历经十年才痊愈。吴越王钱镠尊佛崇僧，赐志逢紫衣，赐号普觉禅师，并为他在云栖坞修筑云栖寺居住。云栖坞平日里多有猛虎出入，于是志逢经常带着大扇子四处乞钱，买肉来喂给老虎，后来老虎见到他都表现出驯服的样子。因此世人称志逢为伏虎禅师，又叫大扇和尚。

志逢受吴越王之命，住进临安功臣院。当时功臣院里佛道混杂，各种思想激烈碰撞。一天，有人提出了对佛法的质疑，说："佛法教人仪轨礼度，可是当年善财拟登妙峰山，拜谒德云比丘，等到了约好的地方，德云比丘却约善财在另外一座山峰相见，这是什么道理？"志逢回应说："你们还执着于见与不见、此峰彼峰，其实这些都是没有悟到'不二法门'的真义。若能舍去这些分别之心，才不枉负老僧之意。况且善财与德云又何曾暂离，又何曾相见呢？一切都是虚幻的色相罢了。"

北宋开宝四年（971），志逢以年老为由向朝廷告归，欲依山林颐养天年。大将凌超特意创建华严宗的道场静虑庵，请志逢去做住持。雍熙二年（985），志逢染疾，预感到即将圆寂。某日，他命僧人置办芬香之水，沐浴后跏趺而坐，不久去世，时年七十七岁。后人为他建塔，名曰"宝峰常照"。

（二）钱惟善与真际院

北宋乾德年间，建于五代的静虑庵改名为"真际院"。明朝初年，真际院毁于战乱。正德十二年（1517），僧人法坚于故址重建寺院。当时的寺宇共三进：头进天王殿，供弥勒佛；中间大殿，供奉西方三圣；后进供华光菩萨，旁列十八路财神像，这些财神多为民间传说中的道教神祇。至此，真际寺便形成了亦释亦道的独特格局，其中以财神信仰为主。至清代时，真际寺建筑尚保存完好，现在却仅存遗址。

自明代以来，真际寺财神十分著名。据《武林梵志》记载，当时"杭人宰牲祈财无虚日"，上山进香之风极盛。明时杭城商人中还广泛流传着一种做法：做生意前先到真际寺财神殿去"借本"，将殿内所挂纸钱取去，如果获利则加倍还之。这更为真际寺的财神信仰增添了几分传奇色彩。如今，真际寺虽然已不存在，但每逢财神生日，杭州市民、各地商贾进山朝拜之风依然未绝。

在真际寺遗址内，有三口古井，位于海拔三百三十四米的山上。这是杭州西湖风景区里海拔最高的天水井，被称为"天井"。相传这三口井有两个奇特之处：第一，在五代至今的一千余年中，无论如何天旱，这里的井水却从未干涸过；第二，这里的井水冬暖而夏凉，即使是在炎热的三伏天，也很少有人有勇气用这里的井水冲凉。据说从前人们认为水象征财源，于是纷纷取"天井"里的水拿回家去，作为找到财路的好兆头。

在文人眼中，五云山另有一番雅趣。钱惟善有《登五云山》诗赞曰：

普觉遗衣久不传，五云故色尚苍然。断崖萝薜三千丈，乔木风霜四百年。龙井雨深泉独厚，渔村潮上月初圆。宝坊金碧红尘聚，何似兹山更绝缘。

五云山上有普觉禅师道场，远近知名。依照南宋故实，每年腊月前，当地僧人一定要进奉雪表。因而钱惟善又有《五云赏雪》诗云：

献瑞名山自昔闻，化人台殿杂金银。树灵尚吐三花秀，云冻全销五色文。鸟绝空江知棹泊，鹿迷深径待樵分。兴来更上高寒处，此境应无萧使君。

钱惟善，字思复，自号心白道人、武夷山樵者，钱塘人。元代至元元年（1335），他参加江浙省试，考题为《罗刹江赋》。当时应考者达三千多人，都不知罗刹江出处，只有钱惟善引用枚乘的《七发》证明钱塘之曲江，即为罗刹江，大为主考官称赏，因而名声远扬，他也自号曲江居士。钱惟善长于《毛诗》，兼工诗文，有《江月松风集》十二卷传世。又兼长书法，作品有《幽人诗帖》《田家诗帖》等。五云山下有钱惟善故居，也吸引了不少后世文人前去凭吊。明人易恒有《题钱思复曲江草堂》诗：

> 浣花寂寞钟山远，今见风流在曲江。八十仪刑今有几，三千词赋总无双。屋头秋老凌霜树，竹下春闲听雨窗。好向两村寻旧隐，月轮峰下涧飞泷。

二人也算是异代知音了。

在五云山顶，还曾有五显灵宫，传说很灵验。九月二十日为神诞辰日，进香者遍布山谷。

（三）袾宏与云栖寺

五云山的佛教色彩也很浓厚，被誉为西湖十八景之一的"云栖梵径"就是一条进山进香之路：

> 云栖坞在五云山之西，旧传山上时有五色瑞云飞集坞中，遂名云栖。前绕大江，沿江取路而入，行万竹中，石径幽仄，仰不见日，高下屈曲，延缘十余里，转入转深，不辨所出。山半有洗心亭，为游人憩息之所，行久，渐闻钟磬音，则云栖寺在焉。寺建于吴越时，后名栖真院，明隆万间，释袾宏号莲池者居之，复名"云栖"。（《西湖志纂》卷一）

云栖寺在清代香火鼎盛。康熙三十八年（1699），圣祖御题"云栖"及"松云间"二额。乾隆十六年（1751），题"香门净土""悦性亭""修篁深竹"三额，二十七年又题"西方极乐世界安养道场"

额。在原寺院壁间，还留有乾隆题诗刻石及董其昌书定的《金刚经》碑石。

云栖寺径曲林幽，四山围合，苍翠耸然。自东冈而上，有壁观峰；峰下有泉，名青龙泉，迤逦而下；中峰之旁复出一泉，名圣义泉；又下而西，岗之麓复出一泉，名金液泉，水流涓涓，洁冽甘芳，汲灌不竭。唯独因为这里荒僻寥落，所以人迹罕至。如果不是忘形死心的人，是不会到这里安住的。

几百年来，这里依旧虎患频生。明朝隆庆五年（1571），僧人袾宏行脚南方，在归途中路过云栖寺。他喜爱这里周遭岑寂，孤身在破壁之间结跏趺坐。太学生陈如玉、李绣等为他建造了三间静室，供他修行之用。袾宏白天与野鹿相伴，夜晚与鸣泉唱和，悠然自得，仿佛将要在此终老。

对于袾宏在此久居，村民们惊怪不已。因为环村四十里，每年被老虎所伤的不下二十人。至于村民们饲养的鸡鸭鹅狗，死伤就更加难以计算了。听到这些事情后，袾宏发愿诵经千卷，设瑜伽施食。从此之后，再也没有虎患伤人。有一年，杭州大旱，村民们上山祈祷，马上天降甘霖。村民们非常高兴，很庆幸山上住着这样一位慈悲为怀的高僧。为了报答袾宏的善行，他们扛着木材来到他的住处，说："这些树都是我们祖上所栽植的，现在用来修建佛寺吧！"不到百天，寺院就建成了。寺院外无高大之门，中无大殿宝殿，惟有禅堂、法堂以奉经律。袾宏自感寺院过于简陋，并没有什么特别之处。反躬自身，当初本来是抱病入山，思量着将来也自当与草木同腐,现在却忽然遇到这种"幻愿",见识到云栖寺的兴废,不由得感慨万千。为了不让自己安食不思,袾宏想要做点什么,以上报佛恩,下酬信任。他想到自己平生崇尚真实而不喜浮夸,甘于贫穷而羞于名利,于是发愿与同道砥砺修行,推行古道,传播佛法,保一境平安。

袾宏字佛慧,号莲池,世称莲池大师或云栖大师,为明末四高僧之一。袾宏早年即奉净土宗,三十一岁始出家,后在杭州昭庆寺受具足戒。袾宏以净土法门为主,冬季坐禅,余时兼讲经论。他住持云栖寺四十余年,施衣药,救贫病;终身布素,修持禅净;披阅三藏,注释经典;主张严持戒律,力倡戒杀放生。袾宏不仅制订律制规约,且修订焰口、水陆和课诵等仪。许多课仪,流传至今。后世以之为莲宗第八祖,华严圭峰下第二十二世,世有"云栖宗"之称。云栖寺也与灵隐、净慈、虎跑、昭庆诸刹齐名,成为杭州五大丛林之一。

(四)五云山的名人踪迹

五云山是不少文人名士心向往之的休闲之地,自然引得文人们神往。宋杨杰《无为集》卷三《五云叟琴阁》云:

> 朝望五云山,暮望五云山。望之欲去未得去,抱琴登阁聊怡颜。琴声喷潺湲,意在山之泉。琴声险欲绝,意在山之巅。五云之山不须到,劝君但作五云操。

顺天府尹查秉彝的墓就在五云山南桐树坞。根据雍正《浙江通志》卷二百三十五的记载，他是在嘉靖四十年（1561）奉圣谕安葬于此的，墓前还有翰林学士李春芳撰铭、武英殿大学士徐阶撰神道碑。查秉彝为官清正廉明，参与过反对严嵩父子的斗争。据《明史·厉汝进传》记载，户部尚书王杲下狱，厉汝进与同僚海宁查秉彝、马平徐养正、巴县刘起宗、章丘刘禄联合疏言："两淮副使张禄遣使入都，广通结纳。如太常少卿严世蕃、府丞胡奎等，皆承赇受嘱有证。世蕃窃弄父权，嗜贿张焰。"这场忠奸斗争虽然以失败告终，但查秉彝等人的品格却彪炳史册。查氏一门在清代有名人查慎行，至当代则属查良镛（金庸）了。

神佛围绕、名人辈出的五云山也为后世留下了不少充满神秘色彩的传说。据《元明事类钞》卷三引《旷园杂志》载，有"神筊变鱼"一事：崇祯年间一次重阳节，杭州城有几位友人登五云山，一人开玩笑地拈起神筊占卜道："我们今日能回城否？"当时天色才正当午，但筊语却答以不能，众人一笑而去。下山后见双鱼在溪头，俯拾可得，于是一起抓捕，花了不少时间。他们把抓到的鱼拿到附近酒家烹饪，又久不能熟，最后果然城门已关，不能入城。他们打开锅再看那两条鱼，原来就是庙中的两枚木筊。从这个故事可以见出，文人之雅与俗人之乐兼容并包，正是五云山的魅力所在。

四 凤凰山和吴山

关于杭州的山，张其昀在《西湖风景史》一文中说得详细：

> 汉时凡钱唐之山，统名武林。六朝谓之灵隐。唐以灵隐属北路诸山，别称南路诸山为界石。东晋以后，递有灵隐、天竺、北高诸名，而武林山反以无专指而晦；五代以后，递有凤凰、南屏、南高诸名，而界石山亦以无专指而晦。至于龙井西南，理安、五云诸山，开辟最迟，元明以前，九溪十八涧一带，尚在荒烟蔓草之中。南北群山，峥嵘围绕，溪谷缕注，潴而为湖。登北高峰，则千顷湖光，缩为杯影。顾杭之诸山最高者实为五云，五云山高三七七公尺，几与南京之钟山相齐（钟山高三八〇公尺），北高峰高三五五公尺，南高峰高三〇二公尺，凤凰山高二〇九公尺。自五云山俯视南北两峰，若双锥朋立，钱江带绕，西湖镜开，帆樯扰扰烟雾间，若鸥鹭出没。凤凰山旧在城内，唐宋以来，州治皆在凤凰山麓，吴越与南宋，亦皆于此建都。凤凰山走入城内者曰吴山，左顾西湖，右视浙江，杭城人家，皆在足下。吴山与凤凰山均有江海湖山奇伟之观，故为登临之胜，金人所赋"立马吴山第一峰"者，即指此也。灵隐之幽深，天竺之清雅，是北山之极胜处。未有灵隐寺以前，统称为武林山，晋有灵隐寺之后名灵隐山。唐有天竺寺之后，又分灵隐之南为天竺山，北高峰即灵隐山最高处。飞来峰界

灵竺二山之间，上有巉岩，下多空谷，虽高仅二百公尺，而有武林第一峰之称。

不过，武林山、灵隐山、界石山等名称都已经消失在历史的长河之中，仅供我们在古籍中凭吊与遥想。这里我们要来说说凤凰山和吴山。

凤凰山在西湖之南、吴山之西，北近西湖，南接江滨，主峰海拔一百七十八米。远观山势，形若飞凤，故名凤凰山。据《西湖游览志》记载：

> 凤凰山，两翅轩翥，左薄湖浒，右掠江滨，形若飞凤。一郡王气，皆藉此山。

唐宋时期，凤凰山是杭州州治所在地，盛极一时。到五代时，钱镠更在此营建王城。凤凰山西南端有一块隆起的小丘，形似将台，所以被称为将台山。将台山山顶有两行石头，整齐排列如两排卫兵站立。钱镠把这里命名为"排衙石"，作为演武之地。北宋末年，起义军方腊的妹妹方百花攻打杭城时，正是在此安营扎寨。南宋迁都临安后，在凤凰山修建都城，壮丽之极，把湖山之美和皇权之威很好地合二为一。在将台山演武场上，也有孝宗皇帝带领嫔妃宦官来此射箭的身影，俗称御校场，也叫女教场。可惜到明代，这里经过几次大火，现在仅有残垣断壁了。

凤凰山麓万松岭上的万松书院是明清时期杭城规模最大、历时最久、影响最广的浙江省文人汇集之所，造就了袁枚等著名文人。明代的王守仁、清代的齐召南、秦瀛等大学者曾在此讲学，清朝皇帝康熙和乾隆在巡视江南途中专程为书院题写了"浙水敷文""湖山萃秀"等匾额。

当然，对杭州人来说，万松书院的意义在于梁山伯与祝英台三年同窗的经典爱情故事。据当地的说法，梁山伯与祝英台在杭州三年同窗就是在"万株松树青山上"的万松书院。直到现在，万松书院里还保留着"双照井"。当年，祝英台接家书返乡时，梁山伯曾十八相送，行至草桥（今杭州市上城区）双照井时，祝英台停下脚步，把井水当作镜子，打开发髻，梳理长发，让梁山伯看水中倒映出的自己的女子形象。可惜，朝夕相处的梁山伯却不解其中之意。祝英台只能说家中有个小九妹，与自己十分相像，要许配给山伯，让他早日来提亲。书院内还建有梁山伯和祝英台三年同窗学习的"毓秀阁"，阁前水池中的红鲤鱼似乎也见证了那段刻骨铭心的爱情故事。

与凤凰山相邻的是位于西湖东南的吴山，山势平缓，海拔约一百米。明人田汝成在《西湖游览志》卷十二记述了南山城内胜迹中有关于吴山的记载：

> 盖天目为杭州诸山之宗，翔舞而东，结局于凤凰山；其支山左折，遂为吴山；派分西北，为宝月，为峨眉，为竹园；稍

南为石佛，为七宝，为金地，为瑞石，为宝莲，为清平，总曰吴山。

吴山山势绵亘起伏，伸入市区，左带钱塘江，右瞰西湖，由延绵的宝月、浅山、紫阳、七宝、云居等小山组成。

早在春秋时期，就有吴山的文献记载。关于吴山得名的来历，向来有两种说法。一种说法称吴山是吴、越对峙时期吴国最西南界山的意思。春秋末期，以苏州为都城的吴王夫差打败了以绍兴为都城的越王勾践，越王退到会稽（今绍兴）。杭州即属吴国，吴山缘此得名。另一种说法称吴山是为纪念伍子胥而得名。伍子胥本为楚将，因父兄被害逃到吴国，帮助吴王阖闾建立了霸业，并苦谏夫差不要接受越国的投降，结果反被处死。百姓们在吴山为之立祠，本命名为伍山，音讹相传，遂为吴山。春秋时又以伍子胥的缘故，称吴山为胥山，唐时多称青山。这里可接江海，西湖是个浅水湾，吴山是个岬角，当年渔民下海捕鱼后在此晾晒渔网，故而又称晒网山。

五代吴越中，吴山上有城隍庙，亦称城隍山。相传第一座城隍庙是五代吴越国武肃王钱镠所建。明代所立的城隍神为正直的官员周新。

除了伍子胥和周新外，刺杀南宋奸臣秦桧的小校施全也是重要的神灵。神话传说中的仓颉、月老、酒仙、禹神、药王、东岳大帝、关帝、龙王、火神、太岁等全部在供奉的范围内，可谓三教九流杂陈。吴山庙会是西湖规模最大、举办时间最长的庙会。1949年庙会活动中止，1992年又举办了新型的吴山庙会。

吴山不但风景优美，也具有重要的战略地位。北宋苏轼《法惠寺横翠阁》诗云："吴山故多态，转侧为君容。"明代李流芳在《西湖卧游册跋语》中也写道："石皆奇秀一色，……一岩一壁，皆可作累日盘桓。"吴山也引来金人的觊觎。这里的金人，指的是金主海陵王完颜亮。史籍记载，他曾经派与南宋外交的"贺正旦使"秘密带回杭州西湖的地图，看后于图上题诗：

> 万里车书已混同，江南岂有别疆封。提兵百万西湖上，立马吴山第一峰。

许是出于对江南美景的向往，完颜亮不顾举国反对，一意孤行南下侵宋，结果在采石矶被宋将虞允文拖住。国内曹国公乌禄为渤海女真拥戴自立，完颜亮被部下射杀，立马吴山也就成为他一个可笑的美梦了。值得注意的是，海陵王为何要以"立马吴山"代指南下呢？对此，郁达夫在《城里的吴山》一文中有些新鲜的见解：

> 不久之前，更有几位研究中国文学的外人来游；我也照例的陪他们游过吴山之后，他们问我说："金人所说的'立马吴山第一峰'，是什么意思？"他们以为吴山总是杭州最高的山，所以金人会有这样的诗语。我一时解答不出，就只指示了他们以一排南宋

故官的遗址。大约自凤山门以西，沿凤凰山而北的一段，一定是南宋的大内，穿过万松岭，可以直达湖滨的。他们才豁然大悟地说："原来是如此，立马吴山，就可以看得到官城的全部，金人的用意也可算深了。"这一个对于第一峰三字的解释，不知究竟正确不正确。但南宋故官的遗址，却的确可以由城隍山或紫阳山的极顶，看得一望无遗的。

不知道郁达夫的解释是否符合历史的真相，毕竟战争的烽火已经远去。对于郁达夫来说，吴山还是一个排遣心情的去处：

> 自迁到杭州来后，这城隍山的一角，仿佛是变了我的野外的情人，凡遇到胸怀悒郁，工作倦颓，或风雨晦暝，气候不正的时候，只消上山去走它半天，喝一碗茶两杯酒，坐两三个钟头，就可以恢复元气，爽飒地回来，好像是洗了一个澡。

中国的文人大抵有些忧郁的气质，这份忧郁若不是发为诗文，便需要排解。这个时候，孤独的山行，就是心灵的良药。郁达夫如此，古人的山水徜徉，主要也是为了这个目的。

吴山中部有紫阳山，初名瑞石山。《咸淳临安志》载："瑞石山在太庙后，今为禁山。有瑞石泉在太庙待班阁子西山下。"元代时因建紫阳庵，遂称为紫阳山。元至治二年（1322），左卫亲军都指挥使伯嘉努在紫阳山东麓宝成寺崖壁上凿刻麻曷葛剌像。紫阳山顶还建

有江湖汇观亭,在亭上可以西眺西湖,东观钱塘。亭柱上有明代徐文长所撰写的楹联:

　　八百里湖山,知是何年图画;十万家烟火,尽归此处楼台。

吴山西端有云居山,因山上建有云居寺得名。这里旧有超然台,但并非苏轼兄弟在山东所建并为之作赋作记的亭台。近人钟毓龙《说杭州》载:"祠堂巷,北通太平坊巷,南出河坊巷,东由高银巷出太平坊。宋时名南新街。明于忠肃公谦之宅在此。"与岳飞、张苍水并称"西湖三雄"的明代民族英雄于谦就出生于此,至今吴山脚下还有于谦故居。立下保家卫国大功,"粉身碎骨全不怕,要留清白在人间"的于谦被明英宗以"谋逆罪"处死,葬于西湖西南的三台山麓,直到明孝宗弘治二年(1489)才昭雪冤案。

吴山的名字流传至今,并繁衍派生出吴山天风、吴山路、吴山广场、吴山名居、吴山新村、吴山名都、吴山商厦等名。其中吴山天风之名来自秋瑾赞美吴山的诗:

　　老树扶疏夕照红,石台高耸近天风。茫茫灏气连江海,一半青山是越中。(秋瑾《登吴山》)

1985年,这里被评为新西湖十景之一。现在,吴山也是一种美食的品牌,即吴山酥油饼。来杭的中外宾客赞其为"吴山第一名点"。

五　满觉陇的文学故事

（一）满陇桂雨

满觉陇，亦称满陇、满家弄，是南高峰南麓的一条山谷。它在杭州西湖以南，东西连着虎跑路和龙井路，两边秀峰夹峙，南面是白鹤峰，北侧是南高峰下相连着的烟霞岭和杨梅岭。五代时期，这里建有许多小型佛寺。后晋天福四年（939），一座新的佛寺圆兴院落成。北宋治平二年（1065），圆兴院改名为满觉院。"满觉"意为"圆满的觉悟"，这里也因为满觉寺而被称为"满觉陇"了。

自唐代以来，满觉寺就因桂花而闻名于世。白居易词云："江南忆，最忆是杭州。山寺月中寻桂子，郡亭枕上看潮头。何日更重游？"（《忆江南》词三首其二）追忆的就是满觉陇中的飘香桂花。到了明代，满觉陇已是杭州城桂花开得最繁茂的地方，文人雅士都曾经到此一游，并留下不朽的文章：

> 满觉院在满觉陇，有法华泉、金莲池，万历戊戌僧海龙重建。深涧茂竹，渐与世远，八月桂花盛时，游人甚盛，陇顶有波罗庵。（明吴之鲸《武林梵志》卷三）

> 桂花最盛处，惟南山龙井为多，而地名满家巷者，其林若墉若栉，一村以市花为业，各省取给于此。秋时，策蹇入山看花，从数里外便触清馥。入径，珠英琼树，香满空山，快赏幽深，恍入灵鹫金粟世界。就龙井汲水煮茶，更得僧厨山蔬野蕨

作供,对仙友大嚼,令人五内芬馥。归携数枝作斋头伴寝,心清神逸,虽梦中之我,尚在花境。旧闻仙桂生自月中,果否?若向托根广寒必凭云梯,天路可折,何为常被平地窃去?疑哉!(明高濂《遵生八笺·满家巷赏桂花》)

每到金秋季节,这里珠英琼树,百花争艳,香飘数里,沁人肺腑。如逢露水重,往往随风洒落,密如雨珠,人行桂树丛中,沐"雨"披香,别有一番意趣,故被称为"满陇桂雨"。这一名称得自清人张云璈之绝句《满觉陇》,诗云:

> 西湖八月足清游,何处香通鼻观幽?满觉陇旁金粟遍,天风吹堕万山秋。

1985年,"满陇桂雨"被评为新西湖十景之一。今天,这一带的路旁坡地、崖前涧边,共种植桂花七千多株,树龄长的达二百多年。

在满觉垄这样一个充满柔情蜜意的地方,曾经发生过许多柔情蜜意的故事。我们追随一下,可能还有一些余香呢。

(二)郁达夫和满觉陇

1932年12月1日,《现代》杂志发表了郁达夫的小说《迟桂花》。这是郁达夫在艺术上最精致成熟的小说,也被认为是中国现代文学史上不可多得的具有浓郁抒情味的作品之一。

关于这篇小说的缘起，郁达夫在《沧州日记》中为我们留下了一些线索。这一天，是1932年10月7日。郁达夫写道：

> 早餐后，就由清波门坐船至赤山埠，翻石屋岭，出满觉陇，在石屋洞大仁寺内，遇见了弘道小学学生的旅行团。中有一位十七八岁的女人，大约是教员之一，相貌有点像霞（郁达夫的妻子王映霞——引者注）……

从字里行间，我们能够感到一种来自旺盛生命活力焕发而导致的寂寞。和郁达夫一贯的性格一样，他的抑郁是隐忍的，他的释放也是虚幻的。

文人的爱情总似一种单纯的梦想。美丽的外表总如一种天真的欺骗，而文人们对此是毫无防范的。他会觉得他通过理性达到的一切关于天然的理解都附着在那张无邪的面庞，而真的走近后又往往落空。

《迟桂花》问世以来，受到了广大读者的普遍喜爱。许多人在去满觉陇之前，都要先找来郁达夫的这篇小说读一读。琦君《西湖忆旧》云：

> 中秋前后，满觉陇桂花盛开。在桂林中散步，脚下踩的是一片黄金色的桂花，像地毯，软绵绵的，一定比西方极乐世界的金沙铺地更舒适！浓郁的桂花香，格外亲切。我那时正读过

郁达夫的小说《迟桂花》，文人笔下的哀伤，也深深感染了我。仿佛那可爱的女孩，正从桂花中冉冉而来。

花香，人美，情韵悠长。

（三）胡适与满觉陇

胡适与曹佩声的爱情因缘，尽在满觉陇的那次相逢。

1923年4月，胡适来到杭州，只为那有过一面之缘的女子曹佩声。六年前，他们给彼此留下了非常难忘的印象。那是在他与发妻江冬秀的婚礼上，十五岁的曹佩声是新娘的伴娘。

后来，曹佩声经历了一次婚姻，但以离婚告终。离婚后，她继续在杭州第一女子师范学校求学，得知讯息的胡适前往杭州探望。她依然亭亭玉立，有开朗而不失优雅的风范。胡适与她的这次会面，只有短短的四天。临别之时，胡适为曹佩声写下了一首题为《西湖》的白话小诗：

> 十七年梦想的西湖，不能医我的病，反使我病的更厉害了……这回来了，只觉得伊更可爱，因而不舍得匆匆就离别了。

"不舍得"的胡适很快又回来了。1923年夏秋之际，他再次来到满觉陇，与曹佩声开始了短暂的同居生活。在《胡适日记》中，他记录下他们漫游的踪迹：

> 今天晴了,天气非常之好。下午我同佩声出门看桂花,过翁家山,山中桂树盛开,香气迎人。我们过葛洪井,翻山下去,到龙井寺……

和毫无共同语言的江冬秀相比,曹佩声带给胡适的是精神沟通与共鸣。胡适说:"我这三个月中在月光之下过了我一生最快活的日子。"(《胡适日记》)

回到北平的胡适,做好了和江冬秀离婚的打算。因为这时候,曹佩声已经怀孕了。接下来的故事,则是尽人皆知的。江冬秀吵闹、动手,甚至以杀死两个儿子相威胁。满肚子新学的胡适终究还是屈服在旧式的礼教之中。他选择了逃避,躲到北平西山的朋友家中。无奈之下,曹佩声被迫堕胎,从此终身不嫁。

此后,两人偶有见面,却都匆匆作别。1949年2月,胡适在上海又与曹佩声碰面。当时,曹佩声劝胡适留下来,但他最终还是去了台湾。这是他们最后一次见面。历经沧海桑田之后,不知道他们是否还会想起满觉陇里淡淡的桂花香?

(四)徐志摩与满觉陇

每说起徐志摩与满觉陇的缘分,不得不提的还是胡适。徐志摩的确是冲着胡适来的满觉陇。1923年8月,胡适接到了徐志摩的来信:

蒋复璁回来说起你在烟霞深处过神仙似的生活，并且要鼓动我的游兴，离开北京，抛却人间烟火，也来伴你捡松实觅竹笋吃……但我听了仿佛是烟霞岭上的清风明月，殷勤地亲来召唤……你若然住得到月底，也许有一天你可以望见我在烟霞洞前下舆拜访。

这两位大才子相约中秋节见面。不巧的是，徐志摩到了，胡适却正和朋友出游在外。接下来的日子，胡适谈恋爱、闹离婚、离家出走，而徐志摩也经历了感情生活的巨大动荡。

到 1925 年 9 月，短短两年里，徐志摩与陆小曼发生婚外恋，一时舆论沸沸扬扬。他再次来到满觉陇，写下了那首著名的《这年头活着不易》：

……果然这桂子林也不能给我点子欢喜，

枝上只见焦萎的细蕊，

看着凄惨，唉，无妄的灾！

为什么这到处是憔悴？

这年头活着不易！

这年头活着不易！

1927 年 3 月，守得云开见日出的徐志摩第三次来到满觉陇。这一次，他是与新婚妻子陆小曼清明节回硖石扫墓后来杭州的。四年后，诗人因飞机失事当场殒命，年仅三十六岁。

（五）施蛰存与满觉陇

施蛰存与满觉陇的故事，无关爱情。

施蛰存早年曾就读于之江大学，每星期日辄从云栖越岭，取道烟霞洞，过满觉陇，到赤山埠雇舟泛湖，去感受微风拂过桂花的香气。十五年后再来杭州，著有《赏桂记》一文。如今读来，不见温情，只见机趣。

那年，施蛰存听说满觉陇早桂已开，写下一段文字：

> 每星期六下午及星期日，湖上游船骤少，自旗下至六和塔之公共汽车则搭客大拥挤，皆买票到四眼井，参石屋洞天而至满觉陇赏桂者也。其时《东南日报》上几乎每天有关于赏桂的小品文字，后来甚至上海《大公报》的《大公园地》中也有了赏过桂花的雅人发表替满觉陇桂花捧场的文章。某画刊上并且刊登了一张模糊不清的照片，题曰"桂花厅赏桂之盛况"，我当时心下想大概现在的满觉陇的桂花一定比十五年前多了几百倍，所以值得杭州人如是夸炫，这是从每一个赏桂回来的人绝不表示一点不满意这事实上，就可以看得出来的。

但可惜早桂都开谢了，他还没有去成。终于到了八月末，人们又说迟桂花已经开了。施蛰存心想，如果再不去看一看，今年这个机会岂不错过了吗？上个月错过了一个看老东岳朝审的机会，现在可不能再失之交臂了。于是在某星期六之下午，滚在人堆里搭汽车到四眼井，跟着一批杭州摩登士女一路行去：

当此之时，我满心以为那桂花厅前后左右一定是一片金粟世界，人艳于花，花香于人，两般儿氤氲得不分明，倒似乎也值得消磨它半天。问问行人，你们到哪里去赏桂？莫不回答曰：到桂花厅。我心中十分安慰，以为我的预料是十二分的靠得住……但是到底桂花厅在哪里呢？这必须请问人家才行。

"喂，请问桂花厅在哪里？"我问一个卖豆腐干的。

"这里就是桂花厅！"他说。

我一呆！难道我瞎了眼？我抬起头来望望，明明是露天的坟山，怎说是什么厅！

"没有真的厅的，叫叫的！"那卖豆腐干的人懂了我这外路人的疑惑，给我解释了。"叫叫的"云者，犹言"姑名之"云耳。

原来这里就是桂花厅，我不怪别的，我只怪那画刊为什么印得那样地模糊，若能印得清楚些，让我看明白其所谓桂花厅者，原本没有什么厅，则我对于它也不预存这样的奢望了。现在是，不必说，完全失望了。

有意思的是，施蛰存也未必是传统意义上的雅士，还是带着上海文人的细致：

外乡人到过杭州，常说杭州人善"刨黄瓜儿"，但他们却不知道杭州乡下人还会得刨城里人的黄瓜儿，如满觉陇桂花厅诸主人者也。可是被刨了黄瓜儿的外乡人，逢人便说，若惟恐人不知自己之被刨；而这些被杭州乡下人刨了黄瓜儿的杭州城里人却怡然自得，不以被刨之为被刨也。所以我也懂了诀窍，搭汽车回到旗下，在湖滨碰到一个北方朋友，他问我：

　　"到什么地方去玩儿啦？"

　　"上满觉陇去看了桂花啦！"我傲然地说。

　　"怎么样？"

　　"很好，很热闹，桂花真不错！"我说。

　　"明儿我也得去一趟。"他说。

　　我心下想："这才算是我赏了桂哪！"

在施先生的文字里，你完全读不到今日满觉陇的美，但趣味十足。文章至今已近百年，这篇不同于传统的游记却因其真诚而依然不减魅力。

六　葛岭

　　葛岭的得名，自然来自葛洪。葛洪是东晋人，字稚川，号抱朴子，出身于世家大族。与同辈的纨绔子弟不同，他"性寡欲，无所爱玩……为人木讷，不好荣利，闭门却扫，未尝交游"（《晋书·葛洪传》），这堪称道家人物的共同天性。从这方面看，他与东晋的陶渊明倒是心性相通。不过，由于优越的出身和志趣的独特，葛洪过的是完全不同于陶渊明的生活。

葛洪学神仙之学，是有家学渊源的。他的从祖名葛玄，三国吴时学道得仙，号为葛仙公。葛洪从学于葛仙公的弟子郑隐，尽其所得，后外出寻仙访道。南海太守鲍玄也是神仙学的名家，见到葛洪后大为器重，不但日夜与葛洪一起修炼，甚至还把女儿嫁给他。这就是历史上有名的"葛鲍双修"。

葛洪在乱世浮沉半生，晚年从广东的罗浮山回到杭州。他在西湖边走了不少地方，想寻找一块隐居之所。因为南屏、灵隐、孤山、石屋等皆不称心，最后他来到了葛岭：

> 一日，从栖霞山之西而行，忽见一岭蜿蜒而前，忽又回环顾盼，岭左朝吞旭日，岭右夜纳归蟾，岭下结茅，可以潜居，岭头设石，可以静坐，有泉可汲，有鼎可安。最妙是游人攘攘，于此地过而不留；尤妙在笙歌沸沸，而此中安然独静。葛洪看了，不觉大喜，道："此吾居也。"（《西湖佳话·葛岭仙迹》）

葛洪几乎是一眼就看中了这个有山有泉、闹中取静的地方。于是，他在此结庐修道，炼丹著书。葛岭半山腰建有抱朴道院，这是传说中葛洪炼丹结庐的遗址，也是杭州市现存的唯一道观，其中有"渥丹室""流丹谷""还丹古井"等古迹。

葛洪的一生，无疑是寂寞的。人们崇敬他，但不了解他。抛却神仙的神秘外衣，走近真正的葛洪，有助于我们看到他真正的价值。葛洪在道教史上的贡献有三，一个是外丹修炼上的推进，另一个是长生之学的传播，还有就是神仙信仰的构建。葛洪著有《抱朴子》，内容多是传授神仙黄白之术，也就是炼丹成仙的办法。他炼的是外丹，有别于后来全真教的内丹。葛洪在炼丹的过程中，发现了许多染料，因此我国染料业也把他奉为祖师爷，这算是葛洪的无心之得吧。不过，葛洪更重要的贡献在于他因炼丹而通晓各种药理。他著述的《金匮药方》和《肘后备急方》是著名的医书，对后世不知有多少恩泽。

葛岭今天仍然是一处风景胜地，抱朴庐依然香烟缭绕，特别在夏日，到此消暑喝茶的人颇多。登上葛岭，人们大都喜欢寻访葛洪的遗迹。元代诗人萨都剌有诗云：

炼丹仙子渺茫间，一夕乘风去不还。火冷炉头灰已尽，云封洞口岭长闲。千年瑞气生瑶草，夜半天风响佩环。真境空明自今古，烟尘依旧隔瀛寰。

清代诗人陈时亦有诗云：

葛岭居湖上，处处生绿苔。此间岭头树，曾见葛翁来。一卷抱朴子，更上初阳台。(《葛岭》)

去葛岭寻幽，在那绿荫深处徐步，回想着当年葛洪隐居炼丹的情景，别有一番古今忧思。葛洪因葛岭而找到最后的心灵家园，葛岭也因葛洪而成为不可多得的道教名胜。

葛岭的景色究竟是什么样子的？俞平伯《湖楼小撷》中的"楼头一瞬"这一章，用较多的笔墨描绘了从俞楼望见的葛岭风光：

> 从右看去，葛岭兀然南向。点翠的底子渲染上丹紫黑黄的异彩，俨如一块织锦屏风。
>
> 楼阁数重停峙山半。绝顶上停停当当立着一座怪俏皮，怪玲珑，怪端正的初阳台，仿佛是件小摆设，只消一个小指头就可以挑得起来的。岭麓西迄于西泠。迤西及北，门巷人家繁密整齐。桥上卧着黄绛色的坦平驰道。道傍有几丛芳草，芊绵地绿。走着的，踱着的，徘徊着的，笑语着的，成群搭淘的烧香客人。身上穿的大半是青莲毛蓝的布衫，项下挂的大半是深红老黄的布袋。桥塊以外，见苏堤六桥之第六名曰跨虹，作双曲线的弧拱。第五桥亦可望见。这儿更偏南了，上也有行人，只是远了，只见成为一桁，蚁似的往来。桑芽未生呢，所以望去也还了了。不栽桃柳只栽桑的六条桥，总伤于过朴过黯。但借着堤旁的绿的草黄的菜花，看它横陈在碧波心窝里，真是不多不少，一条一头宽一头窄，黄绿蒙茸的腰带。新绿片段地挽接着，以堤尽而亦尽，已极我目了。草色入目，越远便越清新，越娇俏，越耐看的。从前人曾说什么"芳草天涯"，到身历此

境，方信这绝非浪饰浮词，恰好能写出他在当年所感。"更行更远还生"，满眼的春光尽数寄在凭阑人的一望了。

凭栏而望，葛岭的景致如织锦屏风，透着清新优雅的况味。俞平伯用文字对葛岭的写生，带领我们身临其境。黄忏华在《西湖散记》一文也记述了对葛岭的观感：

> 最后的一天，一起来，便到葛岭去。岭上有一个葛仙庵，相传葛洪曾经在这里炼丹，有炼丹台旧址，还有一只炼丹井，井水很清澈。葛仙庵里头，有一个抱朴庐，很为轩敞，可供远眺。那时候，柔和的阳光，正把金黄色的光线，散布在明窗净几之间；万籁萧然，只有钟声镗鎝，很有虽非天上亦异人间的感想。朝山下一望，西子湖和湖上诸山，历历如在目前，耳目所接触的，都是清空，轻灵，幽静；比起在湖上荡舟来，又是一番境界。半山中有一座别墅，还在建筑，门首的对联，有一句是"分葛仙翁片席"，令人艳羡不止。

说到底，葛岭之爱，一在其山色，二在其仙气。葛洪的踪迹是令人神往的，我们追随着他的玄思，仿佛也进入了人生的仙境。

葛岭山巅有初阳台，早在元代就被列为钱塘十景之一。这里是西湖观日出的好地方，有"葛岭朝暾"之称。据说，葛洪当年便"吸日月精华于此"。每当清晨日出之际，四山皆晦，台上已明，瞬息间，旭日露脸，霞光万道，红满东天，离奇变幻，不可捉摸。赵达夫、白珽、鲜于枢三人游初阳台联句诗云：

> 巾子峰头舣钓船，初阳台上坐鸣弦。出云高树明残日，过雨苍苔泣细泉。绝俗谁能继退躅，凌虚我欲学飞仙。还家正恐乡人问，化鹤重来知几年？（白珽《湛渊遗稿》卷中）

据说，每年农历十月初一日，在初阳台上还能见到日月并升奇景。清雍正《西湖志》描述说，旭日初升之时，山鸟群起，遥望霞气，一影互相照耀，这就是传说中的日月并升。不过，成书于晚清至民国的《杭俗遗风》却说："天将曙，红日初浴海而出。遥见西方平地线上，亦有一轮，掩映云际，即月也。约过数分钟，即不可复见矣。"想来，这样的描述更加切合实际情况吧。不过，还是亲身经历过的人更有发言权。曹聚仁在《葛岭、初阳台》一文中所记则另是一番景象：

> 我还记得当年在初阳台看日出，那时年纪轻，脚劲大，半夜里就出了钱塘门上宝石山，绕过保俶塔爬向初阳台去，不过四更天。本来西湖里，有两处可以看日出，南山烟霞洞和北山初阳台，都是很开展的。烟霞洞和尚狗眼看人，十分势利，我们穷学生也住不起，打穷主意，只好到北山去。不过，初阳台乃是葛洪炼丹吐纳之地，也是很有名的，葛岭，还是以他而得名。

我们朝东观看，只见海中白浪如山，一望无际，一轮红日缓缓地从海尽头升起，那日头好像比平时大三五倍，红柿子那么红，红光四射，这就是黎明到来了。我们到了孔卯屋便离开高台，曲折到了葛岭，就在一处小亭子里吃野餐，诚所谓晨光曦微，四野静寂，天风海水，怡我胸怀也。一千七百年前的葛仙翁，他大概就在我吃野餐处住家，我们从高台下来时，他上台去做吐纳工夫的。不过年轻人好动，做了神仙，也不知道这位抱朴子有什么了不得的。后来，我在西湖图书馆做事，那一时期对抱朴子颇有兴趣，还有他那位岳父鲍玄，他们都是治老庄之学，主无君无治的。他们说："混茫以无名为贵，群生以得意为欢，故剥桂刻漆，非木之愿；拔鹖裂翠，非鸟所欲；促辔衔镳，非马之性；荷轭运重，非牛之乐。诈巧之萌，任力违真。"真是快论。不过，到了那时，已经没有夜半爬初阳台的兴趣；在吐纳炼丹方面，我也不是这位仙翁的信徒。我讨厌那些方士神仙，也如讨厌和尚、神父、牧师一般。（曹聚仁《湖上杂忆》）

湖山之乐，既是"仁者乐山、智者乐水"，也是"仁者见仁、智者见智"的。江湖术士毁坏了道教的声名，大好湖山又常为奸佞所占，除了借葛岭的神迹献上心香一瓣，我们还能做什么呢？

第三章　形胜与城池

一　钱塘潮

唐白居易词《忆江南》其二云：

> 江南忆，最忆是杭州。山寺月中寻桂子，郡亭枕上看潮头。何日更重游？

看来，钱塘观潮是杭州生活的妙处之一，关于钱塘的文学自然也少不了。

钱塘之得名，流传颇广的说法是李唐王朝因避国讳而改"钱唐"为"钱塘"。郦道元《水经注》卷四十"渐江水"引南朝刘宋时刘道真的《钱唐记》说："防海大塘在县东一里许，郡议曹华信家议立此塘，以防海水。始开募，有能致一斛土者，即与钱一千。旬月之间，来者云集，塘未成而不复取。于是载土石者，皆弃而去，塘以之成，故改名钱塘焉。"

钱塘给世人最深的印象，莫过于潮水。大约从汉代起，钱塘观潮就成为当地一大盛事。枚乘《七发》中的"广陵观涛"，说的就是钱塘潮。观钱塘潮盛于唐宋。清费饧璜《广陵涛辩》云："春秋时，潮盛于山东，汉及六朝盛于广陵。唐、宋以后，潮盛于浙江，盖地气自北而南，有莫知其然者。"到宋代，钱塘观潮更成为盛事，所以明代的田汝成说"观潮之戏，惟宋时独盛"。在宋人的笔记中，这样描写钱塘潮水：

方其远出海门，仅如银线，既而渐近，则玉城雪岭，际天而来，大声如雷霆，震撼激射，吞天沃日，势极雄豪。（周密《武林旧事》卷三"观潮"）

南宋朝廷曾经规定，在八月十八潮神生日这天为观潮节，在钱塘江上校阅水师。以后相沿成习，弄潮与观潮，为一时之盛。上至皇帝，下至平民百姓，竞相参与。唐代李吉甫撰《元和郡县图志》说："每年八月十八日，数百里士女共观，舟人渔子溯涛逐浪，谓之弄涛。"南宋耐得翁《都城纪胜》指出："惟浙江自孟秋至中秋间，则有弄潮者，持旗执竿，狎戏波涛中，甚为奇观。天下独此有之。"南宋末年吴自牧《梦粱录》描述这些弄潮儿说："其杭人有一等无赖不惜性命之徒，以大彩旗或小清凉伞、红绿小伞儿，各系绣色缎子满竿，伺潮出海门，百十为群，执旗泅水上，以迓子胥弄潮之戏。或有手脚执五小旗浮潮头而戏弄。"弄潮儿如此表演是危险的，难免大意失手葬身鱼腹，但他们以此为乐。

钱塘潮堪称是中国最壮观的潮水，与山东青州涌潮、江苏广陵涛并称，每年农历八月十八涌潮最大，慕名而来者甚众。古时杭州观潮之地，以凤凰山、江干一带为最佳，因地貌的变迁，从明代起，海宁盐官成为第一观潮胜地。对大潮气势的描写，成为众多文学作品的精彩段落。冯梦龙《警世通言》第二十三卷《乐小舍拚生觅偶》（一名《喜乐和顺记》）写南宋时翰林范学士宴请金国使臣观潮，还写了弄水者的杂戏：

> 当八月中秋过了，又到十八潮生日，就城外江边浙江亭子上，搭彩铺毡，大排筵宴，款待使臣观潮。陪宴官非止一员。都统司领着水军，乘战舰，于水面往来，施放五色烟火炮。豪家贵戚，沿江搭缚彩幕，绵亘三十余里，照江如铺锦相似。市井弄水者，共有数百人，蹈浪争雄，出没游戏。有蹈滚木、水傀儡诸般伎艺。但见：

> 迎潮鼓浪，拍岸移舟。惊湍忽自海门来，怒吼遥连天际出。何异地生银汉，分明天震春雷。遥观似匹练飞空，远听如千军驰噪。吴儿勇健，平分白浪弄洪波；渔父轻便，出没江心夸好手。果然是万顷碧波随地滚，千寻雪浪接云奔。

大潮的壮观令人惊叹，但美景往往也是险境；《乐小舍拚生觅偶》也写了极险之地"团鱼头"，这里的大潮会把不少看客带下水：

因那里团团围转，四面都看见潮头，故名"团围头"。后人讹传，谓之"团鱼头"。这个所在，潮势阔大，多有子弟立脚不牢，被潮头涌下水去，又有豁湿了身上衣服的，都在下浦桥边搅挤教干。有人做下《临江仙》一只，单嘲那看潮的：

自古钱塘难比。看潮人成群作队，不待中秋，相随相趁，尽往江边游戏。沙滩畔，远望潮头，不觉侵天浪起。

头巾如洗，斗把衣裳去挤。下浦桥边，一似奈何池畔，裸体披头似鬼。入城里，烘好衣裳，犹问几时起水？

观潮者遇险并不少见。据说南宋咸淳年间（1265—1274），有个六十多岁的婆婆，也挤到江边观潮，一个浪峰把她与一百来号人打入江中。蔡襄在治平年间（1063—1067）出守杭州，曾一度明令禁止："其军人百姓，辄敢弄潮，必行科罚"，但仍禁而不止。迄今，每到潮期，仍不免发生护栏被潮水冲垮、观潮者躲避不及被潮水卷下、因拍照不慎落水等惊险事件。

既然大潮会危及性命，那么保佑钱塘安宁的潮神就应运而生了。据说，潮神是伍子胥精魂所化。钱塘为吴越国界，大江以北属吴，以南属越。因为勾践施美人计，让西施迷惑夫差，吴王竟然昏庸地杀掉了相国伍子胥，于是子胥怒而化为钱江潮神。明张岱《西湖梦寻》卷五《伍公祠》曰："吴王既赐子胥死，乃取其尸，盛以鸱夷之革，浮之江中。子胥因流扬波，依潮来往，荡激堤岸，势不可御。或有见其银铠雪狮，素车白马，立在潮头者，遂为之立庙。每岁仲秋既望,潮水极大,杭人以旗鼓迎之,弄潮之戏,盖始于此。"据《吴越春秋》说,越国大夫文种也是潮神。越王勾践听信谗言,赐剑命他自杀,他死后成为钱塘水神。伍子胥和文种都乘白马而为涛。此外还有潮王之说:唐代的石瑰散尽家资筑堤抗潮,英勇献身,百姓感其恩德,称其为潮王,并造潮王桥纪念他。

杭州西湖吴山上有伍公庙,又名忠清庙,始建于汉代,后屡毁屡建。唐宋年间,钱江大潮将杭城围住,民间便有了伍子胥在江中乘素车白马来讨公道的传说。为此杭州知州上奏朝廷,要祭伍公,并把伍公视为潮神。经皇帝批准,每年春秋两祭,水患顿息。此后祭祀潮神之风不衰,上至君臣,下至平民。北宋范仲淹在《和运使舍人观潮》诗中写道:"伍胥神不泯,凭此发威名。"当然,写潮神伍子胥的诗篇有很多,有宋代潘阆的《酒泉子》、明代高启的《伍公祠》、徐渭的《伍公庙》等。明张岱《伍相国祠》诗曰:

突兀吴山云雾迷,潮来潮去大江西。两山吞吐成婚嫁,万马奔腾应鼓鼙。清浊涵淆天覆地,玄黄错杂血连泥。旌幢幡盖威灵远,檄到娥江取候齐。

从来潮汐有神威,鬼气阴森白日微。隔岸越山遗恨在,到江吴地故都非。钱塘一臂鞭雷走,麂赭双颐噀雪飞。灯火满江风雨急,素车白马相君归。

历代留下的祭祀文，多是缅怀伍子胥，乞求海潮安流，不要为害城池百姓。

有意思的是，在市井百姓的心中，潮神可敬可畏，另有一位名叫石瑰的潮王则可亲可爱，他还是一位愿意管男女姻缘的喜乐神呢！冯梦龙《乐小舍拼生觅偶》中，乐和曾向潮王求姻缘：

> 闻说潮王庙有灵，乃私买香烛果品，在潮王面前祈祷，愿与喜顺娘今生得成鸳侣。拜罢，炉前化纸，偶然方胜从袖中坠地，一阵风卷出纸钱的火来烧了。急去抢时，止剩得一个"侣"字。乐和拾起看了。想道："侣乃双口之意，此亦吉兆。"心下甚喜。忽见碑亭内坐一老者，衣冠古朴，容貌清奇，手中执一团扇，上写"姻缘前定"四个字。乐和上前作揖，动问："老翁尊姓？"答道："老汉姓石。"又问道："老翁能算姻缘之事乎？"老者道："颇能推算。"乐和道："小子乐和烦老翁一推，赤绳系于何处？"老者笑道："小舍人年未弱冠，如何便想这事？"乐和道："昔汉武帝为小儿时，圣母抱于膝上，问'欲得阿娇为妻否？'帝答言：'若得阿娇，当以金屋贮之。'年无长幼，其情一也。"老者遂问了年月日时，在五指上一轮道："小舍人佳眷，是熟人，不是生人。"乐和见说得合机，便道："不瞒老翁，小子心上正有一熟人，未知缘法何如？"老者引至一口八角井边，教乐和看井内，有缘无缘便知。乐和手把井栏张望，但见井内水势甚大，巨涛汹涌，如万顷相似，其明如镜，内立一个美女，

可十六七岁,紫罗衫,杏黄裙,绰约可爱,仔细认之,正是顺娘。心下又惊又喜。却被老者望背后一推,刚刚的跌在那女子身上,大叫一声,猛然惊觉,乃是一梦,双手兀自抱定亭柱。正是:

黄粱犹未熟,一梦到华胥。

乐和醒将转来,看亭内石碑,其神姓石名瑰,唐时捐财筑塘捍水,死后封为潮王。乐和暗想:"原来梦中所见石老翁,即潮王也。此段姻缘,十有九就。"

乐和钟情的姑娘叫喜顺,与乐和青梅竹马,在观潮时不慎落水,被潮王所救:

却说乐和跳下水去,直至水底,全不觉波涛之苦,心下如梦中相似。行到潮王庙中,见灯烛辉煌,香烟缭绕。乐和下拜,求潮王救取顺娘,度脱水厄。潮王开言道:"喜顺吾已收留在此,今交付你去。"说罢,小鬼从神帐后,将顺娘送出。乐和拜谢了潮王,领顺娘出了庙门。彼此十分欢喜,一句话也说不出,四只手儿紧紧对面相抱。觉身子或沉或浮,余出水面。

每一个观潮者看到的都是同样的潮水,但观潮的心情却千差万别。"红颜弃轩冕,白首卧松云"(李白《赠孟浩然》)的盛唐诗人孟浩然,在长安求官碰壁后曾漫游吴越,正当壮年、对仕宦功名

心有不甘的他,曾到钱塘观潮。这次经历见于《与颜钱塘登障楼望潮作》一诗:

> 百里闻雷震,鸣弦暂辍弹。府中连骑出,江上待潮观。照日秋云迥,浮天渤澥宽。惊涛来似雪,一坐凛生寒。

他一方面通过"百里闻雷震"写出大潮先声夺人的气势,另一方面又通过"惊涛来似雪"渲染大潮扑面涌来的雄奇伟丽。"一坐凛生寒",则透露出孟浩然内心隐隐的惊惧。钱塘大潮,在他眼中似乎幻化成人生难测的起伏动荡。而孟浩然的崇拜者,小兄弟李白同样写惊涛似雪,境界却截然不同:

> 海神来过恶风回,浪打天门石壁开。浙江八月何如此?涛似连山喷雪来。(《横江词六首》其四)

李白以他激荡着理想风帆的心灵观涛,看到的是"浪打天门石壁开"的力量,赞叹的是"涛似连山喷雪来"的激情。中唐"诗豪"刘禹锡是一个乐观的人,他的《浪淘沙》曰:

> 八月涛声吼地来,头高数丈触山回。须臾却入海门去,卷起沙堆似雪堆。

他笔下的浪头被山撞趴下,却潜入海底,卷起像雪堆一样的沙堆!这是何等百折不挠的力量,与"病树前头万木春"真是异曲同工!在文人眼中,钱塘潮不止是有魅力,简直是有魔力。

大潮有日潮,有夜潮,半夜汐尤为壮观。白天看气势,晚上听声势,正所谓"临镜映西子,听涛倚钱塘"。东坡喜爱日潮:"万人鼓噪慑吴侬,犹似浮江老阿童。欲识潮头高几许,越山浑在浪花中。"(《八月十五日看潮五绝》其二)更偏爱夜潮,其一云:"寄语重门休上钥,夜潮留向月中看",月夜观潮,涛声入心,身心澄净,让人顿生"小舟从此逝,江海寄余生"(《临江仙·夜归临皋》)的渴盼。

东坡又有《望海楼晚景五绝》,其一、其二云:

> 海上涛头一线来,楼前指顾雪成堆。从今潮上君须上,更看银山二十回。
>
> 横风吹雨入楼斜,壮观应须好句夸。雨过潮平江海碧,电光时掣紫金蛇。

东坡诗中的望海楼,是听涛佳处。旧址处于钱塘江滨的凤凰山上,西湖东南隅,山脉与杭州城区相接。望海楼始建于唐代,旧时钱塘江水域宽阔,水面一直漫延到山脚。古人凭栏远眺,形势绝佳,左可望大江宛若汪洋,右可赏西湖胜景如绣如绘。据说,骆宾王之"楼观沧海日,门对浙江潮"的诗句源出于此。白居易诗《杭州春望》说:

"望海楼明照曙霞,护江堤白踏晴沙。涛声夜入伍员庙,柳色春藏苏小家",也是讲望海楼听涛之事。

东坡虽然写到怒涛如雪,壮观无比,但更以一种俯视的眼光看这不可一世的潮水:你怒涛飞卷,而我稳坐楼头,从容观赏连绵起伏的银山,你电光飞掣,而我能待你雨过潮平。在东坡笔下,潮起潮落又奈何,也无风雨也无晴;人生的坦荡与豁达无处不在。当东坡离开杭州知州之职进京当翰林学士的时候,他告别好友诗僧参寥子,写下《八声甘州·寄参寥子》:

有情风,万里卷潮来,无情送潮归。问钱塘江上,西兴浦口,几度斜晖?不用思量今古,俯仰昔人非。谁似东坡老,白首忘机。

记取西湖西畔,正春山好处,空翠烟霏。算诗人相得,如我与君稀。约他年、东还海道,愿谢公、雅志莫相违。西州路,不应回首,为我沾衣。

潮起潮落的自然奇观,印在东坡心里;而党争的频繁、人生的起伏、世态炎凉,已经被大浪淘尽,不重要了。世人多被钱塘大潮的惊涛震慑住,除了惊叹再无他想,而东坡能够以超拔的眼光,从潮起写到潮落,把世人惊骇的钱塘潮看作寻常。如此看来,东坡的境界和毛泽东"乌蒙磅礴走泥丸"的襟怀竟然有相通之处,宠辱不惊、风轻云淡,连他笔下的钱塘大潮都有了一种舒卷自如的姿态。

东坡门人陈师道写日潮的气势，令人恐惧："千槌击鼓万人呼，一抹涛头百尺余。明日潮来人不见，江边只有候潮鱼。"（《十八日观潮》）他笔下的夜潮气势也不亚于日潮，《月下观潮二首》说：

隔江灯火见西兴，江水清平雾雨轻。风送潮来云四散，水光月色斗分明。

素练横斜雪满头，银潮吹浪玉山浮。犹疑海若夸河伯，豪悍须教水倒流。

大潮来时，风动云散，唯有水光月色相斗。因钱塘大潮之雄阔，陈师道联想到《庄子·秋水》，海神的气势岂是河伯能比？钱塘之境界又岂是凡庸的河流可比？大潮似乎具有涤荡一切的伟力。陈师道在《十七日观潮》中写道："漫漫平沙走白虹，瑶台失手玉杯空。晴天摇动清江底，晚日浮沉急浪中。"他写出了大潮惊天动地的神力。大潮的诡奇让观者不能不产生种种的猜想：这大自然的鬼斧神工背后，到底隐藏着什么样的秘密呢？罗刹海市，赪鲤，大禹，龙神水府……大潮唤起了诗人们对远古洪荒时代的想象。眼前的景色是真实还是幻境呢？在为大潮所惊骇的时候，似乎神话时代又回来了。

和正统的文人不同，柳永是一个游走在雅俗之间的人，他既是仕途的落魄者，又是娱乐圈的明星。他的名篇《望海潮》就把钱塘大潮镶嵌在市井繁华中：

> 东南形胜,三吴都会,钱塘自古繁华。烟柳画桥,风帘翠幕,参差十万人家。云树绕堤沙,怒涛卷霜雪,天堑无涯。市列珠玑,户盈罗绮,竞豪奢。
>
> 重湖叠巘清佳,有三秋桂子,十里荷花。羌管弄晴,菱歌泛夜,嬉嬉钓叟莲娃。千骑拥高牙,乘醉听箫鼓,吟赏烟霞。异日图将好景,归去凤池夸。

在市井的热闹喧嚣、烟火气息的衬托下,钱塘大潮似乎具有一种摆脱平庸的超凡气质。然而,它的怒涛似乎又成为凡俗生活的点缀。大潮的力道在如此豪奢舒适的城市上空,逐渐消散了。

到南宋,钱塘大潮的力道重新凝聚起来。曾入主战派李纲幕府的张元干《八声甘州·西湖有感寄刘晞颜》词,回顾与友人在杭州同游的胜景,除了西湖的淡妆浓抹,就是"更潮头千丈,江海两崔嵬",如果说西湖能够"洗我尘埃",那么大潮则蕴含着一股英雄豪气。号称"词中之龙"的爱国词人辛弃疾,也把自己恢复中原的志意汇入大潮飞卷的气势中。其《摸鱼儿·观潮上叶丞相》曰:

> 望飞来、半空鸥鹭。须臾动地鼙鼓。截江组练驱山去,鏖战未收貔虎。朝又暮。诮惯得、吴儿不怕蛟龙怒。风波平步。看红旆惊飞,跳鱼直上,蹴踏浪花舞。
>
> 凭谁问,万里长鲸吞吐。人间儿戏千弩。滔天力倦知何事,白马素车东去。堪恨处。人道是、子胥冤愤终千古。功名

自误。谩教得陶朱,五湖西子,一舸弄烟雨。

稼轩赞美驾驭大浪的弄潮儿,他多么希望自己也能够傲立潮头,率领战船抗击金兵啊!但他南归之后有二十多年都在赋闲,因此,他满怀忧恨,深感古有伍子胥,今有辛稼轩,不受信任都是一样。南宋文人把战斗的激情、爱国的豪情幻化成了钱塘潮水。

元灭南宋,朝代更迭,临安的繁华成为追忆,钱塘大潮在元人眼里也呈现出别样的滋味。吴兴(湖州)人、书画大家赵孟𫖯由宋入元,曾在江南闲居四年,与鲜于枢、仇远、戴表元、邓文原等四方才士聚于西子湖畔,面对着"东南都会帝王州",内心涌起黍离之悲,"湖山靡靡今犹在,江水悠悠只自流。千古兴亡尽如此,春风麦秀使人愁"(《钱塘怀古》)。钱塘大潮唤起的不再是激荡人心的情怀,而是一种蹉跎感。他的词《虞美人·浙江舟中作》云:

潮生潮落何时了,断送行人老。消沉万古意无穷,尽在长空,淡淡鸟飞中。

海门几点青山小,望极烟波渺。何当驾我以长风,便欲乘桴,浮到日华东。

赵孟𫖯的外孙,名列"元四家"的王蒙,在元末弃官后归隐浙江余杭临平镇,他的词《忆秦娥·南方怀古》说:

> 花如雪，东风夜扫苏堤月。苏堤月，香销南国，几回圆缺。
>
> 钱塘江上潮声歇，江边杨柳谁攀折。谁攀折，西陵渡口，古今离别。

笔下也是一派衰败景象，潮声都消歇了。真是哀人眼中无乐景啊！

"元末三杰"之一杨维桢，来到白居易、苏东坡听涛的望海楼，写下《古观潮图》诗：

> 八月十八睡龙死，海龟夜食罗刹水。须臾海辟鼋鼍门，地卷银龙薄于纸。艮山移来天子宫，宫前一箭随西风。劫灰欲死蛇鬼穴，婆留朽铁犹争雄。望海楼头夸景好，断鳌已走金银岛。天吴一夜海水移，马蹀沙田食沙草。崖山楼船归不归，七岁呱呱啼轵道。

诗篇用恢宏的笔墨描写钱塘大潮移山移海的力量，其中包含着改天换地、朝廷惊变的寓意。崖山位于广东江门市新会区南大海中，宋军和元军的最后一战就发生在此地，史称崖山海战，宋军惨败，七岁的少帝和大臣陆秀夫投海自尽。杨维桢虽然写了大潮的气势，但表达的是对江山易主的伤感和慨叹。

明清时期，杭州虽然已经不是观潮胜地，但抱着对故都的怀恋来杭的人不少。大明朝的开国功臣刘伯温，二十三岁中元朝进士，三十八岁时（1348）结束在丹徒的隐居生活来到杭州，和竹川上人、照玄上人等方外之士往来，也和刘显仁、郑士亭、熊文彦、月忽难等文士诗文相和，直到四年后杭州被徐寿辉攻陷。《钱塘怀古得吴字》这首长诗应该是写于这一时期，诗中，他对大宋君臣"设险凭天堑，偷安负海隅"以致亡国的态度予以批评，对大汉政权旁落异族充满不平之气，诗的最后他以"吊古江山在，怀今岁月逾。鲸鲵空渤澥，歌咏已唐虞"的喟叹结束全篇，是元人吊古之情的延续。

在杭州出家的明初名僧宗泐，为禅林领袖。作为方外之人，他也感慨帝都的沦亡。他的《钱塘怀古》诗说："欲识钱塘王气徂，紫宸宫殿入青芜。朔方铁骑飞天堑，师相楼船宿里湖。白雁不知南国破，青山还傍海门孤。百年又见城池改，多少英雄屈壮图。"日僧绝海中津的和诗《钱塘怀古次韵宗泐》曰："天日山崩炎运徂，东南王气委平芜。鼓鼙声震三州地，歌舞香消十里湖。古殿重寻芳草合，诸陵何在断云孤。百年江左风流尽，小海空环旧版图。"钱塘潮，本为自然的屏障，却不免被蒙古的铁骑飞渡，大宋残存的一点王气就这样消失了。

明代嘉靖年间的"怪才"徐渭也曾写下《八月十五日映江楼观潮次黄户部》：

鱼鳞金甲屯牙帐，翻身却指潮头上。秋风吹雪下江门，万里琼花卷层浪。传道吴王度越时，三千强弩射潮低。今朝筵上看传令，暂放胥涛掣水犀。

"翻身却指潮头上",描绘的应该是"回头潮"的景象。而徐渭观潮的映江楼,在宋时原为"烟云鱼鸟亭",元代重建为"瞰江亭",明代改亭建楼,方有"映江"之称。映江楼,位于望江门外,也是一处观潮胜地。望江门为杭州东城门,旧址在今望江门直街与江城路相交处附近,始建于南宋高宗绍兴年间,称"新门"或"新开门"。元末改筑杭城后称"永昌门"。清代初年,始改名"望江门",杭州人也习称"草桥门"。映江楼矗立江边,俯瞰江岸,被誉为"形胜东南属此楼"。徐渭观潮,觉得不过瘾,甚至产生了传令潮神伍子胥,让他率领身穿水犀甲的千万水军操练一番,吾等检阅水师的狂想。恐怕也只有此等狂人才能有这样的狂想。

南明儒将、诗人张煌言在明亡之后坚持抗清斗争二十年,在舟山附近的悬岙岛上被抓。当押解他的船行驶到钱塘江西岸头蓬镇时,一个和尚乘人不备,向张煌言投去一个纸团。张煌言拾起一看,上面写着一句诗:

此行莫作黄冠想,静听先生《正气歌》。

张煌言读罢此诗,知是激励他爱国忠君,随即挥笔写下《甲辰八月辞故里》一诗:

国破家亡欲何之?西子湖头有我师。日月双悬于氏墓,乾坤半壁岳家祠。惭将赤手分三席,敢为丹心借一枝。他日素车东浙路，怒涛岂必属鸱夷。

诗中表露出他对于谦、岳飞两位民族英雄的敬慕之情，决心像他们那样为国捐躯。到杭州后，浙江总督赵廷臣奉朝廷之命，许以兵部尚书之职，劝张煌言"归顺"。他宁为玉碎，不为瓦全，最终在杭州官巷口口占《绝命诗》一首："我年四十五，恰逢九月七。大厦已不支，成仁万事毕！"后慨然就义。钱塘之怒涛，象征着他永不泯灭的斗志。

到清代，南宋覆灭仍旧是许多人心中的一段痛史，大潮因此而笼罩着一层感伤的色彩。"扬州八怪"之一郑板桥，以画家之眼、才子之心观潮，写下《观潮行》：

> 银龙翻江截江入，万水争飞一江急。云雷风霆为先驱，潮头耸并青山立。百里之外光荧荧，若断若续最有情。崩轰喧豗俊已过，万马飞渡萧山城。钱塘岸高石五丈，古松大栎盘森爽。翠楼朱槛冲波翻，羽旗金甲云涛上。伍胥文种两将军，指挥鲲鳄惊鼍蟒。杭州小民不敢射，荡猪击鼋来相享。我辈平生多郁塞，豪情逸气新搔痒。风定月高潮渐平，老鱼夜哭蛟宫荡。

从"万马飞渡萧山城"来看，此诗应是写萧山观潮的景象。萧山西北接杭州市滨江区，北濒杭州湾，萧山南阳的赭山美女坝为观看钱江潮的最佳景区。此地不但可以观赏到"回头潮"，还能看到"冲天潮"

的奇观。清初谭吉璁《棹歌》有诗云"赭山潮势接天来,捍海塘东石囤摧","冲天潮"由此得名。板桥先生这首诗写"潮头耸并青山立",很可能就是"冲天潮"。大潮涤荡了诗人的郁塞之情,令他豪情逸气顿生。

黄景仁《后观潮行》描写大潮气势,和郑板桥之作异曲同工:

> 海风卷尽江头叶,沙岸千人万人立。怪底山川忽变容,又报天边海潮入。鸥飞艇乱行云停,江亦作势如相迎。鹅毛一白尚天际,倾耳已是风霆声。江流不合几回折,欲折涛头如折铁。一折平添百丈飞,浩浩长空舞晴雪。星驰电激望已遥,江塘十里随低高。此时万户同屏息,想见窗棂齐动摇。潮头障天天亦暮,苍茫却望潮来处。前阵才平罗刹矶,后来又没西兴树。独客吊影行自愁,大地与身同一浮。乘槎未许到星阙,采药何年傍祖洲。赋罢观潮长太息,我尚输潮归即得。回首重城鼓角哀,半空纯作鱼龙色。

只不过诗以羁旅之愁结束全篇,格调不如板桥高昂。钱塘人洪昇的《韬光庵同殷仲弟》诗云:"韬光山阁逼青霄,并倚危阑纵目遥。夜半忽惊天地赤,日轮涌过海门潮",写故乡钱塘大潮也很有气势。

大潮有信人无信。有意思的是,以大潮意象为基础,出现了抱怨情郎失信的闺怨诗。唐李益《江南曲》家喻户晓:"嫁得瞿塘贾,朝朝误妾期。早知潮有信,嫁与弄潮儿。"元郑元祐《竹枝词二首》

其二说:"青青两点海门山,郎去贩鲜何日还。潮水便如郎信息,江花恰是妾容颜。"李渔《渡钱塘》则以一个客游江浙去筹钱的旅人身份,流露出对自己钟爱的金陵美妾的愧悔之情:"故国黄金客里销,浮踪深悔逐萍飘。归期屡负书中约,羞见钱塘有信潮。"

"闺怨"当然与"情"有关。钱塘潮水,在有情人心里唤起的是情潮。冯梦龙《警世通言》第三十八卷《蒋淑真刎颈鸳鸯会》中,杭州府商人之妻蒋淑真,因丈夫外出,听闻潮歌,复生淫心,倚门窥探对门店铺的朱小二哥:

> 妇人问罢,夜饭也不吃,上楼睡了。楼外乃是官河,舟船歇泊之处。将及二更,忽闻梢人嘲歌声隐约,侧耳而听,其歌云:
> 二十去了廿一来,不做私情也是呆。
> 有朝一日花容退,双手招郎郎不来。
> 妇人自此复萌觊觎之心,往往倚门独立。朱秉中时来调戏。彼此相慕,目成眉语,但不能一叙款曲为恨也。

观潮有不同的角度,六和塔就是一个极佳的观潮位置。

六和塔坐落在钱塘江北岸的月轮峰上,原是五代吴越国王的南果园。塔始建于北宋开宝三年,建塔是为了镇压钱塘江的江潮。六和塔原有塔院叫开化寺,寺中有一楹联写道:"灯传慧业三摩地,鼓应潮声八月天。"每年八月,登塔听涛,"十万军声半夜潮"(唐李廓《忆钱塘》，一说赵嘏《钱塘》），别有一番波澜壮阔的豪情荡漾在心间。

宋元明清时期不乏写六和塔听潮的作品。南宋书法家吴琚《酹江月·观潮应制》词曰："玉虹遥挂，望青山隐隐，一眉如抹。忽觉天风吹海立，好似春霆初发。白马凌空，琼鳌驾水，日夜朝天阙。"因是应制之作，故把大潮的舒卷看做朝拜天子。而林则徐《登六和塔》，则是另一种境界。诗云：

> 浮屠矗立俯江流，暮色苍茫四望收。落日背人沉野树，晚潮催月上沙洲。千家灯闪城南寺，数点帆归海外舟。莫讶山僧苦留客，有情江水也回头。

因有禅寺作为听潮的背景，这首诗具有超然尘外的境界；潮来潮往，情意绵绵，带有佛家的慈悲情怀。

在小说里，六和塔观潮也经常被写到。容与堂刻百回本《水浒传》第九十九回《鲁智深浙江坐化，宋公明衣锦还乡》，写宋江等人平了方腊，回到杭州，住在六和寺。鲁智深半夜忽听江上潮如雷响，以为是战鼓，大喝着抢出来便要擒贼。众僧告诉他这是钱塘江潮信，鲁智深大悟，想起师父智真长老说过"听潮而圆，见信而寂"的偈言，便沐浴焚香，从容坐化。

在中国古代，如果说有一类"钱塘潮文学"，似乎不为过吧。在不同的时代，不同的人笔下，钱塘潮可谓千姿百态。钱塘潮到底魅力何在呢？它似乎是人生妙境的象征，又似乎是历史兴亡的见证。观潮者的心境不同，所处的时代不同，大潮显示的风骨也不同。它涌来时险象环生，气势磅礴；它平静时碧波轻漾，温婉清和，这落差不正和人生的起伏跌宕相似吗？在平淡中渴望惊险刺激、险中求胜，或许是很多人内心的潜意识。钱塘大潮似乎代表着一种巅峰体验，让人惊惧，让人渴盼，让人魂牵梦绕、观之不足。宋代潘阆《酒泉子》其十所写的驾驭大潮的气概，似正是我们的梦中所想：

> 长忆观潮，满郭人争江上望。来疑沧海尽成空，万面鼓声中。
> 弄潮儿向涛头立，手把红旗旗不湿。别来几向梦中看，梦觉尚心寒。

到散文家笔下，钱塘潮就是另一番韵味了。丰子恺作于 1934 年的《钱江看潮记》，记述了作者携亲友和两个孩童到钱塘江边观潮的经历。他们选了江边茶楼作为观潮地，等了三个小时，大潮将至，楼上已无立锥之地，观者如堵：

> 三点二十分光景，潮水真个来了！楼内的人万头攒动，象运动会中决胜点旁的观者。我也除去墨镜，向江口注视。但见一条同桌上的香烟一样粗细的白线，从江口慢慢向这方面延长来。延了好久，达到西兴方面，白线就模糊了。再过了好久，楼前的江水渐渐地涨起来，浸没了码头的脚。楼下的江岸上略

起些波浪,有时打动了一块石头,有时淹没了一条沙堤。以后浪就平静起来,水也就渐渐退却。看潮就看好了。

众人纷纷散去,作者离开时大失所望,心里笼罩的全是仓皇拥挤场面。作者通过自己的经历,反思人有时候为"空名"所误、所累,很没意思。

夏丏尊的散文《一个追忆》发表于1936年,也是写一次钱塘江观潮的经历。当时正值九月十八,下午四五点之间是有潮的。作者从西兴江边,要乘渡船到对面的渡口。钱塘江心筑了土埂,他正要上车往前走的时候,忽然大潮来了,只好向后转:

> 四围寂无人声,隆隆的潮声已听到了。车夫一面飞奔,一面喊"救命!"我们也喊"救命!""放下跳板来!"
>
> 逃上跳板的时候,潮头已望得见。船上的旅客们把跳板再放下一块,拼得阔阔地,协力将黄包车也拉了上来。潮头就到船下了,潮意外地大,船一高一低地颠簸得很凶,可是我在这瞬间却忘了波涛的险恶,深深地感到生命的欢喜和人间的同情。

在夏先生的笔下,美的不是大潮,而是生命和人心。夏先生无意观潮,却和潮水不期而遇,有惊无险。化险为夷之后,他也就忘了波涛的险恶,这何尝不是人生的真谛呢。在现代散文家的笔下,钱塘潮少了古代文人的梦幻遐想,多了一分日常生活的平实朴素。

二 城门

杭州历史上有十大古城门。南宋是杭州历史上最辉煌的时期，内城（皇城）门有四，外城有旱门十三座，水门五座。自元明清以来，杭州城已固定为十座城门，从前人们把十大城门及各门所进的物产编成了杭曲民谣小调：

百官（武林）门外鱼担儿，坝子（艮山）门外丝篮儿，正阳（凤山）门外跑马儿，螺蛳（清泰）门外盐担儿，草桥（望江）门外菜担儿，候潮门外酒坛儿，清波门外柴担儿，涌金门外划船儿，钱塘门外香篮儿，太平（庆春）门外粪担儿。

几经沧桑，随着杭州城池的不断变迁，城门均已湮没，只留下古城门遗址的石碑。

（一）钱塘门

钱塘门是杭州唯一一个未改名的城门。在杭州庆春路和湖滨路交叉处，立有一块"古钱塘门"的石碑，这就是钱塘门旧址。

钱塘门始建于南宋绍兴十八年（1148），为杭州西城门之一。据史料记载，宋代钱塘门一带的城墙，西薄霍山（在宝石山北），东折至北关（武林门），形势多曲。至元末，城墙去曲取直，几乎拆尽。明代有所修复。民国二年，杭州拆除了钱塘、涌金、清波三门的城墙，改建湖滨路、南山路，从此西湖又与市区连接。

宋元时期，钱塘门外多佛寺、楼台、园囿，出昭庆寺（今青少年宫）、看经楼（望湖楼）直通灵隐、天竺。望湖楼是观赏西湖水景的绝佳之地，苏轼有诗："黑云翻墨未遮山，白雨跳珠乱入船。卷地风来忽吹散，望湖楼下水如天"（《望湖楼醉书》），写的就是这里。古时往灵隐、天竺进香之人，必由钱塘门出入，故有"钱塘门外香篮儿"的说法。

冯梦龙《喻世明言》第三十八卷《任孝子烈性为神》中，就有在钱塘门外烧香问卜的情节。小说写一个生药铺的主管任珪因为妻子通奸而怒杀五人的故事。任珪在决意复仇之前先到庙里占卜：

此时任珪不出城，复身来到张员外家里来，取了三五钱银子，到铁铺里买了一柄解腕尖刀，和鞘插在腰间。思量钱塘门晏公庙神明最灵，买了一只白公鸡，香烛纸马，提来庙里，烧香拜告："神圣显灵，任珪妻梁氏，与邻人周得通奸，夜来如此如此。"前话一一祷告罢，将刀出鞘，提鸡在手，问天买卦："如若杀得一个人，杀下的鸡在地下跳一跳；杀他两个人，跳两跳。"说罢，一刀剁下鸡头，那鸡在地下一连跳了四跳，重复从地跳起，直从梁上穿过，坠将下来，却好共是五跳。当时任珪将刀入鞘，再拜，望神明助力报仇。化纸出庙上街，东行西走，无计可施。到晚回张员外家歇了。没情没绪，买卖也无心去管。

钱塘门里的市井风貌古代小说有过描述。宋话本《碾玉观音》中,擅长绣作的秀秀养娘家,就住在钱塘门里:

> 绍兴年间,行在有个关西延州延安府人,本身是三镇节度使、咸安郡王。当时怕春归去,将带着许多钧眷游春。至晚回家,来到钱塘门里车桥,前面钧眷轿子过了,后面是郡王轿子到来。只听得桥下裱褙铺里一个人叫道:"我儿出来看郡王!"

秀秀家在车桥下,门前出着一面招牌,写着"璩家装裱古今书画"。秀秀父亲是个裱褙匠,秀秀绣作厉害,那日郡王在轿里正是看见她身上系着一条精美的绣裹肚,才派人要她。绣工如何厉害呢?小说写道:

> 虞候道:"小娘子有甚本事?"待诏说出女孩儿一件本事来,有词寄《眼儿媚》为证:
>
> 深闺小院日初长,娇女绮罗裳。不做东君造化,金针刺绣群芳。
>
> 斜枝嫩叶包开蕊,唯只欠馨香。曾向园林深处,引教蝶乱蜂狂。

郡王府的碾玉匠崔宁恰好在钱塘门里吃酒时发现了王府失火:

> 不则一日，时遇春天，崔待诏游春回来，入得钱塘门，在一个酒肆，与三四个相知方才吃得数杯，则听得街上闹炒炒，连忙推开楼窗看时，见乱烘烘道："井亭桥有遗漏！"吃不得这酒成，慌忙下酒楼看时，只见：
>
> 初如萤火，次若灯光。……

宋话本《西山一窟鬼》里的撮合山王婆，是一个鬼，就在钱塘门里居住。明叶宪祖杂剧《素梅玉蟾》写凤来仪和杨素梅曲折的爱情故事，也和钱塘门有关。凤来仪是武林人，年少能文，家贫未娶。在吴山左畔，赁下园亭一所，爱上东邻之女素梅。二人相约佳期，不料被两位表弟搅散了好事。后来凤来仪被舅舅逼着去赶考，杨素梅被姥姥接到钱塘门里冯家。凤来仪的舅舅金员外请媒婆去冯家提亲的时候，宾白曰："钱塘门里近西城，就是冯家旧有名。"

从小说戏曲来看，在古代钱塘门外是烧香拜佛、观景的地方，钱塘门里则是一派市井生活气息，有民居、酒肆、书坊等建筑，有手工业者、买卖人等。可是，到20世纪50年代，为修建延伸环城西路段，残余的西城墙北段也被拆除。钱塘门，再也不会出现在文学中了。

（二）涌金门

曹聚仁的回忆录《我与我的世界》第三十八章"湖上"专门谈了涌金门的面貌：

有一回，我和一位杭州的女孩子看《白蛇传》影片，片中许仙和白娘娘她们趁船到涌金门去。她问我："涌金门在哪儿？"我说："你是杭州人，涌金门在哪儿还要问我？"我又问她："知道不知道，明代的政治家于谦，也是杭州人呢？"她又摇摇头。我就翻了于谦的诗给她看，诗云："涌金门外柳如烟，西子湖头水拍天。玉腕罗裙双荡桨，鸳鸯飞近采莲船。"（《夏日忆西湖风景》）那位在山西关塞边上主持军事的统帅，他一想到杭州家乡，就想到涌金门外柳如烟的景物；不独明代如此，从五十年前到一千二百年前，出城游湖，主要埠头之一就是涌金门。……有名的西湖十景之一"雷峰夕照"，今日在香港的东南人士，即算到过杭州，未必看到过。要看"雷峰夕照"，就得到涌金门外去。五十多年前，我第一回下杭州，新市场刚开辟，涌金门外，不像后来那么衰凉。靠着西湖边上，那是南宋年间最热闹的游人船埠，那时还有三家卖茶的茶居。历史最悠久的是"藕香居"，挂着一副清代乾隆年间文士写的集苏（东坡）联句："欲把西湖比西子，从来佳茗似佳人。"

涌金门为古代杭州西城门。始建于五代十国的吴越时期，公元936年，吴越王钱元瓘引西湖水入城为池，称为涌金池，筑涌金门，门濒西湖，东侧有水门，称涌金闸。宋人赵彦卫《云麓漫钞》中说，传说西湖曾涌现金牛，故将此城门命名为涌金门。南宋时改称丰豫门。明初,仍复旧名。据明成化《杭州府志》记述,成化十二年,在涌金门北创开水门,通导西湖水。嘉靖年间,涌金门河道渐见淤塞。康熙四十四年,杭州织造孙文成重启涌金门,引水入城。四年后,康熙即从行宫门前上御舫,过涌金门雨中游西湖去。涌金门在1913年与清波门、钱塘门同年拆除,从此西湖与市区连接。涌金门原有旱门与水门各一。旱门故址在今涌金门直街与南山路交接处;水门故址在旱门稍北,今儿童公园北端。

涌金门是杭州城里到西湖游览的通道,在古代就有游船码头,西湖游船多在此聚散,因而有"涌金门外划船儿"之谚。北宋晁冲之《送人游江南》诗曰:"涌金门外断红尘,衣锦城边着白苹。不到西湖看山色,定应未可作诗人。"晁冲之出生于开封,送人南游杭州,想象对方从涌金门出城到西湖,产生了"不到西湖非诗人"的感慨。南宋杨万里诗"山腰轻束一绡云,湖面初颦半蹙痕。未说湖山佳处在,清晨小出涌金门"(《清晓湖上》),说的正是涌金门外的西湖美景。苏东坡为杭州太守时,遇到游西湖,即让手下的仪仗队,从钱塘门出去,从陆路到灵隐等着,自己则叫了一两个老兵,出涌金门,"泛舟绝湖而来"。

宋末元初诗人、南宋江西诗派殿军方回有《涌金门城望》三首:

萧条垂柳映枯荷,金碧楼空水鸟过。略剩繁华犹好在,细看冷淡奈愁何。遥知堤上游人少,渐觉城中空地多。回首太平三百载,钱王纳土免干戈。

天回地转事云轮，湖蓔山榛色渐陈。坠珥遗钿如隔世，欹楼倾榭最愁人。一钱物变千钱直，十户民惊九户贫。犹有沙河塘上路，卖花声作旧时春。

风入松词万口传，翻成余恨寄湖烟。难寻旧梦花阴地，剩放新愁雪意天。战罢闲堤眠老马，宴稀荒港泊空船。此心拟欲为僧去，政恐袈裟未惯穿。

方回在宋末理宗时以《梅花百咏》向权臣贾似道献媚，后见似道势败，又上似道十可斩之疏，得任严州（今属浙江）知府。元兵将至，他高唱死守封疆之论，及元兵至，又望风迎降，得任建德路总管，不久罢官，即徜徉于杭州、歙县一带，以至老死。这样一个政治投机者登上涌金门眺望杭城，感受到的是残山剩水的繁华痕迹、世事变迁轮回的沧桑，和旧梦难寻、出家又不舍的愁绪。

元末明初贡性之《涌金门见柳》诗曰："涌金门外柳如金，三日不来成绿阴。折取一枝入城去，教人知道已春深。"贡性之入明后不仕，在山阴（绍兴）躬耕田园终老。作为一个隐者，他由衷地喜爱涌金门外的柳色由金黄变成翠绿，带着春天的气息。这不由让人想起李清照的词句"卖花担上，买得一枝春欲放"（《减字木兰花》）。易安从卖花担上买回"一枝春"，贡性之从大自然里折取了"一枝春"，易安的幸福来自于新婚燕尔，贡性之的幸福来自于和自然的亲近体贴。

同为元末明初的诗人，养生家、大孝子丁鹤年《重到西湖》诗曰："涌金风月昔追欢，一旦狂歌变永叹。锦绣湖山兵气合，金银楼阁劫灰寒。雪晴林墅梅何在？霜冷苏堤柳自残。欲买画船寻旧约，荒烟野水浩漫漫。"亡国的伤痛还没有消弭，涌金风月、西湖烟水，让他感到世事苍茫。

小说中的涌金门和诗人笔下的不同，有鲜明的市井风俗气息。南宋话本《西湖三塔记》中的奚宣赞（许仙的雏形），就住在涌金门：

> 是时宋孝宗淳熙年间，临安府涌金门有一人，是岳相公麾下统制官，姓奚，人皆呼为奚统制。有一子奚宣赞，其父统制弃世之后，嫡亲有四口：只有宣赞母亲及宣赞之妻，又有一个叔叔，出家在龙虎山学道。这奚宣赞年方二十余岁，一生不好酒色，只喜闲耍。

清明节这一天，奚宣赞也想去西湖玩赏，"奚宣赞得了妈妈言语，独自一个拿了弩儿，离家一直径出钱塘门，过昭庆寺，往水磨头来。行过断桥四圣观前，只见一伙人围着，闹烘烘"。奚宣赞发现了一个迷路的女孩，就把她带回了家。后来一个老婆婆来找孩子，奚宣赞送她们回家的时候，被白衣娘子（白蛇）留住，差点丢掉性命，小女孩卯奴（乌鸡精）为报恩偷偷把他放了。奚宣赞走空路到钱塘门，又慢慢依路进涌金门，行到自家门前。妈妈见宣赞面黄肌瘦，问了缘由：

大惊道:"我儿,我晓得了。想此处乃是涌金门水口,莫非闭塞了水口,故有此事。我儿,你且将息,我自寻屋搬出了。"忽一日,寻得一闲房,在昭庆寺弯,选个吉日良时,搬去居住。

可见,涌金门因为有水门,所以在民间传说中带有神秘的气息。《西湖三塔记》中有三怪:白蛇、獭、乌鸡,其中白蛇和獭都是水中的妖怪。明代拟话本《白娘子永镇雷峰塔》中的白蛇也威胁许宣说,如果不从,就水淹镇江。可见,白蛇是一条"水蛇"。

容与堂刻百回本《水浒传》第九十四回"宁海军宋江吊孝,涌金门张顺归神"中,浪里白条张顺在随宋江讨方腊时,战死在涌金门下,即涌金门的水门。

当日张顺对李俊说道:"南兵都已收入杭州城里去了。我们在此屯兵,今经半月之久,不见出战。只在山里,几时能勾获功。小弟今欲从湖里泅水过去,从水门中暗入城去,放火为号。哥哥便可进兵,取他水门;就报与主将先锋,教三路一齐打城。"……

当晚,张顺身边藏了一把蓼叶尖刀,饱吃了一顿酒食,来到西湖岸边,看见那三面青山,一湖绿水,……张顺看了道:"我身生在浔阳江上,大风巨浪,经了万千,何曾见这一湖好水!便死在这里,也做个快活鬼!"说罢,脱下布衫,放在桥下。头上挽着个穿心红的髻儿,下面着腰生绢水裙,系一条搭膊,挂一口尖刀，赤着脚，钻下湖里去，却从水底下摸将过湖来。此时已是初更天气，月色微明。张顺摸近涌金门边，探起头来，在水面上听时，城上更鼓却打一更四点，城外静悄悄地没一个人。城上女墙边，有四五个人在那里探望。张顺再伏在水里去了。又等半回，再探起头来看时，女墙边不见了一个人。张顺摸到水口边看时，一带都是铁窗棂隔着。摸里面时，都是水帘护定。帘子上有绳索，索上缚着一串铜铃。张顺见窗棂牢固，不能勾入城，舒只手入去扯那水帘时，牵得索子上铃响。城上人早发起喊来。张顺从水底下再钻入湖里伏了。听得城上人马下来看那水帘时，又不见有人。……

张顺寻思道："已是四更，将及天亮。不上城去，更待几时！"却才扒到半城，只听得上面一声梆子响，众军一齐起。张顺从半城上跳下水池里去。待要趁水汆时，城上踏弩硬弓、苦竹枪、鹅卵石，一齐都射打下来。可怜张顺英雄，就涌金门外水池中身死。

根据小说的描绘，我们可以了解到水门的守备情况，还有涌金门的军事意义。

京剧《涌金门》就是根据小说中这一段改编的。据《京剧剧目考》记载，《涌金门》是传统戏。宋江征方腊，围杭州。方腊之子方天定守城，擒去郝思文。张顺夜登涌金门，被方天定水闸轧死，其魂向宋江托兆。宋江至城门哭祭，方天定出战，张魂附其兄张横身上，阵斩方天定。张顺之魂复仇的情节见百回本《水浒传》第九十五回，徽剧也有此剧目。现在的涌金门外的水中，塑着一尊张顺的铜像。

（三）武林门

武林门是杭州老城区最古老的北大门，始建于隋代（约589—610）。五代吴越国（983）时筑罗城，建北关门（谐音百官门），在今夹城巷。南宋高宗时建都杭州，移城门于此，称余杭门，另有天宗、余杭两座水门。明代改称武林门。辛亥革命后城门被拆除，故址在今武林路与环城北路相交处，也就是今天的万向公园。

武林门地近京杭运河，自隋代以来一直是商贾云集之地。每当夕阳西下，"樯帆卸泊，百货登市"；入夜，"篝火烛照，如同白日"。加上游人集宿于此，"熙熙攘攘，人影杂沓，不减元宵灯市"（清雍正《西湖志》卷三），这就是古时被称为钱塘八景之一的"北关夜市"。武林门至湖墅一带，历来是杭嘉湖淡水鱼贸易集散地，因此杭谚有"百官门外鱼担儿"之说，卖鱼桥也由此而得名。如今的武林门一带高楼林立，一派现代都市气象。虽然没了"北关夜市"的景象，但这里依然是杭城最繁华的商业中心。

南宋时，杭州曾流传一件著名的无头案故事，被称作"沈鸟儿画眉记"，杭州俗语甚至用"沈鸟儿"当作"祸根"的代名词。这个故事源自宋人话本，被明朝人郎瑛载于笔记《七修类稿》，又经小说家冯梦龙之手加工整理，即《古今小说》（《喻世明言》）第二十六卷《沈小官一鸟害七命》。小说的主人公沈小官就住在武林门外：

话说大宋徽宗朝宣和三年，海宁郡武林门外北新桥下，有一机户，姓沈名昱，字必显。家中颇为丰足，娶妻严氏，夫妇恩爱。单生一子，取名沈秀，年长一十八岁，未曾婚娶。其父专靠织造段匹为活。不想这沈秀不务本分生理，专好风流闲耍，养画眉过日。父母因惜他一子，以此教训他不下。街坊邻里取他一个诨名，叫做"沈鸟儿"。每日五更，提了画眉，奔入城中柳林里来拖画眉，不只一日。

一日，沈小官又到城中柳林里去拖画眉，不料小肠疝气发作，昏迷不醒，可巧碰上一个歹人，就是箍桶匠张公。张公见财起意，杀死沈小官，抢走了画眉鸟。张公要处理他的不义之财，就到武林门外商贾云集之地找买主来了：

当时，张公一头走，一头心里想道："我见湖州墅里客店内，有个客人，时常要买虫蚁。何不将去卖与他？"一径望武林门外来。也是前生注定的劫数，却好见三个客人，两个后生跟着，共是五人，正要收拾货物回去，却从门外进来客人，俱是东京汴梁人，内中有个姓李名吉，贩卖生药。此人平昔也好养画眉，见这箍桶担上，好个画眉，便叫张公借看一看。

从这段描写来看，住店的客人是贩卖生药的，虫蚁鸟儿的交易似乎也在此地。

从今天看，湖墅街道位于杭州拱墅区南部，是杭州市的中心城区，紧邻市委、市政府和武林商圈，是京杭古运河的最南端，大运河穿境而过，自古有"十里银湖墅"之称，是商贾云集之地。以此来说，"湖州墅里客店"在宋代应该是一个著名的"商务酒店"。沈小官到晚不归，家人使人去各处寻找。"天明央人入城寻时，只见湖州墅嚷道：'柳林里杀死无头尸首'！"客店消息灵通，可见往来客人很多。

冯梦龙《警世通言》卷三十三《乔彦杰一妾破家》中的乔彦杰也住在武林门里："话说大宋仁宗皇帝明道元年，这浙江路宁海军，即今杭州是也。在城众安桥北首观音庵相近，有一个商人，姓乔名俊，字彦杰，祖贯钱塘人。""这乔俊看来有三五万贯资本，专一在长安崇德收丝，往东京卖了，贩枣子胡桃杂货回家来卖，一年有半年不在家。门首交赛儿开张酒店，雇一个酒大工叫作洪三，在家造酒。其妻高氏，掌管日逐出进钱钞一应事务，不在话下。"有一年，他在东京卖完丝，回来路经南京，娶了一个妾，回到杭州的时候，小说是这样写的：

次日天晴，风息浪平，大小船只，一齐都开。乔俊也行了五六日，早到北新关，歇船上岸，叫一乘轿子抬了春香，自随着径入武林门里。来到自家门首，下了轿，打发轿子去了。乔俊引春香入家中来。

安顿好周氏春香，乔俊一走就是两年。"乔俊在东京卖丝，与一个上厅行首沈瑞莲来往，倒身在他家使钱，因此留恋在彼，全不管家中妻妾。只恋花门柳户，逍遥快乐。"不料家中小娘子周氏，与一个雇工董小二通奸。大娘子取回一家同住，大胆的董小二又奸骗了大娘的女儿玉秀。大娘子发现后，谋杀了董小二，让酒大工洪三将尸首丢在新桥河内。两个月后，尸首泛将起来，被人首告在安抚司。一家主仆四人被捉，监在牢里，受苦不过，都病死了，家财入官。两年后乔俊回来，走投无路跳西湖而死。小说中，董小二的尸首被皮匠妻错认，皮匠家也住在武林门：

> 却说武林门外清湖闸边，有个做靴的皮匠，姓陈名文，浑家程氏五娘。夫妻两口儿，止靠做靴鞋度日。此时是十月初旬，这陈文与妻子争论，一口气，走入门里满桥边皮市里买皮，当日不回，次日午后也不回。程五娘心内慌起来。又过了一夜，亦不见回。独自一个在家烦恼。将及一月，并无消息。这程五娘不免走入城里问讯。径到皮市里来，问卖皮店家，皆言："一月前何曾见你丈夫来买皮？莫非死在那里了？"有多口的道："你丈夫穿甚衣服出来？"程五娘道："我丈夫头戴万字头巾，身穿着青绢一口中。一月前说来皮市里买皮，至今不见信息，不知何处去了。"众人道："你可城内各处去寻，便知音信。"程五娘谢了众人，绕城中逢人便问。

《警世通言》卷三十八《蒋淑真刎颈鸳鸯会》中的女主人公蒋淑真,"是浙江杭州府武林门外落乡村中,一个姓蒋的生的女儿"。此女"心性有些跷蹊,描眉画眼,傅粉施朱。梳个纵鬟头儿,着件叩身衫子,做张做势,乔模乔样。或倚槛凝神,或临街献笑,因此闾里皆鄙之"。淑真未嫁时色诱邻家幼子阿巧,忽闻叩门声,阿巧"惊气冲心而殒"。嫁给庄家,婚后十年与"夫家西宾有事",又气死丈夫。再嫁商人张二官,与对门店中的后生朱秉中私通,私情泄露,被张二官双双杀死。

在古小说中,武林门商贾云集的繁华背后,发生了许多贪淫破家、贪财殒命、好色亡身的故事,令读者在赞叹武林繁华的同时,也不免感叹贪欲的恶果。

(四)艮山门

五代吴越时筑罗城(外城),十城门之一有保德门。南宋绍兴二十八年,移门址于菜市河以西,改名艮山门,是当年杭州城的东北门。它的原址位于今天的建国北路环城北路路口的西北角。古代杭州城的东北角有一座小山,为"南山之尽脉也,高不逾寻丈",名艮山。明代时"已陵夷,莫可指索"(明田汝成《西湖游览志》十三)。在八卦中,艮为东北,象征山。门近艮山,故名艮山门。另有人认为,北宋时汴京有皇家宫苑"万寿艮岳",南宋建都杭州时效仿它命名城门,有思念故国之意。

艮山门的东面，宋代曾有座"顺应桥"，又称"坝子桥"，艮山门亦称"坝子门"。艮山门的西面，原有一座水城门，可通舟楫。自宋朝开始，城中的人若出城去游览东北郊的临平山、超山、皋亭山（今称半山）、黄鹤山等胜景，多乘小船从这座水门出去。而上船的埠头，则在城中断河头（今河坊街新宫桥附近）处。

杭州湖墅人徐行恭（1893—1988）被姜亮夫称为"浙东名宿"和"一代词宗"。他的《艮山门外行野》诗曰：

> 春来无迹去无痕，独有鹃啼五夜魂。柳叶小眠悭细雨，菜花一色绣孤村。蝶追蜂乱佛微笑，山静水流人掩门。不为韶颜缠懊恼，片时曳杖见吾尊。

诗描绘了艮山门外初春的景色。柳叶还没有伸展开，在细雨中小眠，金黄色的油菜花成片开放，把一个个孤村点缀得格外艳丽。蝶乱蜂喧，山静水流，恬和宁静，诗人感受到佛光普照的祥和；缓步上山，片刻之后就能够拜见佛祖。诗人受到艮山门外山野景色的熏陶，内心平静而充实。

自宋元以来，艮山门一带一直是杭州的丝织业集中地，个体丝织户与机坊作场遍布，是驰名全国的杭纺的主要产地。清代钱塘人厉鹗《东城杂志》里就有"杭东城机杼之声，比户相闻"的记载。因丝织品买卖兴盛，所以就有了"坝子门外丝篮儿"的谚语。冯梦龙《喻世明言》第三卷《新桥市韩五卖春情》就反映出这种情况：

说这宋朝临安府,去城十里,地名湖墅;出城五里,地名新桥。那市上有个富户吴防御,妈妈潘氏,止生一子,名唤吴山,娶妻余氏,生得四岁一个孩儿。防御门首开个丝绵铺,家中放债积谷,果然是金银满箧,米谷成仓。去新桥五里,地名灰桥市上,新造一所房屋,令子吴山,再拨主管帮扶,也好开一个铺。家中收下的丝绵,发到铺中卖与在城机户。

吴山灰桥市的丝绵铺就在艮山门外。他在这里和一个私娼金奴厮混,街坊议论,于是金奴搬进城里:

却说金奴从五月十七搬移在横桥街上居住,那条街上俱是营里军家,不好此事,路又僻拗,一向没人走动。胖妇人向金奴道:"那日吴小官,许下我们三五日间就来,到今一月,缘何不见来走一遍?若是他来,必然也看觑我们。"金奴道:"可着八老去灰桥市上铺中探望他。"当时八老去,就出艮山门到灰桥市上丝铺里见主管。

既然有商业的发达,就有财色败人的事情发生。吴山受金奴诱惑,瞒着家人带病探访,差点丢了性命。

(五)候潮门

候潮门始建于五代吴越时,当时唤作竹车门。因筑城时以竹笼盛巨石，用车运去以定城墙的基石，故名。南宋绍兴二十八年（1158）在竹车门旧基重建候潮门。因城门濒临钱塘江，每日两次可以候潮，故名候潮门。翟瀚道："钱塘江自城东北绕城而南，候潮门正临潮水之冲。"（清翟瀚《湖山便览》卷十一）南宋时，候潮门以北有保安门、保安水门，它的南面是便门和南北水门，西面是六部桥，东临钱塘江。古代，杭州城内的绍兴老酒都由候潮门入城，因此，杭谚有"候潮门外酒坛儿"之称。候潮门于民国二年（1913）杭城拆城筑路时被拆除，原址在今天的候潮路与候潮路直街相接处，立有石碑。

周密的《武林旧事》有孝宗从候潮门出去观潮的记载。为了便于观潮，候潮门外建了很多楼宇。北面有映江楼，西面有观潮楼、浙江亭，另有草阁、江楼、樟亭驿、映发亭、广陵侯庙等等。《吴越备史》等书记载，后梁开平四年（910）八月，杭州筑过捍海塘，因为"怒涛冲激"，以至"板筑不就"，钱镠下令伐山阳之竹造矢，在"叠雪楼"（故址在候潮门外）射涛头，筑成捍海塘。苏轼的《中秋看潮五绝》中"安得夫差水犀手，三千强弩射潮低"，将此误以为夫差的故事，可见射潮的故事影响之广。清代更是有人将这一传说编演为小说《西湖佳话》中的一篇，题目是《钱塘霸迹》。今天，候潮门同钱塘江已相距甚远，更别提在这里以箭射潮了。

冯梦龙《喻世明言》第二十一卷《临安里钱婆留发迹》讲唐末钱塘异人钱婆留（钱镠）建候潮门的事情：

（朝廷）闻钱镠讨叛成功，上表申奏，大加叹赏，锡以铁券诰命，封为上柱国、彭城郡王，加中书令。未几，进封越王，又改封吴王，润、越等十四州得专封拜。此时钱镠志得意满，在杭州起造王府宫殿，极其壮丽。父亲钱公已故，钱母尚存，奉养宫中，锦衣玉食，自不必说。钟氏册封王妃；钟起为国相，同理政事；钟明、钟亮及顾全武俱为各州观察使之职。

　　其年大水，江潮涨溢，城垣都被冲击。乃大起人夫，筑捍海塘，累月不就。钱镠亲往督工，见江涛汹涌，难以施功。钱镠大怒，喝道："何物江神？敢逆吾意！"命强弩数百，一齐对潮头射去，波浪顿然敛息。不勾数日，捍海塘筑完，命其门曰"候潮门"。

冯梦龙《喻世明言》第三十八卷《任孝子烈性为神》描绘了候潮门八月观潮的景象：

　　忽一日，正值八月十八日潮生日。满城的佳人才子，皆出城看潮。这周得同两个弟兄，俱打扮出候潮门。只见车马往来，人如聚蚁。周得在人丛中丢撇了两个弟兄，潮也不看，一径投到牛皮街那任珪家中来。

周待诏（待诏本指以一技之长供奉于内廷的人，宋、元时成为对手艺匠人的尊称）之子周得与任珪之妻有奸情，一心想着赶紧去会任珪的妻子圣金，因此无意看潮。周得与圣金两个人频频幽会，引起任珪瞎眼老爹的怀疑，把蹊跷告诉了任珪。圣金和周得怕老头坏了他们的好事，就设了一个毒计，捉一只猫抓破圣金胸口，谎称是公爹图谋不轨。任珪愤恨之下把妻子送回了娘家。当夜再去的时候，圣金正留宿周得，慌张之下周得躲进厕所，趁任珪上厕所，周得大喊有贼，一家人围住把任珪痛打一顿，周得趁机跑了。任珪疑心，一早要出城：

> 任珪被打得浑身疼痛，那有好气？也不应他，开了大门，拽上了，趁星光之下，直望候潮门来。
>
> 却忒早了些，城门未开。城边无数经纪行贩，挑着盐担，坐在门下等开门。也有唱曲儿的，也有说闲话的，也有做小买卖的。

从小说的描写来看，候潮门外不仅有"酒坛儿"，还有"盐担儿"。

（六）清波门

清波门在五代吴越时为涵水门。南宋绍兴二十八年增筑杭城，清波门是西城临湖的四城门之一，门楼濒西湖之东南，取"清波"之意为名，为历代沿用。清波门因有暗沟引湖水入城，俗称暗门。元末，临湖四城门中的钱湖门被废置，西城只存清波、涌金、钱塘三门。明清时期，清波门成了城西南人们出入的唯一通道。民国二年,杭州开始拆城,继拆"旗营"之后,清波、涌金、钱塘三门及城墙均被拆除,改建南山路、湖滨路,于清波门故址立有石碑。

清波门一带向来是休闲赏景的好地方,"西湖十景"之一"柳浪闻莺"就在西边,附近还有聚景园、钱王祠遗址,它的东边是"新西湖十景"之一的"吴山天风"和河坊街。清波门一带古迹甚多,历史上曾是文人墨客及书画家寓居之地,又因门通南山,古时候市民需用柴炭多从此门运入,故有"清波门外柴担儿"之民谣。南宋高翥在《春日湖上》写道:"清波门外放船时,尽日轻寒恋客衣。花下笑声人共语,柳边墙影燕初飞。晓风不定棠梨瘦,夜雨相连荠麦肥。最忆故山春更好,夜来先遣梦魂归。"北宋词人张先的旧庐,就在清波门外的柳洲。南宋末周煇寓居清波门之南,其笔记名为《清波杂志》。《武林旧事》的著者南宋的周密也在清波门附近居住。南宋四大画家之一刘松年更因住在清波门而被后人称为"暗门刘"。

明冯梦龙著《醒世恒言》第三卷《卖油郎独占花魁》,讲的是临安城里的卖油郎秦重靠志诚之心娶到花魁娘子王美娘的故事。油坊就开在清波门:

> 却说临安城清波门里,有个开油店的朱十老,三年前过继一个小厮,也是汴京逃难来的,姓秦名重,母亲早丧,父亲秦良,十三岁上将他卖了,自己在上天竺去做香火。朱十老因年老无嗣,又新死了妈妈,把秦重做亲子看成,改名朱重,在店中学做卖油生理。

秦重后来被店里的伙计算计，被朱十老赶出来，在众安桥下赁了一间小小房儿，挑个卖油担子卖油。

众安桥是一个热闹的地方，横跨古清湖河，据说是里人感激苏轼知杭时设安乐坊的功德而命名。南宋时为御街所经，桥南有北瓦，内设勾栏十三座，能同时演出杂剧、说话、傀儡、相扑、皮影、杂技、踢弄、散耍、覆射等三十余种节目，附近食铺众多。岳飞之子岳云和爱将张宪就在这个闹市被处斩，桥下为岳飞遗骸初葬处。明时为瓜果、鱼肉集散地，今桥不存。

昭庆寺原址在杭州宝石山的东边，南临西湖，也就是现在杭州市青少年宫广场的位置。在明代，昭庆寺既是佛教名刹，也是一处商业活动中心。张岱《西湖梦寻》卷一《昭庆寺》说：

> 万历十七年，司礼监太监孙隆以织造助建，悬幢列鼎，绝盛一时，而两庑栉比，皆市廛精肆，奇货可居。春时有香市，与南海、天竺、山东香客及乡村妇女儿童，往来交易，人声嘈杂，舌敝耳聋，抵夏方止。

在《卖油郎独占花魁》里，花魁娘子就住在昭庆寺附近。秦重挑着卖油担，从众安桥的油坊出发，前往昭庆寺送灯油。一日，他从昭庆寺出来，"绕河而行，遥望十景塘桃红柳绿，湖内画船箫鼓，往来游玩。观之不足，玩之有余"。忽然看见一位俏丽女娘进了金漆篱门内：

酒保道:"这是齐衙内的花园,如今王九妈住下。"秦重道:"方才看见有个小娘子上轿,是什么人?"酒保道:"这是有名的粉头,叫做王美娘,人都称为花魁娘子。他原是汴京人,流落在此。吹弹歌舞,琴棋书画,件件皆精。来往的都是大头儿,要十两放光,才宿一夜哩!可知小可的,也近他不得。当初住在涌金门外,因楼房狭窄,齐舍人与他相厚,半载之前,把这花园借与他住。"

秦重对王美娘一见钟情,攒了一年的银子,终于赢得一夕相守。王美娘烂醉如泥,秦重端茶送水倾心照顾,即便这样也心满意足。后来朱十老醒悟后又把秦重叫回店里,坐店卖油。又一日,王美娘被吴八公子强掳到船上欺凌,"分付移船到清波门外僻静之处,将美娘绣鞋脱下,去其裹脚",让她赤脚走回家。事有偶然,却好秦重那日到清波门外朱十老的坟上祭扫,救了美娘于危难。由此赢得美娘芳心,二人终成眷属。这么一段市井小商人情场得意的故事,在清波门、众安桥、昭庆寺、西湖展开,活色生香地展示了清波门一带的市井风情,既浪漫脱俗,又无处不弥漫着人间烟火气息。

第四章　市廛街巷

一　市肆

俯瞰杭州的街巷，首先体会到的是市井繁华。吴自牧《梦粱录》卷十三《铺席》详述了杭州的街区和商铺分布情况：

> 杭州大街，自和宁门权子外，一直至朝天门外清和坊，南至南瓦子北，谓之"界北"。中瓦子前，谓之"五花儿中心"。自五间楼北，至官巷南街，两行多是金银盐钞引交易铺，前列金银器皿及现钱，谓之"看垛钱"，此钱备准榷货务算清盐钞引，并诸作分打钑铲鞴，纷纭无数。自融和坊北，至市南坊，谓之"珠子市"，如遇买卖，动以万数。又有府第富豪之家质库，城内外不下数十处，收解以千万计。向者杭城市肆名家有名者，如中瓦前皂儿水，杂货场前甘豆汤、戈家蜜枣儿，官巷口光家羹，大瓦子水果子，寿慈宫前熟肉，钱塘门外宋五嫂鱼羹，涌金门灌肺，中瓦前职家羊饭、彭家油靴，南瓦子宣家台衣、张家元子，候潮门

顾四笛，大瓦子邱家箅箕。自淳祐年有名相传者，如猫儿桥魏大刀熟肉、潘节干熟药铺，坝头榜亭安抚司惠民坊熟药局，市西坊南和剂惠民药局，局前沈家、张家金银交引铺，刘家、吕家、陈家彩帛铺，舒家纸札铺，五间楼前周五郎蜜煎铺、童家柏烛铺、张家生药铺，狮子巷口徐家纸札铺、凌家刷牙铺、观复丹室，保佑坊前孔家头巾铺、张卖食面店、张官人诸史子文籍铺、讷庵丹砂熟药铺、俞家七宝铺、张家元子铺，中瓦子前徐茂之家扇子铺、陈直翁药铺、梁道实药铺、张家皂儿水、钱家干果铺，金子巷口陈花脚面食店、傅官人刷牙铺、杨将领药铺，市南坊沈家白衣铺、徐官人幞头铺、钮家腰带铺，市西坊北钮家彩帛铺、张家铁器铺，修义坊北张古老胭脂铺、水巷口戚百乙郎颜色铺、徐家绒线铺、阮家京果铺、俞家冠子铺，官巷前仁爱堂熟药铺，修义坊三不欺药铺，官巷北金药白楼太丞药铺、胡家冯家粉心铺、染红王家胭脂铺、淮岭倾锡铺，清河坊顾家彩帛铺、蒋检阅茶汤铺，升阳官前仲家光牌铺、季家云梯丝鞋铺、太平坊南倪没门面食店、南瓦子北卓道王卖面店，腰棚前菜面店，熙春楼下双条儿铲子店，太平坊大街东南角虾蟆眼酒店，漆器墙下李官人双行解毒丸，抱剑营街吴家、夏家、马家香烛裹头铺、李家丝鞋铺、许家槐简铺，沙皮巷孔八郎头巾铺、陈家绦结铺，朝天门戴家麖肉铺、外沙皮巷口双葫芦眼药铺，朝天门里大石版朱家裱褙铺、朱家元子糖蜜糕铺，太庙前尹家文字铺、陈妈妈泥面具风药铺，大佛寺疳药铺、保和大师乌梅药铺，三桥街毛家生药铺、柴家绒线铺、姚家海鲜铺，坝桥榜亭侧朱家馒头铺，石榴园倪家犯鲊铺、张省干金马杓小儿药铺，三桥河下杨三郎头巾铺，清湖河下戚家犀皮铺，里仁坊口游家漆铺，李博士桥邓家金银铺、汪家金纸铺，炭桥河下青篦扇子铺，水巷桥河下针铺、彭家温州漆器铺，沿桥下生帛铺、郭医产药铺，住大树下橘园亭文籍书房，平津桥沿河布铺、黄草铺、温州漆器、青白磁器，铁线巷笼子铺、生绢一红铺，荐桥新开巷元子铺，官巷内飞家牙梳铺、齐家、归家花朵铺、盛家珠子铺、刘家翠铺、马家、宋家领抹销金铺、沈家枕冠铺，小市里舒家体真头面铺、周家折揲扇铺、陈家画团扇铺。自大街及诸坊巷，大小铺席，连门俱是，即无虚空之屋。每日侵晨，两街巷门，浮铺上行，百市买卖，热闹至饭前，市罢而收。盖杭城乃四方辐辏之地，即与外郡不同。所以客贩往来，旁午于道，曾无虚日。至于故楮羽毛，皆有铺席发客，其他铺可知矣。其余坊巷桥道，院落纵横，城内外数十万户口，莫知其数。处处各有茶坊、酒肆、面店、果子、丝帛、绒线、香烛、油酱、食米、下饭鱼肉、鲞腊等铺。盖经纪市井之家，往往多于店舍，旋买见成饮食，此为快便耳。

柳永《望海潮》写道："烟柳画桥，风帘翠幕，参差十万人家"，"市列珠玑，户盈罗绮，竞豪奢"，确是杭州市廛的写照。张先《破阵乐·钱塘》更是竭尽铺排：

四堂互映，双门并丽，龙阁开府。郡美东南第一，望故苑、楼台霏雾。垂柳池塘，流泉巷陌，吴歌处处。近黄昏，渐更宜良夜，簇簇繁星灯烛。长衢如昼，暝色韶光，几许粉面，飞甍朱户。

和煦。雁齿桥红，裙腰草绿，云际寺、林下路。酒熟梨花宾客醉，但觉满山箫鼓。尽朋游，同民乐，芳菲有主。自此归从泥诏，去指沙堤，南屏水石，西湖风月，好作千骑行春，画图写取。

关汉卿南游杭州时也禁不住夸赞杭州的富贵锦绣，他的《南吕·一枝花·杭州景》套曲写道：

普天下锦绣乡，寰海内风流地。大元朝新附国，亡宋家旧华夷。水秀山奇，一到处堪游戏。这答儿忒富贵，满城中绣幕风帘，一哄地人烟凑集。

【梁州】百十里街衢整齐，万余家楼阁参差，并无半答儿闲田地。松轩竹径，药圃花蹊，茶园稻陌，竹坞梅溪。一陀儿一句诗题，行一步扇面屏帏。西盐场便似一带琼瑶，吴山色千叠翡翠。兀良，望钱塘江万顷玻璃。更有清溪绿水，画船儿来往闲游戏。浙江亭紧相对，相对着险岭高峰长怪石，堪羡堪题。

【尾】家家掩映渠流水，楼阁峥嵘出翠微，遥望西湖暮山势。看了这壁，觑了那壁，纵有丹青下不得笔。

杭州是元杂剧后期的演出中心，宋亡后不久，关汉卿到过此地，开始了他的南游经历。关汉卿还到过扬州，在那里结识了名伎朱帘秀，他写了《南吕·一枝花·赠朱帘秀》，说她"富贵似侯家紫帐，风流如谢府红莲"，"十里扬州风物妍，出落着神仙"。夏庭芝《青楼集》说朱帘秀"杂剧为当今独步，驾头、花旦、软末泥等，悉造其妙"。后辈艺人尊她为"朱娘娘"。朱帘秀和当时著名的曲家卢挚、冯子振、胡祗遹等多有交往。关汉卿曾在曲中为朱帘秀送上祝福，希望和她相伴的人能够悉心呵护她，朱帘秀后来嫁给钱塘道士洪丹谷，晚年流落并终于杭州。

（一）"雨巷"——大塔儿巷

深入杭州的每一条小巷，体验到的是悠长的诗意。小巷交错于白墙黑瓦的房屋群落中，带着江南的雾气水气，从容而朦胧。南宋陆游《临安春雨初霁》诗写道："小楼一夜听春雨，深巷明朝卖杏花。"陆游正在等待皇帝的召见，可皇帝不紧不慢，诗人心里充满了惆怅，他一夜未眠。春雨淅淅沥沥，卖花担的叫卖声是悠闲的，可诗人的内心却是苦闷的："皇舆久驻武林宫，汴洛当时未易同。广陌有风尘不起，长河无冻水长通。楼台飞舞祥烟外，鼓笛喧呼明月中。六十年间几来往，都人谁解记衰翁？"（陆游《武林》）

20世纪20年代，"雨巷诗人"戴望舒就住在杭州市中心的大塔儿巷里。据闻，大塔儿巷始建于南宋，东接皮市巷，西至中河，长约一百二十米，宽三米，铺着一色的青石板。巷子因毗邻的觉苑寺中有座诚心塔而得名。大塔儿巷先是因塔得名,后又因诗成名。当时,戴家还算是个大户人家,住着一幢粉墙黛瓦、泥壁木窗的中式里弄楼房。每到春天,恣意生长的青藤就会探出头来,深情注视着穿行在巷子里的人们。少年戴望舒每天都要穿过巷子去读书。梅子黄时,温润的江南日日丝雨无边。一日黄昏,在归家途中,少年在狭窄逼仄的深巷里遇着一位姑娘,清纯而又淡雅。他心生向往,思念长达数年不止,于是诗情婉转而出:

> 撑着油纸伞,独自
> 彷徨在悠长,悠长
> 又寂寥的雨巷,
> 我希望逢着
> 一个丁香一样地
> 结着愁怨的姑娘。
> 她是有
> 丁香一样的颜色,
> 丁香一样的芬芳,
> 丁香一样的忧愁,
> 在雨中哀怨,
> 哀怨又彷徨。
>
> (《雨巷》)

如今，大塔儿巷已经不复存在，但"雨巷"成了人们心目中挥之不去的浪漫记忆，也成为诗意杭州的象征。

（二）陋　巷

戴望舒将杭州的小巷写得诗意盎然，而丰子恺把杭州的陋巷刻画成高人隐居的地方。

> 杭州的小街道都称为巷。这名称是我们故乡所没有的。我幼时初到杭州，对于这"巷"字颇注意。我以前在书上读到颜子"居陋巷，一箪食，一瓢饮"的时候，常疑所谓"陋巷"，不知是甚样的去处。想来大约是一条坍圮、龌龊而狭小的弄，为灵气所钟而居了颜子的。我们故乡尽不乏坍圮、龌龊、狭小的弄，但都不能使我想象做陋巷。及到了杭州，看见了巷的名称，才在想象中确定颜子所居的地方，大约是这种巷里。每逢走过这种巷，我常怀疑那颓垣破壁的里面，也许隐居着今世的颜子。就中有一条巷，是我所认为陋巷的代表的。只要说起陋巷两字，我脑中会立刻浮出这巷的光景来。（丰子恺《陋巷》）

真是山不在高，有仙则名；巷子破旧不要紧，有圣贤居住，就有灵气。《陋巷》就写了作者三次在偏街陋巷中拜访马一浮先生的经历。马一浮留学美日回国后，从二十三岁开始在杭州的偏街陋巷中隐居。从留学回国，到"卢沟桥事变"爆发前，他一直处于隐居状态,读书治学,不求闻达。马一浮虽身居陋巷三十多年,却声名远播,他的诗、书、文均造诣极深。故此,他在众人的心目中真正成了国学一宗、佛学大师。马一浮与他的朋友梁漱溟、熊十力被学界称为中国新儒学的"三驾马车"。他在杭州陋巷中的居所,在西湖边他曾苦读于其中的古寺,皆如磁场一般,吸引着乱世中僧俗两界人士。当时与其交往请益者甚众,既有高僧大德,也有学界达人、军政要员。丰子恺拜谒马一浮就在这期间。

> 第一次我到这陋巷里,是将近二十年前的事。那时我只十七八岁,正在杭州的师范学校里读书。我的艺术科教师L先生(李叔同先生)似乎嫌艺术的力道薄弱,过不来他的精神生活的瘾,把图画音乐的书籍用具送给我们,自己到山里去断了十七天食,回来又研究佛法,预备出家了。在出家前的某日,他带了我到这陋巷里去访问M先生(马一浮先生)。

那时候,丰子恺听不懂两位先生的谈话,只好装出心领神会的样子。"从进来到辞去,我一向做个怀着愧恨的傀儡,冤枉地被带到这陋巷中的老屋里来摆了几个钟头。"

第二次到陋巷,是十六年后,"我那时初失母亲——从我孩提时兼了父职抚育我到成人,而我未曾有涓埃的报答的母亲。痛恨之极,心中充满了对于无常的悲愤和疑惑。自己没有解除这悲和疑的能力,便堕入了颓唐的状态"。"M先生的严肃的人生,显明地衬出了我的堕落。他和我谈起我所作而他所序的《护生画集》，勉励我；知道我抱着风木之悲，又为我解说无常，劝慰我。其实我不须听他的话，只要望见他的颜色，已觉羞愧得无地自容了。"

第三次到陋巷，"是最近一星期前的事"。"现在我的母亲已死了三年多了，我的心似已屈服于'无常'，不复如前之悲愤，同时我的生活也就从颓唐中爬起来，想对'无常'作长期的抵抗了。"当丰子恺想和马先生讨论《无常画集》之事时，"他幡然地说道：'无常就是常。无常容易画，常不容易画。'我好久没有听见这样的话了，怪不得生活异常苦闷。他这话把我从无常的火宅中救出，使我感到无限的清凉"。

每一次见面，马一浮都能令丰子恺感受到智者的力量。陋巷中的马一浮先生，一直保持着坚致有力的眼帘，炯炯发光的黑瞳，和响亮而愉快的谈笑声，尽管深黑的须髯已变成银灰色，渐近白色了。智者的光芒令陋巷生辉。

（三）深　巷

在杭州的深巷中归家，是一种难言的幸福。寻寻觅觅，曲曲折折的小巷，弥漫着温情。

俞平伯《城站》写自己从上海回杭州的体验。杭州火车站在1906年11月14日建成，当时还叫"清泰站"。后历经一次迁址，三次重建。1910年由清泰门外东三百米处的旧址迁至现址，改称杭州站，俗称"城站"。俞平伯到上海工作、生活，回杭州小憩。这在当时的文化人中很有代表性。

> 在上海作客的苦趣,形形色色,微尘般的压迫我;而杭州的清暇甜适的梦境悠悠然幻现于眼前了。当街灯乍黄时,身在六路圆路的电车上,安得不动"归欤"之思?于是一个手提包,一把破伞,又匆促地搬到三等车厢里去。火车奔腾于夜的原野,喘吁吁地驮着我回家。

从上海到杭州的城站,一路飞奔,人已经轻快起来。从城站到家的路上,就舍不得走那么快了。知道前方有一个安稳的家,于是便悠然地在深巷中穿行,体味着那份恬淡的幸福:

> 她的寓所距站只消五分钟的人力车。我上车了,左顾右盼,经过的店铺人家,有早关门的,有还亮着灯的,我必要默察它们比我去时,(那怕相距只有几天)有何不同。没有,或者竟有而被我发见了几个小小的,我都会觉得欣然,一种莫名其妙的欣欣然。
> 到了家,敲门至少五分钟。(我不预报未必正确的行期,看门的都睡了。)照例是敲得响而且急,但也有时缓缓地叩门。我也喜欢夜深时踯躅门外,闲看那严肃的黑色墙门和清净的紫泥巷陌。我知道的确已到了家,不忙在一时进去,马上进去果妙,慢慢儿进去亦佳。我已预嘱有明艳的笑,迎候我的归来。这笑靥是

十分的"靠得住"。

施蛰存《玉玲珑阁丛谈》之"黑魆魆的墙门"中，说俞平伯描写乘夜车回到杭州家里时的那情状，他看了很动心：

> 我觉得那些黑魆魆的高墙和深巷很够味儿，小时候随着父母到杭州来上坟时也曾经遭遇到这种境况，十余年前在苏州旅行时，夜间九点半钟从观前雇人力车到阊门外时也曾经过这境况，那车夫嘴里并不叫，可是手里不停地摇着一个铃，我觉得更有味。甚至在甲子年齐卢战争时，我到杭州来接我的正在女子师范读书的大妹，因为客车为兵车所阻，到城站时已在上午三时，霜风凄紧，人心惶惶，那时乘着一辆人力车去投奔亲戚家，站在门外敲了一小时门的境况，当时也许还以为苦，后来想想却也怪有味道。

紫泥巷陌，散发出浓厚的人情味。杭州的小巷，是诗意的，也是温情的。是艺术的，也是家常的。

（四）花牌楼

据当地的老人讲，花牌楼原来就在吴山北麓这一带。

周作人少年时曾住在杭州。"关于杭州，无论在日记上，无论在记忆上，总想不起有什么很好的回忆来，因为当时背景实在太惨淡了。"1897年正月，周作人父亲周伯宜去世后的第二年，一个孤独的少年，在家庭败落的当口跑到异地孤单地陪侍羁押在狱中的祖父介孚公（《知堂回想录》一四"杭州"）。介孚公于1893年因替人贿赂乡试考官而犯下"滔天大罪"，罪名定为"斩监候"，关押入杭州府狱，前后一共八年。周作人和潘姨太（祖父的妾，周作人对她称呼不一，有时又称为宋姨太太）住在一个叫花牌楼的地方，"大概离清波门头不很远，那是清朝处决犯人的地方。这里并无什么牌楼，只是普通的一条小巷，走一点路是'塔儿头'……"

《知堂回想录》中，"花牌楼"一节分上中下三篇，周作人对当年花牌楼的房子，有详尽的描写：

> 花牌楼的房屋，是杭州那时候标准的市房的格式。临街一道墙门，里边是狭长的一个两家公用的院子，随后双扇的宅门，平常有两扇向外开的半截板门关着。里面一间算是堂屋，后面一间稍小，北头装着楼梯，这底下有一副板床，是仆人晚上来住宿的床位，右首北向有两扇板窗，对窗一顶板桌，我白天便在这里用功，到晚上就让给仆人用了。后面三分之二是厨房，其三分之一乃是一个小院子，与东邻隔篱相对。走上楼梯去，半间屋子是女佣的宿所，前边一间是主妇的，我便寄宿在那里东边南窗下。一天的饭食，是早上吃汤泡饭，这是浙西一代的习惯，因为早上起来得晚，只将隔日的剩饭开水泡了来吃，若是在绍兴则一日三餐，必须从头来煮的。寓中只煮两顿饭，菜则由仆人做好送来，供中午及晚餐之用。在家里住惯

了，虽是个破落的"台门"，到底房屋是不少，况且更有"百草园"的园地，十足有地方够玩耍，如今拘在小楼里边，这生活是够单调气闷的了。然而不久也就习惯了。前楼的窗只能看见狭长的小院子，无法利用，后窗却可以望得很远，偶然有一二行人走过去。这地方有一个小土堆，本地人把它当作山看，叫做"狗儿山"，不过日夕相望，看来看去也还只是一个土堆，没有什么可看的地方，花牌楼寓居的景色，所可描写的大约不过如此。（《知堂回想录》一五"花牌楼上"）

周作人还写有《花牌楼》诗："往昔住杭州，吾怀花牌楼。后对狗儿山，荧然一培塿。出门向西行，是曰塔儿头。……"狗儿山在周作人眼中是一个"小土堆"，塔儿头则是一处有几家店铺的"市肆"。狗儿山前的"勾山樵舍"，是清朝才女、《再生缘》作者陈端生出生长大的地方。

花牌楼并不是一幢楼，而是一个大地方。从前这一带都是小巷子，当年是有一个横跨巷子的牌楼，不过十几年前拆掉了。"塔儿头"倒是有的。周作人称，此地有一家羊肉店，店倌名叫石泉新。此人独身，无父无母无兄无弟，后来与一个被转卖到此地的余姓绍兴女人结合，从此相依为命。四宜路口的老人家说，当年的"塔儿头"大约就是现在杭州师范大学第一附属小学这个位置。（富利刚《四月，一次回忆之旅》）

周作人在花牌楼生活期间有很多烦恼事，第一是被臭虫咬，第二就是挨饿。是三姑娘照亮了那一段缓慢而寂寞的时光：

> 那时我十四岁，她大约是十三岁罢。我跟着祖父的妾宋姨太太寄寓在杭州的花牌楼，间壁住着一家姚姓，她便是那家的女儿。她本姓杨，住在清波门头，大约因为行三，人家都称她作三姑娘。姚家老夫妇没有子女，便认她做干女儿，一个月里有二十多天住在他们家里，宋姨太太和远邻的羊肉店石家的媳妇虽然很说得来，与姚宅的老妇却感情很坏，彼此都不交口，但是三姑娘并不管这些事，仍旧推进门来游嬉。她大抵先到楼上去，同宋姨太太搭讪一回，随后走下楼来，站在我同仆人阮升公用的一张板桌旁边，抱着名叫"三花"的一只大猫，看我映写陆润庠的木刻的字帖……（《知堂文集·夏夜梦抄·六　初恋》）

这位三姑娘，其实就是周作人的初恋。周作人在杭州住了一年半，从 1897 年正月，到 1898 年五月十七。五月十七这一天，周作人匆匆离开花牌楼回乡看望母亲。其实母亲并没有病，只是太挂念儿子了，才找了托词。一个月后，仆人告假回到绍兴，无意中提到："杨家的三姑娘患霍乱死了。"这个"尖面庞，乌眼睛，瘦小身材，而且有尖小的脚的少女"（《初恋》），让他一生怀念。直至 1946 年至 1947 年间，周作人还在南京老虎桥监狱里写诗怀念三姑娘，诗云："隔壁姚氏妪，土著操杭语。老年苦孤独，瘦影行踽踽。留得干女儿，盈盈十四五。家住清波门，随意自来去。天时入夏秋，恶疾猛如虎。婉娈杨三姑，一日归黄土……"(《知堂杂诗抄·丙戌丁亥杂诗·花牌楼》)周作人说："我与花牌楼作别，已经有六十多年了。可是我一直总没有忘记那地方……"(《知堂回想录》)

（五）江　干

江干区历史悠久。在古代，江干在中心城区之外。当年，在烟波浩渺的钱塘江上，从上游来的木筏纵横连天，在阳光照耀下金黄一片，无边无际，故有"金江干"之称。江干历来是一个商贾云集、财通八方的商埠和交通要地。宋末周密《武林旧事》中《观潮》一文，就写了"江干上下十余里间"的气派场面。

冯梦龙《喻世明言》卷三十八《任孝子烈性为神》中，任珪家就住在江干牛皮街上：

> 铺中有个主管，姓任名珪，年二十五岁。母亲早丧，止有老父，双目不明，端坐在家。任珪大孝，每日辞父出，到晚才归参父，如此孝道。祖居在江干牛皮街上。是年冬间，凭媒说合，娶得一妻，年二十岁，生得大有颜色，系在城内日新桥河下做凉伞的梁公之女儿，小名叫做圣金。自从嫁与任珪，见他笃实本分，只是心中不乐，怨恨父母：千不嫁万不嫁，把我嫁在江干，路又远，早晚要归家不便。终日眉头不展，面带忧容，妆饰皆废。这任珪又向早出晚归，因此不满妇人之意。

冯梦龙《喻世明言》第二十三卷《张舜美灯宵得丽女》写秀才张舜美正月十四观灯,捡到一幅花笺纸,上有《如梦令》词一首,表顾恋之意,词后复书云:"女之敝居,十官子巷中,朝南第八家。明日父母兄嫂赶江干舅家灯会,十七日方归,止妾与侍儿小英在家。敢邀仙郎惠然枉驾,少慰鄙怀,妾当焚香扫门,迎候翘望。妾刘素香拜柬。"在这两篇小说中,江干都属于远离市中心的地方。

冯梦龙《情史》卷九"情幻类"《司马才仲》中曰:

> 苏小小,钱塘名娼也,南齐时人。其墓或云湖曲,或云江干。古词云:"妾乘油壁车,郎跨青骢马。何处结同心,西陵松柏下。"今西陵在钱塘,非楚之西陵也。李长吉《苏小小墓》歌云:"幽兰露,如啼眼。无物结同心,烟花不堪剪。草如茵,松如盖。风为裳,水为珮。油壁车,久相待。冷翠烛,劳光彩。西陵下,风吹雨。"

苏小小的传说为江干增添了凄迷色彩。这样一个远离喧嚣的地方,不知唤起过多少人的浪漫情怀。

(六)清河坊

清河坊兴于宋,盛于清。南宋定都杭州后,筑九里皇城,开十里天街(今中山中路)。在宫城外围,天街两侧,皇亲国戚,权贵内侍纷纷修建宫室私宅。中河以东建德寿宫,上华光建开元宫,后市街建惠王府第，惠民街建龙翔宫等。清河坊的得名，与当时的太师张俊有关。建炎三年（1129），张俊在明州（今宁波）击退金兵，取得高桥大捷，晚年被封为清河郡王，备受宠遇。他在今河坊街太平巷建有清河郡王府，故这一带就被称为"清河坊"。

当时，这一带商铺林立，酒楼茶肆鳞次栉比，买卖络绎不绝。清河坊街古有"前朝后市"之称。前朝指"前有朝廷"，即凤凰山南宋皇城；后市指"北有市肆"，即河坊街一带。历经元明清和民国时期，直至1949年之前，这一带仍然是杭城商业繁华地段，百年老店均集中在这一带。街区现存古建筑大多建于鼎盛时期明末清初，百年老店胡庆余堂、万隆火腿庄、羊汤饭店等大多建于晚清时期。虽说岁月无情，但韵味犹存。

冯梦龙《喻世明言》第三十八卷《任孝子烈性为神》的故事就提到这里：

> 话说南宋光宗朝绍熙元年，临安府在城清河坊南首升阳库前有个张员外，家中巨富，门首开个川广生药铺。年纪有六旬，妈妈已故。止生一子，唤着张秀一郎，年二十岁，聪明标致。每日不出大门，只务买卖。父母见子年幼，抑且买卖其门如市，打发不开。

由此可见清河坊在商业方面的繁荣。"八百里湖山，知是何年图画；十万家烟火，尽归此处楼台"，明代江南才子徐渭这副对联，是对古代吴山和清河坊地区繁华景象的真实描绘。

俞平伯专门写了散文《清河坊》:"山水是美妙的俦侣,而街市是最亲切的。……我们追念某地时,山水的清音,其浮涌于灵府间的数和度量每不敌城市的喧哗。""我决不想描写杭州狭陋的街道和店铺,我没有那般细磨细琢的工夫,我没有那种收集零丝断线织成无缝天衣的本领;我只得藏拙。我所亟亟要显示的是淡如水的一味依恋,一种茫茫无羁泊的依恋,一种在夕阳光里、街灯影傍的依恋。"俞平伯依恋的就是清河坊的热闹与闲适。

> 这儿名说是谈清河坊,实则包括北自羊坝头,南至清河坊这一条长街。中间的段落各有专名,不烦枚举。看官如住过杭州的,看到这儿早已恍然;若没到过,多说也还是不懂。杭州的热闹市街不止一条,何以独取清河坊呢?我因它逼窄得好,竟铺石板不修马路亦好;认它为 typical 杭州街。
>
> ……
>
> 那怕它十分喧阗,悠悠然的闲适总归消除不了。我所经历的江南内地,都有这种可爱的空气;这真有点儿古色古香。
>
> 我在伦敦、纽约虽住得不久,却已嗅得欧美名都的忙空气;若以彼例此,则藐乎小矣。杭州清河坊的闹热,无事忙耳。他们越忙,我越觉得他们是真闲散。忙且如此,不忙可知。——非闲散而何?

清河坊凝聚了俞平伯很多美好的回忆，和家人朋友散步、购物、收集花果、吃油酥饺儿，"在这狭的长街上，不知曾经留下我们多少的踪迹"。因为过去很美好，今天仍然在一起，能够享受幸福的闲散，所以作者领悟到，人生最可贵的是感情，是缘分：

> 真的不可须臾离的外缘是人与人的系属，所谓人间便是。我们试想：若没有飘零的游子，则西风下的黄叶，原不妨由它们花花自己去响着。若没有憔悴的女儿，则枯干了的红莲花瓣，何必常夹在诗集中呢？人万一没有悲欢离合，月即使有阴晴圆缺，又何为呢？怀中不曾收得美人的倩影，则入画的湖山，其黯淡又将如何呢？……一言蔽之，人对于万有的趣味，都从人间趣味的本身投射出来的。这基本趣味假如消失了，则大地河山及它所有的兰因絮果毕落于渺茫了。

俞平伯对清河坊的喜爱，源自于"人间趣味"。的确，清河坊散发出浓浓的人间烟火气息，普通人在尘世中聚散离合，对人外之风物的感受又有哪一样离得了人情的况味呢？这正是作者文中所说的"对于万有的趣味"。

二　桥　梁

七百多年前，意大利旅行家马可·波罗在他充满瑰丽色彩的游记中写下了让人遐想联翩的字句："行在（杭州），环城诸水，有石桥一万二千座，是世界上最美丽、最华贵之城。"杭州有不少代表市井繁华的桥。比如江涨桥、卖鱼桥古时就是商业和文化娱乐中心，有诗为证："卖鱼桥下水平矶，鹅炙新鲜嫩又肥。五界庙前春戏散，蜜橙百果买包归。"（清魏标《湖墅杂诗》）直到20世纪末期，在湖墅南路改造前，这里仍然有小商品市场和码头，人声鼎沸，交易兴旺。现在的信义坊，便是在从前的市场上改建而成的。比如菜市桥，元末以后是城东瓜果、蔬菜、鱼虾的集散地，如今市场不存，但后人留下的卖菜人的雕塑，似可唤起昔日的记忆。

杭州桥多，交通便利，因此在文学中，有桥的区域也是商铺林立、市井繁荣的地带。在宋话本《错斩崔宁》中，生意人刘贵就住在箭桥：

> 却说南宋时，建都临安，繁华富贵，不减那汴京故国。去那城中箭桥左侧，有个官人姓刘，名贵，字君荐。祖上原是有根基的人家，到得君荐手中，却是时乖运蹇。先前读书，后来看看不济，却去改业做生意，便是半路上出家的一般。买卖行中，一发不是本等伎俩，又把本钱消折去了。渐渐大房改换小房，赁得两三间房子，与同浑家王氏，年少齐眉。后因没有子

嗣，娶下一个小娘子，姓陈，是陈卖糕的女儿，家中都呼为二姐。这也是先前不十分穷薄的时做下的勾当。至亲三口，并无闲杂人在家。那刘君荐，极是为人和气，乡里见爱，都称他刘官人。"你是一时运限不好，如此落寞，再过几时，定时有个亨通的日子！"说便是这般说，那得有些些好处？只是在家纳闷，无可奈何！

明冯梦龙《喻世明言》第三卷《新桥市韩五卖春情》中，开丝棉铺的吴防御住在新桥，儿子分店在灰桥，诱惑少掌柜吴山的私娼，最初就住在店铺中，后来搬进城里，住在游奕营羊毛寨南横桥街上。《警世通言》第三十三卷《乔彦杰一妾破家》中贩卖杂货的商人乔彦杰住在众安桥，他的妻子杀了妾的奸夫后把尸体扔进了新桥河，两年后乔彦杰落魄回来，在北新关听说妻妾女儿都死了，就在西湖第二桥跳水自杀了。

宋代话本《西山一窟鬼》（见于《京本通俗小说》第十二卷，《警世通言》第十四卷《一窟鬼癞道人除怪》）中，吴秀才"在今时州桥下开一个小小学堂度日"，王婆说和他与李乐娘的婚事时，双方就约在梅家桥下的酒店见面。话本讲的是秀才吴洪娶鬼妻、癞道人作法召神捉怪的故事。《梦粱录》卷十六记有临安中瓦内王妈妈茶坊名"一窟鬼茶坊"，可能因此民间故事而得名。

周作人散文《知堂回想录》中有一节名为"拱辰桥"（即拱宸桥）。拱宸桥，位于浙江杭州大关桥之北，东连丽水路、台州路，西接桥弄街，连小河路，是杭城古桥中最高最长的石拱桥。始建于明崇祯四年，清顺治八年桥坍塌。康熙五十三年，由布政使段志熙倡导并率先捐款，林云寺的慧辂和尚竭力募捐款项相助，历时四年，建成现在的这座拱宸桥。周作人笔下的拱宸桥是这样的："拱辰桥是杭沪运河的尽头，在那里开辟商埠，设有租界，像上海似的，论理是应该很繁华热闹，但在那里设有租界的只有日本，诸事苟简，很不像个样子，可是既名夷场，总有些玩艺儿，足够使得乡下有几个钱的人迷魂失魄的了。"

百年之前，拱宸桥一带是烟街柳巷，纸醉金迷的销金窝。周作人所谓的"足够使得乡下有几个钱的人迷魂失魄的了"的玩艺儿，自然是指这"娼户聚集"之事。周作人从花牌楼回绍兴两年后，便赴南京水师学堂读书。每次从南京回绍兴，都要经过拱宸桥。有一次"小火轮"到达杭州，已近傍晚，进城来不及了，船上又不容留宿，于是就在拱宸桥附近找了一家客栈，也就是这一夜，让周作人心惊肉跳，从此不敢再光顾。因为刚一入住，即有茶房请去"白相"。茶房劝不动，结果"小姐""大姐"联袂出动，亲自上门来兜生意。一番苦口婆心，好不容易劝走了，晚上又不得入睡，因为隔壁的"野鸡"，通宵达旦，唧唧闲话。

胡兰成在回忆录《今生今世》中忆及一个叫斯颂德的人，是当年他在杭州蕙兰中学读书时的同学。这位斯颂德极具才华，尤其是围棋，技艺之高超，独步西湖，难逢敌手。另外，他在戏曲方面也颇具造诣，早年师从苏州吴梅这位戏曲方面的泰斗级人物。这样的一个江南才子,因为去了一趟拱宸桥而染上淋病,此后不堪病痛折磨,屡次自杀。几年之后,终于死在疯人院中。"发家男子远避开,败家公子进我家",这是当年拱宸桥畔妓女的许愿词。所谓的"败家公子",大概是指斯颂德一类人。如今的拱宸桥已是一片全新的天地:桥东是热闹的运河文化广场,桥西除了有关于刀、剪、剑、扇、伞等的博物馆,还有一排排清幽的仿古建筑,桥西直街、桥弄街……

只是,杭州桥边的书店没有了,让人不免感慨。要知道,在古代,这里多的是书肆。据说,杭州的印刷作坊有铺名可考的,在南宋时有十七家,其中五家在桥边,如临安府洪桥子南河西岸陈宅书籍铺等。

三 食与娱

把杭州当作第二故乡的现代作家钟敬文,在《怀杭州》一文中赞美杭州的好处:

> 杭州,固然因西湖而更著名,但是她本身正是一个有历史和风情的城市。是的,城圈并不大,工商业也没有怎样惊人的繁盛。她的姿态,一般地说是颇为古旧的。可是她水陆有便利的交通,市民富于机警的性质。在尘封的小书摊上可以找到珍贵的文书,在引车卖浆者的口上可以寻出古代的雅言,在古巷僻街的民众生活中可以

发现旧王朝时代的遗风故习。杭州,到底不失为一个富有意味的可爱的城市。

当战乱发生的时候,很多人把杭州当做逃避的港湾。杭州的缺点因此便也浮现了出来:

> 西湖山水的柔弱,杭州社会的颓败,我不想也不能替她做任何辩解。过去我所以毅然抛下教鞭,拿起破旧的行囊,去作海外的书斋之客,对于杭州社会的感到厌恶也是一个重要原因。……假如你游了庐山和太湖之类的名胜,再回头来看看西湖,那是会使你不感觉到太多的兴趣的。(钟敬文《怀杭州》)

鲁迅写过一首著名的《阻郁达夫移家杭州》诗,但终于劝阻不成,郁达夫还是移家到了湖上,并写下"冷雨埋春四月初,归来饱食故乡鱼。范雎书术成奇辱,王霸妻儿爱索居"(郁达夫《迁杭有感》)作为回应。徐宝山《杭州的风俗》说了这样一番话:

> 杭州在唐代贞观的时候,已经有十一万多的居民。它的形势,南有大江,北有运河,鱼米的出产很多,商贾的往来也极盛;而且湖山的美丽,风物的繁华,简直比苏州要胜过好几倍。等到南宋建都,改为临安府,风帆出没在钱塘江上,百姓又是财富的居多,那时候的杭州,要算是极盛的时代。……

杭州的风俗，向来是趋重于奢侈的一面：住的房子是华好高大，穿的衣服也色色入时。南宋时候，天下太平日久，其时的君主，都抱着"与民同乐"的观念，所以满城的士女，也渐渐地有偷于安逸的习惯；如果遇到佳节良辰，往往灯火迎赛，举市若狂。杭州的温山软水不曾变，变化的是世事和情怀。

（一）元夕观灯

周密《武林旧事》卷二"元夕"条详细记载了南宋杭州城在元宵节的节庆活动。

第一件是观灯。在皇宫里，从前一年九月赏菊灯之后，就迤逦试灯，谓之"预赏"。一入新正，灯火日盛，竞出新意："往往于复古、膺福、清燕、明华等殿张挂，及宣德门、梅堂、三闲台等处临时取旨，起立鳌山。"这里是观灯的中心地带，至二鼓，皇上乘着小辇，幸宣德门，观鳌山。"其上伶官奏乐，称念口号、致语；其下为大露台，百艺群工，竞呈奇伎"，"宫漏既深，始宣放烟火百余架，于是乐声四起，烛影纵横，而驾始还矣"。

鳌山上的灯凡数千百种，极其新巧，怪怪奇奇，无所不有：

> 每以"苏灯"为最：圈片大者，径三四尺，皆五色琉璃所成，山水、人物、花竹、翎毛，种种奇妙，俨然着色便面也。其后福州所进，则纯用白玉，晃耀夺目，如清冰玉壶，爽彻心目。近岁新安所进益奇，虽圈骨悉皆琉璃所为，号"无骨灯"。

> 禁中尝令作琉璃灯山,其高五丈,人物皆用机关活动,结大彩楼贮之。

在市井,有灯市。在天街茶肆,摆列着各种各样的灯球,待游人购买。在灯市还有舞者趁热闹献艺赚钱。游客花费不多,便可享受酒边一笑,热闹到四鼓。姜白石有诗云:"灯已阑珊月色寒,舞儿往往夜深还。只应不尽婆娑意,更向街心弄影看。"(《灯词》)又云:"南陌东城尽舞儿,画金刺绣满罗衣。也知爱惜春游夜,舞落银蟾不肯归。"(《灯词》)吴梦窗《玉楼春·京市舞女》云:"茸茸狸帽遮梅额,金蝉罗翦胡衫窄。乘肩争看小腰身,倦态强随闲鼓笛。问称家在城东陌,欲买千金应不惜。归来困顿殢春眠,犹梦婆娑斜趁拍。"深得其意态也。

节后开始有大型舞队表演,如四国朝、傀儡、杵歌之类,参演者多达数千人。"终夕天街鼓吹不绝,都民士女,罗绮如云,盖无夕不然也。"地方官员在"五夜"与民同乐,还非常慷慨地赏赐小买卖人,谓之"买市"。有狡诈的,钻到人流最拥挤的地方,多次请官钱,也不禁。李贺房诗云:"斜阳尽处荡轻烟,辇路东风入管弦。五夜好春随步暖,一年明月打头圆。香尘掠粉翻罗带,蜜炬笼纱斗玉钿。人影渐稀花露冷,踏歌声度晓云边。"(《元夕》)

有一些富商之家,也设雅戏烟火,引游人士女观看。幽坊静巷的娼妓门户,也借此机会招揽客人。"多设五色琉璃泡灯,更自雅洁,靓妆笑语,望之如神仙。"姜白石诗云:"沙河云合无行处,惆怅来游路已迷。却入静坊灯火空，门门相似列蛾眉。"(《灯词》)又云："游人归后天街静，坊陌人家未闭门。帘里垂灯照樽俎，坐中嬉笑觉春温。"(《灯词》)

在万民同欢的节庆日子里，也最容易发生社会治安问题，官府专门组织演出公案戏，以戒奸盗：

> 元夕节物，妇人皆戴珠翠、闹蛾、玉梅、雪柳、菩提叶、灯球、销金合、蝉貂袖、项帕，而衣多尚白，盖月下所宜也。游手浮浪辈，则以白纸为大蝉，谓之"夜蛾"。又以枣肉炭屑为丸，系以铁丝燃之，名"火杨梅"。(《武林旧事·元夕》)

哪家的女眷观灯归来，发现身上被贴了"夜蛾"，都会羞愤难当。这是不良少年的恶作剧，"火杨梅"不定就在谁的衣服上烫个眼儿！

元夕吃的东西，有乳糖圆子、馉饳、科斗粉、豉汤、水晶脍、韭饼，及南北珍果，并皂儿糕、宜利少、澄沙团子、滴酥鲍螺、酪面、玉消膏、琥珀饧、轻饧、生熟灌藕、诸色珑缠、蜜煎、蜜果糖、瓜蒌煎、七宝姜豉、十般糖之类。卖家用刻镂成各种花纹、黄铜镶嵌的售货车，簇插飞蛾，红灯彩带，歌叫喧阗。京尹幕次往往鼓励卖家叫卖，并为此加倍付钱。姜白石亦有诗云："贵客钩帘看御街，市中珍品一时来。帘前花架无行路，不得金钱不肯回。"(《观灯口号》)

在元夕这样的欢游之夜，万民狂欢，平日里的戒律都松弛了。宋人赵抃《杭州上元观灯》二首描写的就是这种氛围：

> 元夕观灯把酒杯，宾朋不倦醉中陪。一轮丹桂当天满，千顷红莲匝地开。烟火楼台高复下，笙歌巷陌去还来。因民共作连宵乐，直待东方明始回。
>
> 初逢稔岁改初元，元夜从游驾两辎。寺曲水灯多巧怪，河塘歌吹竞喧繁。安排百戏无虚巷，开辟重关不锁门。愿以民心祝尧寿，众星高拱北辰尊。

在这样的节日里，不知发生了多少风流情事。宋词《生查子·元夕》（作者有欧阳修、秦少游、朱淑真等异说）写的是一段得到又失去的感情：

> 去年元夜时，花市灯如昼。月上柳梢头，人约黄昏后。
> 今年元夜时，月与灯依旧。不见去年人，泪湿春衫袖。

辛弃疾《青玉案·元夕》写元夕焰火、游人、百戏杂陈的热闹场面：

> 东风夜放花千树，更吹落、星如雨。宝马雕车香满路，凤箫声动，玉壶光转，一夜鱼龙舞。
> 蛾儿雪柳黄金缕，笑语盈盈暗香去。众里寻他千百度，蓦然回首，那人却在，灯火阑珊处。

稼轩也写了一位观灯的女子,这位女子风韵翩翩,卓尔不群。与其说以蛾眉自比,不若说他写的就是一位令自己一见倾心的女子。宝贵的一面之缘,终生难忘。与这首词类似,南宋姜夔的《鹧鸪天》爱情组词也不乏元夕背景:"谁教岁岁红莲夜,两处沉吟各自知","芙蓉影暗三更后,卧听邻娃笑语归","辇路珠帘两行垂,千枝银烛舞凄凄。东风历历红楼下,谁识三生杜牧之"。他在合肥赤阑桥畔的恋人已无缘再相见,大家都在狂欢,而他只有惆怅。

宋代话本《张生彩鸾灯传》(又见《喻世明言》第二十三卷《张舜美灯宵得丽女》)写的是波俏的女娘子因灯夜游玩,撞着个狂荡的小秀才,惹出一场奇奇怪怪的事来:

> 正逢着上元佳节,舜美不免关闭房门,游玩则个。……舜美观看之际,勃然兴发。遂占《如梦令》一词以解怀。云:
>
> 明月娟娟筛柳,春色溶溶如酒。今夕试华灯,约伴六桥行走。回首,回首,楼上玉人知否?
>
> 且诵且行之次,遥见灯影中,一个丫鬟,肩上斜挑一盏彩鸾灯,后面一女子,冉冉而来。那女子生得凤髻铺云,蛾眉扫月,生成媚态,出色娇姿。舜美一见了那女子,沉醉顿醒,竦然整冠,汤瓶样摇摆过来。

不料走到众安桥,不见了女子行踪。次日元夕,张舜美再来观灯,在盐桥又见此女,尾随她进广福庙拈香,女子遗下花笺一张。十六晚，二人在十官子巷女孩家幽会，深情难舍。女孩女扮男装，随舜美私奔。无奈城里观灯的人太多，二人在第二重城门走散，女孩儿留下绣鞋假作跳水自尽，去追张舜美，之后流落尼姑庵。而张舜美以为女孩已死，三年后考中解元，二人才再团圆。

《警世通言》第三十八卷《蒋淑真刎颈鸳鸯会》这样描写元夕盛况：

> 捻指间又届十三日试灯之夕。于是户户鸣锣击鼓，家家品竹弹丝。游人队队踏歌声，仕女翩翩垂舞袖。鳌山彩结，巍峨百尺矗晴空；凤篆香浓，缥渺千层笼绮陌。闲庭内外，溶溶宝烛光辉；杰阁高低，烁烁华灯照耀。

蒋淑真红杏出墙，和对面店铺的情人约会，就选在这样一个日子：

> 其夜，秉中侵早的更衣着靴，只在街上往来。本妇也在门首抛声炫俏，两个相见暗喜，准定目下成事。不期伊母因往观灯，就便探女。女扃户邀入参见，不免留宿。秉中等至夜分，闷闷归卧。

元夕之夜，男男女女的放纵，既碰撞出爱情的火花，也种下滥情亡身的根苗。无论如何，借节日破破规矩和戒律，释放平日的压抑和因循，是民众心底的渴望。元宵节，因此也可以看作狂欢节。

现代派小说家施蛰存的小说《上元灯》，写"我"和"她"的情感冲突。其中"上元灯"在小说中不仅是节日用品，更升华为一种象征：

> 孩子们都在忙忙碌碌的把他们在闹市里买来的各式花灯点上。天色已傍晚了。一阵一阵的冥鸦在天井上飞过，看见这些红红绿绿的兔子灯、马头灯，被这般高兴的孩子们牵着耍，也准得要觉得满心欢喜地归到它们的平铺着天鹅绒的巢中消度这个灯节。

在作家眼里，孩子们玩儿的灯是花花绿绿的，但毕竟比不上"她"亲手做的灯：

> 她正在挂她自制的花灯；纸的，纱的，绸的，倒也不下十多个，也有六角形的，也有方的，也有鲸鱼式的，果然夺目得很。她这时高高的站在一只方凳上，手中提了一只彩灯，扎成一座高楼的形式，正将它挂在中间。她看见我便从凳上跳了下来：她原是从来就那样的可爱。她笑盈盈的说："你来看灯吗？你看我这许多灯哪一架最好？"
>
> 我约略将这许多灯都看了一遍；实在我以为都是扎得非常精巧，没奈何，指定了她手中的那一座楼式纱灯。

"她"将手中最精致的灯取名"玉楼春",答应过了元宵节就送给"我"。不料次日"她"的表兄不仅夺走了"玉楼春",还向"她"示爱,"我"气恼惆怅,对"她"说:"我只差了一项条件:我不像人家能穿着猞猁狲袍子博得许多方便。我这般衣着的人便连一架花灯的福分也没处消受!""我"独自从小巷中回去,眼前一片的花灯在浮动,心中也不知道是欢喜,是忧郁,只想起了李义山的伤心诗句。"我"走着吟着:"珠箔飘灯独自归。"第三天,"我"应邀去"她"家吃元宵,"她"赠"我"一盏最精致的青纱灯:

她很快活的道:"你看比'玉楼春'如何?我这画是仿南宋画院本画起来的,足足费了我两天工夫呢。"

"这个比'玉楼春'自然要精致得多。"我说着便将灯摘了下来。"此刻我再不摘去,明天又要不得到手了。"我又说。

她笑着道:"我这个灯因此挂在房里,他哪里能够摘去!"
我说:"他难道不能来要你这个灯?"
"我可不准他进我的房。"她正色地说。
"但是为什么我可以进来?"我笑问她。
她两颊不觉得又红了一阵,低着头只是不开口。

小说中的灯,似乎成了"她"的化身。赠灯,代表定情。灯的意象,在小说中也渲染出柔情蜜意的闺房气息。这篇小说的高明之处，是将古典文学中才子佳人的艳情，和现代文学中对潜意识心理的呈现结合在一起。

（二）赏　桂

柳永《望海潮》词曰："三秋桂子，十里荷花。"桂花是杭州市花。赏桂品茶，是杭州八月的雅事。每近中秋，繁星皓月万点黄，半城桂树满城香。

"桂子月中落，天香云外飘。"（宋之问《灵隐寺》）传说，在灵隐寺和天竺寺，每到秋高气爽的时节，常有月宫中的桂子从天空飘落。灵隐寺的祭神礼佛之香，上飘到九重天上。在古人眼里，桂为百药之长，所以用桂花酿酒，也有"饮之寿千岁"之意。杭州人制作的桂花美食除了桂花茶、桂花糖外，还有桂花八宝甜羹、桂花年糕、桂花鲈鱼、桂花鸭、桂花糖藕等。

自明代起，满觉陇就是桂花最盛的地方。如今，这一带的路旁坡地、崖前涧边，种植有桂花七千多株，树龄长的达两百多年，已成为杭州赏桂花最著名的景点。郁达夫《杭州的八月》说："杭州的废历八月，也是一个极热闹的月份。自七月半起，就有桂花栗子上市了，一入八月，栗子更多，而满觉陇南高峰翁家山一带的桂花，更开得香气醉人。八月之名桂月，要身入到满觉陇去过一次后，才领会得到这名字的相称。"

施蛰存《赏桂记》记录了对过去满觉陇的印象：

满觉陇素以桂花及栗子著名,而桂花为尤著,因杭人辄称其栗子为桂花栗子,可见栗子固仍须藉桂花以传也。昔年读书之江大学,八九月间,每星期日辄从云栖越岭,取道烟霞洞,过满觉陇,到赤山埠雇舟泛湖。其时满觉陇一带桂花并不多,不过三四百株,必须有风,行过时仿佛有些香味而已。杭人赏桂,其时亦并不有何等热心,余方以为此一韵事只可从《武林掌故丛编》中求之矣。

当他带着十六年前的记忆,抱着更大的期望再游满觉陇时,却大失所望。"在某星期六之下午,滚在人堆里搭汽车到四眼井,跟着一批杭州摩登士女一路行去。"到了之后才发现,所谓桂花厅,明明是露天的坟山,天气又热,被迫晒在太阳里吃茶。"桂花并不比十五年前多些,茶也坏得很,生意忙了,水好像还未沸过。有卖菱的来兜卖菱,给两角法币只买得二十余只,旁边还有一位雅人在买桂花","我四周闻闻,桂花香不及汗臭之甚,虽有小姐们之粉香,亦无补于万一"。

(三)品 茶

龙井茶得名于龙井。龙井是杭州四大名泉之一,水质清冽甘美。龙井位于西湖之西翁家山的西北麓,也就是现在的龙井村。龙井原名龙泓,是一个圆形的泉池,大旱不涸,古人以为此泉与海相通,其中有龙,因称龙井。传说晋代葛洪曾在此炼丹。乾隆皇帝游览杭州西湖时，曾盛赞龙井茶，并把狮峰山下胡公庙前的十八棵茶树封为"御茶"。乾隆认为，用"天下第一泉"——济南趵突泉的泉水沏泡的西湖龙井茶为茶中极品。龙井茶因其产地不同，分为西湖龙井、钱塘龙井、越州龙井三种。龙井茶始产于宋代，明代益盛。在清明前采制的叫"明前茶"，谷雨前采制的叫"雨前茶"。向有"雨前是上品，明前是珍品"的说法。

杭州"藕香居"是很有名气的品茗之所，是一位尼姑所开。门对西湖，三面临水，满眼荷花，远山近水一览无余。此处有两副非常有名的茶联和一首茶诗，迎门的屏风上龙飞凤舞地草书着虞集的诗句："徘徊龙井上，云气起晴昼。……澄公爱客至，取水极幽窦。坐我薝卜中，余香不闻嗅。但见瓢中清，翠影落碧岫。烹煎黄金芽，不取谷雨后。同来二三子，三咽不忍嗽。"（虞集《次韵邓善之游山中》）这是在诗里第一次对龙井茶的采摘时间、品质特点和文人品饮情态做生动描绘。茶室中有一联云："欲把西湖比西子，从来佳茗似佳人。"外边茶亭柱上亦有一联云："四大皆空，坐片刻无分尔我；两头是路，吃一盏各自东西。"野渡无人这样写品西湖龙井的妙境：

最令我陶醉的还是室中燃着的红泥小炉，橘色的火苗煨着紫砂壶中的龙井茶，水火交战，汩汩之声如闻山间林畔松涛阵阵。看着叶片在壶中翻滚，想着微抿杯中清茶，爽苦的味道交织于舌间，尚未饮，便已行先醉去。倾身提壶，将一漾碧波倒入杯中,刹时只见水光潋滟,山色空濛,浑然不知身在何方。难怪有人说:茶道者,煮茶之乐同饮茶之乐各居其半,是为乐也。亲身体会过了,方才深信不疑。(野渡无人《西湖龙井滋味长》)

这里不仅茶好,施蛰存还专门谈到喝茶时的茶食:

我在西园吃了一碟茶干,我以为这或许是硕果仅存的中国本位的茶食了。据说扬州的肴肉是佐茶的妙品,但我想以肉佐茶,流品终有点介乎清鄙之间,不很得体。干丝也是淮扬一带的茶食,但叫来时总是一大盘或一大碗,倒像是把茶杯误认做酒杯,俨然是叫菜吃酒的样子,不很有悠闲之趣。因此我推荐杭州西园的茶干。小小的一碟,六块,又甜又香又清淡,与茶味一点没有不谐和的感觉,确是好东西。若到西园去吃油包,予欲无言矣。(施蛰存《玉玲珑阁丛谈》)

宋神宗元丰二年(1079),中秋节过后一天,苏轼的得意门生秦观路过杭州,特意到龙井寿圣寺拜会老朋友辩才法师,品茗后,辩才法师请他写下《龙井记》。文章状写了西湖景色的绚丽多姿,钱塘江潮的汹涌澎湃,但秦观指出,西湖、钱塘之美,或为其所诱,或为其所迫,都比不上山中清泉之美;此地的泉水,有一种比德的美质:

惟此地蟠幽而踞阻，内无靡曼之诱，以散越其精；外无豪捍之胁，以亏疏其气。故岭之左右，大率多泉；龙井其尤者也。夫畜之深者，发之远。其养也不苟，则其施也无穷。龙井之德，盖有至于是者，则其为神物之托也，亦奚疑哉？

元丰二年，辩才法师元静，自天竺谢讲事，退休于此山之寿圣院。院去龙井一里，凡山中之人有事于钱塘，与游客之将至寿圣者，皆取道井旁。法师乃即其处为亭，又率其徒以浮屠法环而咒之，庶几有慰夫所谓龙者。俄有大鱼自泉中跃出，观者异焉。然后知井之有龙不谬，而其名由此益大闻于时。是岁余自淮南如越省亲，过钱塘，访法师于山中。法师策杖送余于风篁岭之上，指龙井曰："此泉之德至矣，美如西湖，不能淫之使迁；壮如浙江，不能威之使屈。受天地之中，资阴阳之和，以养其源，推其绪余，以泽于万物。虽古有道之士，又何以加于此，盍为我记之？"余曰："唯唯。"

看来，泉水与辩才法师的德行相得益彰。

民俗学家钟敬文曾写下《游龙井》一文，虽然彼时龙井寺早已不在："龙泉是一泓清泠泠的碧水，旁有石崖，崖上林木阴翳，泉的一边为寺壁，壁上都是游客的涂鸦。""在这一程短短的山道中，虽说不上有着怎样奇美的林壑美；但几许幽秀的峰峦，几许蔚深的林丛，以至一些饶富着野趣的茶园、藻沼……都不免常常地为了它停住我们的游步。"

(四)尝　羹

先说莼菜羹。

莼菜,又名马蹄草、水莲叶,是一种珍贵的水生食品。杭州西湖种植莼菜有悠久的历史,明田汝成《西湖游览志》就有记载。用莼菜作料制成的"西湖莼菜汤",又称"鸡火莼菜羹",是杭州的传统名菜。烹调时,用西湖莼菜、火腿丝、鸡脯丝烹制而成。莼菜翠绿,鸡白腿红,色彩鲜艳,滑嫩清香,汤纯味美,是杭州传统名菜。

"莼羹鲈脍""莼鲈之思"的典故,早在《世说新语》中就已出现。"识鉴第七"说:

> 张季鹰辟齐王东曹掾,在洛,见秋风起,因思吴中菰菜羹、鲈鱼脍,曰:"人生贵得适意尔,何能羁宦数千里以要名爵?"遂命驾便归。俄而齐王败,时人皆谓为见机。

后人称思乡之情为"莼鲈之思",可见莼菜之诱人。据说乾隆游江南,也必尝莼菜汤。围绕"莼羹鲈脍",古人创造出"鲈莼""莼脍""忆鲈鱼""忆鲈""思鲈""秋风鲈脍""鲈肥莼美""脍美莼香""张翰鲈""张翰脍""张翰思归""秋风思归""江东脍""莼鲈秋风"等词汇来演绎佳肴之美和思乡之切。在古人眼里,莼菜羹代表思乡,有时也成为隐逸生活的象征。

孟浩然《岘潭作》曰:

石潭傍隈隩，沙岸晓夤缘。试垂竹竿钓，果得查头鳊。美人骋金错，纤手脍红鲜。因谢陆内史，莼羹何足传。

孟浩然家住岘山，闲来钓鱼，观美人切脍。《世说新语》记载："陆机诣王武子，武子前置数斛羊酪，指以示陆曰：'卿江东何以敌此？'陆云：'有千里莼羹，但未下盐豉耳'。"陆机夸赞家乡的莼羹比北方的羊奶好吃。孟浩然又借此夸赞自己钓上来的鲜美鱼儿赛过陆机所说的莼羹。

据施蛰存介绍，"江南的莼菜，盛产于松江的泖湖。古时泖湖极大，有长泖、圆泖、大泖，合称三泖。宋元以后，逐渐被围垦，湖面愈小，青浦的淀山湖，只是泖湖的一角。泖湖，古代称为茆湖。茆，就是莼菜的古名。由此可见莼菜是我们松江的特产名菜，可惜现在它没落了，产量极少。杭州西湖上菜馆供应的所谓'西湖莼菜'，都是萧山湘湖产品。"陆机所说的盐豉，就是盐和酱油。"莼菜汤是一种清香的汤，江南人家做此汤，从来不加盐豉。《齐民要术》和杜甫、梅圣俞诗中所说，都是北方人吃法……下了盐豉，就不能与羊奶比了。"（施蛰存《莼羹》）。

高适《秦中送李九赴越》说："镜水君所忆，莼羹余旧便。"高适理解友人的思乡之情，只是希望他别忘了彼此的深厚友谊。岑参《送张秘书充刘相公通汴河判官，便赴江外觐省》云："昨夜动使星，今旦送征鞍。老亲在吴郡，令弟双同官。鲈脍剩堪忆，莼羹殊可餐。既参幕中画，复展膝下欢。"在友人升迁并且有机会看望家人的时候，岑参借莼羹渲染全家团聚是多么美好。唐人权德舆《送别沈泛》说："湖水白于练，莼羹细若丝。别来十三年，梦寐时见之。"李中《寄赠致仕沈彬郎中》云："莼羹与鲈脍，秋兴最宜长。"杜甫《洗兵马》吟道："东走无复忆鲈鱼，南飞觉有安巢鸟。"白居易在《偶吟》里更说："犹有鲈鱼莼菜兴，来春或拟往江东。"

苏东坡在《送吕昌朝知嘉州》中说："得句会应缘竹鹤，思归宁复为莼鲈。"在《忆江南寄纯如五首》中说："若问三吴胜事，不唯千里莼羹。"在《虔守霍大夫、监郡许朝奉见和，复次前韵》中说："秋思生莼脍，寒衣待橘洲。"他还到自己最喜欢的丰湖去野餐，把湖边盛产的藤菜比作杭州西湖的莼菜，说"丰湖有藤菜，似可敌莼羹"（《新年》）。在《水龙吟》说："但丝莼玉藕，珠秔锦鲤，相留恋，又经岁。"这位一生起起落落的文坛巨匠，在人生的各种境遇里都能享受莼菜的美味，一方面说明他人格旷达，另一方面也说明莼菜羹确实好吃。司马光的诗"莼羹紫丝滑，鲈脍雪花肥"（《送章伯镇知湖州》），很准确地概括了莼菜羹的丝滑口感。贺铸《望长安》说"莼羹鲈脍非吾好"，那是因为江南不是故乡，"长安不见令人老"。方岳在《蝶恋花·用韵秋怀》里咏道："世路只催双鬓白，菰菜莼羹，正自令人忆……"

诗人陆游的诗词涉及烹饪美味者有百余首。他有诗云："鲈肥菰脆调羹美，麦熟油新作饼香。自古达人轻富贵，例缘乡味忆回乡。"（《初冬绝句》）他在《洞庭春色》中还有"人间定无可意，怎换得玉脍丝莼"的词句，说人间的一切都比不上玉脍丝莼美味。

明代诗人、书画家李流芳，有一次到杭州西湖边游玩，见西湖里长满了嫩绿的莼菜，郁郁葱葱，人们倾城出动，从早到晚采摘莼菜，然后千担万担地运往萧山，在湘湖中浸泡、清洗后再出售，便买下许多莼菜，回家烹调，并赋诗。当莼菜羹端上桌时，人们都惊叹它的色泽，不忍下箸扰乱其形色。李流芳认为莼菜可以与当时著名的黄芽菜、燕笋等媲美。他的《莼羹歌》一诗描述了江浙人采食西湖莼菜的场面和习俗，称赞了莼羹色香味形的美妙：

怪我生长居江东，不识江东莼菜美。今年四月来西湖，西湖莼生满湖水。朝朝暮暮来采莼，西湖城中无一人。西湖莼菜萧山卖，千担万担湘湖滨。吾友数人偏好事，时呼轻舠致此味。柔花嫩叶出水新，小摘轻淹杂生气。微施姜桂犹清真，未下盐豉已高贵。吾家平头解烹煮，间出新意殊可喜。一朝能作千里羹，顿使吾徒摇食指。琉璃碗成碧玉光，五味纷错生馨香。出盘四座已叹息，举箸不敢争先尝。浅斟细嚼意未足，指点杯盘恋余馥。但知脆滑利齿牙，不觉清虚累口腹。血肉腥臊草木苦，此味超然离品目。京师黄芽软似酥，家园燕笋白于玉。差堪与汝为执友，菁根杞苗皆臣仆。君不见区区芋魁亦遭遇，西湖莼生人不顾。季鹰之后有吾徒，此物千年免沉锢。君为我饮我作歌，得此十斗不足多。世人耳食不贵近，更须远挹湘湖波！

莼羹鲈脍，甚至成为江南的象征。

再说宋嫂鱼羹。宋嫂鱼羹是南宋时的一道名菜，距今已有八百多年的历史。周密《武林旧事》卷七"乾淳奉亲"记载了淳熙六年三月十五日太上、皇帝、皇后在聚景园的一次宴会：

> 又进酒两盏，至清辉少歇。至翠光登御舟，入里湖，出断桥，又至珍珠园。太上命尽买湖中龟鱼放生，并宣唤在湖卖买等人。内侍用小彩旗招引，各有支赐，时有卖鱼羹人宋五嫂，对御自称东京人氏，随驾到此。太上特宣上船起居，念其年老，赐金钱十文、银钱一百文、绢十匹，仍令后苑供应泛索。时从驾官丞相赵雄、枢密使王淮、参政钱良臣并在显应观西斋堂侍班，各赐酒食、翠花扇子。至申时，御舟捎泊花光亭，至会芳少歇，时太上已醉，官里亲扶上船，并乘轿儿还内。

宋人吴自牧的《梦粱录》卷十三"铺席"，详列当年"杭城市肆名家有名者"，其中就有"钱塘门外宋五嫂鱼羹"。明冯梦龙《喻世明言》第三十九卷《汪信之一死救全家》，把《武林旧事》中提到的宋五嫂刻画得更加生动：

> 话说大宋乾道淳熙年间，孝宗皇帝登极，奉高宗为太上皇。那时金邦和好，四郊安静，偃武修文，与民同乐。孝宗皇帝时常奉着太上乘龙舟来西湖玩赏。湖上做买卖的，一无所

禁,所以小民多有乘着圣驾出游,赶趁生意。只卖酒的,也不止百十家。

且说有个酒家婆姓宋,排行第五,唤做宋五嫂,原是东京人氏。造得好鲜鱼羹,京中最是有名的。建炎中随驾南渡,如今也侨寓苏堤赶趁。一日,太上游湖,泊船苏堤之下,闻得有东京人语音,遣内官召来,乃一年老婆婆。有老太监认得他是汴京樊楼下住的宋五嫂,善煮鱼羹,奏知太上。太上提起旧事,凄然伤感,命制鱼羹来献。太上尝之,果然鲜美,即赐金钱一百文。此事一时传遍了临安府,王孙公子,家富巨室,人人来买宋五嫂鱼羹吃,那老妪因此遂成巨富。有诗为证:

一碗鱼羹值几钱?旧京遗制动天颜。

时人倍价来争市,半买君恩半买鲜。

俞平伯以这段传说为内容,作词《双调望江南》三章,其三说:"西湖忆,三忆酒边鸥。楼上酒招堤上柳,柳丝风约水明楼。风紧柳花稠。鱼羹美,佳话昔年留。泼醋烹鲜全带冰,乳莼新翠不须油。芳指动纤柔。"宋嫂鱼羹是将主料鳜鱼蒸熟剔去皮骨,加上火腿丝、香菇竹笋末及鸡汤等佐料烹制而成。色泽油亮悦目,鲜嫩润滑,味似蟹羹,故又称"赛蟹羹"。正如俞平伯在《略谈杭州北京的饮食》中所说的:"西湖鱼羹之美,口碑流传已千载矣。"

第五章　西　湖

唐朝初年，杭州城东移至钱塘门内水田丰腴的冲积平原之上，此后，人们把位于城西的一泓清波称作"西湖"。"六朝以上人，不闻西湖好。"（袁宏道《山阴道》）唐代以后，经过历代的疏浚、建设与经营，水上面积不足六平方公里的西湖开始闻名于世。西湖山水之声光，在很大程度上得益于历史上的文人与文学作品。历朝历代记述和歌颂西湖的诗文不计其数，作家陈祖芬曾在《西湖重》一文中形容说："如果想把写西湖的诗文数一数，那么不如去数西湖边那花、那草、那树。"

历代文人在西湖营建、驻留、造访、安葬等留下的文化遗存之密集，世所罕见。仅是西湖边上各种名人墓就达数百座之多，他们中间有诗人、学者、忠臣、义士、名妓、情僧、画师、儒商、革命者等，众多在历史上散发着熠熠光彩的人物不约而同地把最后的归宿留在了西湖，与湖山同在，为湖山增辉。

西湖山水秀美，人文荟萃，逐渐成了中国文学乃至文化地图上的一颗璀璨明珠。郎瑛在《七修类稿》中说："吾杭西湖盛起于唐，至南宋建都，则游人仕女，画舫笙歌，日费万金，盛之至矣。时人目为'销金锅'，相传到今。"徐再思在散曲《朝天子·西湖》中描述道：

> 里湖，外湖，无处是无春处。真山真水真画图，一片玲珑玉。宜酒宜诗，宜晴宜雨。销金锅锦绣窟。老苏，老逋，杨柳堤梅花墓。

袁宏道《初至西湖记》亦谓西湖"山色如娥，花光如颊，温风如酒，波纹如绫，才一举头，已不觉目酣神醉。此时欲下一语描写不得，大约如东阿王梦中初遇洛神时也"。曾以《海国图志》让国人开眼看世界的诗人魏源在《西湖夜游吟》中感叹道：

> 嗟嗟湖之变幻隐显若此兮，谁能一日可了其精神？逋仙但得此湖雪，坡老但得此湖月，白公但得此湖桃柳春，万古全湖究为何人设？

因为西湖的多面性，所以"朝昏晴雨，四序总宜，杭人亦无时而不游"（周密《武林旧事》）。游赏西湖也有不同的层次，张岱在《西湖梦寻》中说：

乐天之旷达，固不若和靖之静深；邺侯之荒诞，自不若东坡之灵敏也。其余如贾似道之豪奢，孙东瀛之华赡，虽在西湖数十年，用钱数十万，其于西湖之性情、西湖之风味，实有未曾梦见者在也。世间措大，何得易言游湖！

清人古吴墨浪子的《西湖佳话》记述了葛洪、白居易、苏东坡等十六个人物的故事，将西湖的美景佳话融为一体："宇内不乏佳山水，能走天下如骛，思天下若渴者，独杭之西湖。何也？"他根据自己的观察与体验，给出了答案：

所以佳人才子，或登高选句，或鼓楫留题者比比；而忠贞节烈，寄影潜形者，亦复不少。甚而点染湖山，则又有柳带朝烟，桃含宿雨，丹桂风飘，芙蓉月浸，见者能不目迷耶？黄鹂枝上，白鹤汀中。画舫频移，笙歌杂奏，闻者有不心醉乎？随在即是诗题，触处尽成佳话，故笔不梦而华，法不说而雨。自李邺侯、白香山而后，骚人巨卿之品题日广，山水之色泽日妍；西湖得人而显，人亦因西湖以传。

余秋雨在《西湖梦》一文中也说：

它成名过早，遗迹过密，名位过重，山水亭舍与历史的牵连过多，结果，成了一个象征性物象非常稠厚的所在。……它贮积了太多的朝代，于是变得没有朝代。它汇聚了太多的方位，于是也就失去了方位。它走向抽象，走向虚幻，像一个收罗备至的博览会，盛大到了缥缈。

正因为西湖的多姿多彩、玲珑八面，以致有些虚幻缥缈，所以，每个人所见的西湖不止一面，难以捉摸。也许看不惯西湖的旖旎与侈靡，鲁迅先生曾像诅咒雷峰塔倒掉一样，说"西湖是应该填掉的"（萧军《十月十五日》），原因是"西湖风景，虽然宜人，有吃的地方，也有玩的地方，如果流连忘返，湖光山色，也会消磨人的志气的。如像袁才子一路的人，身上穿一件罗纱大褂，和苏小小认认乡亲，过着飘飘然的生活，也就无聊了"（川岛《忆鲁迅先生一九二八年杭州之游》）。

景观一般是依靠文化累积而逐渐形成的，因其保存和传递不同历史时期文化的形态和信息而为人们所喜爱、流连。作为中华文明之珠的西湖更是如此。当你初到杭州，拿到一份杭州地图，首先要去的地方，大多是西湖。而西湖让人流连忘返的不仅是湖光山色，更是人文古迹。这里，就让我们追随先贤的足迹，走进文学的西湖，在湖光山色和诗画墨香之中，体验地理人文的传奇。至于游赏结果如何，那只能像苏轼《怀西湖寄晁美叔同年》一诗中所说："西湖天下景，游者无愚贤。浅深随所得，谁能识其全。"

一　白　堤

　　白堤连接着西湖十景的"断桥残雪"和"平湖秋月",全长约一千米,像一条缤纷彩带飘逸于西湖碧波之上,将西湖分为内湖与外湖两个部分,几乎是初游西湖者的必经之路。白堤又名"十锦塘",意为春暖花开之时,桃红柳绿,繁花似锦。通常认为,白堤是唐代诗人白居易任杭州刺史时所建,因而有人将其称为"白公堤"。事实上,白居易在担任杭州刺史时,为了储蓄湖水、灌溉农田并免于水患,确实主持修建过一道堤岸,但不是白沙堤。白居易在《钱塘湖春行》一诗中曾说:

　　孤山寺北贾亭西,水面初平云脚低。几处早莺争暖树,谁家新燕啄春泥。乱花渐欲迷人眼,浅草才能没马蹄。最爱湖东行不足,绿杨阴里白沙堤。

唐朝长庆二年(822),白居易到杭州担任刺史,两年后任期届满,离开杭州。从诗中可以看出,他在杭州时很喜欢到白沙堤游览。"绿杨阴里白沙堤"一句,说明当时堤上杨树已长大成荫,并非新栽种的小树。他在另外一首诗《夜归》中也说道:"万株松树青山上,十里沙堤明月中。"可见,在白居易之前白沙堤就已经存在。诗人还曾自问道:"谁开湖寺西南路,草绿裙腰一道斜?(《杭州春望》)"说明当时诗人也不清楚白沙堤的来历。潜说友《咸淳临安志》云:"孤山路（即白堤）……《旧志》云，不知所从始。"可见，南宋人也不清楚白堤的来历。

现存的这道白堤，据传南齐时代就已经存在。宋代时，白堤是游人到孤山赏梅的唯一陆路，又称"孤山路"。明朝时期，苏杭织造太监孙隆在白沙堤上重新垫石铺沙，在堤两旁广植桃树和柳树。民国十年（1921），白堤由浅草土岸改为碎石路面，民国十七年（1928）改为沥青路面，之后又有多次重修。如今的白堤，已经全是柏油马路。

白居易出任杭州刺史时，正值杭州大旱，大片农田无水灌溉。尤其城东北至海盐上塘河沿岸仰湖灌溉的千余顷田常闹旱灾，影响收成。他深入察访，了解到杭州气候"春多雨，秋多旱"的特点，在上任的第二年就主持修筑了一条从钱塘江门外向东北延伸到武林门的湖堤，人们称之为"白公堤"。因为担心后来的地方官不了解堤坝与农业的利害关系，白居易还写了一篇《钱塘湖石记》刻在石碑上，详细地记载了堤坝的功能及蓄水、放水和保护堤坝的方法。白公堤修成后，西湖在农田抗旱与民用饮水方面发挥了重要作用，白居易曾写诗咏道："税重多贫户，农饥足旱田。唯留一湖水，与汝救凶年。"（《别州民》）

白居易当初治理西湖时，曾受到当地官僚的极力反对。他们指责白居易决放西湖水，"鱼龙无所托，茭菱失其利""郭内六井无水"，百般阻挠。对此，白居易斩钉截铁地予以反驳："鱼龙与生民之命孰急，茭菱与稻粱之利孰多？断可知矣！"他又解释道：

且湖底高，井管低，湖中又有泉数十眼，湖耗则泉涌，虽尽竭湖水，而泉用有余；况前后放湖，终不致竭，而云井无水，谬矣。(《钱塘湖石记》)

白居易说，井缺水的一个重要原因是湖井之间"阴窦往往湮塞"不通，如果能经常检查疏通，"则虽大旱而井水常足"。他不顾那些守旧官员的反对，毅然发动居民兴筑湖堤，扩大了西湖蓄水量，以利附近农田的灌溉和民间饮水之用。

白居易所筑的白堤，在西湖北面的保俶塔和武林路一带。许承祖《雪庄西湖渔唱》曾说："公堤自在钱塘门北，今石函桥外，堤迹犹存。"也就是陈文述《西泠怀古集》所说的"由石函桥北至余杭门"那条堤坝。梁诗正《西湖志纂》一书说得更为清楚："在钱塘门北，从石函桥北至余杭门，以蓄上湖之水，渐次以达于下湖。"白居易筑堤捍湖，在西湖历史上产生了深远的影响。二百多年后，苏东坡来杭任职时还称赞道："刺史白公乐天治湖浚井，刻石湖上，至于今赖之。"(《钱塘六井记》)可惜此堤早已废弃，如今只剩下圣塘路口石函桥亭一处遗址。

也因此，后来就产生了白沙堤是白居易修筑的讹传。甚至清代地理学家顾祖禹《读史方舆纪要》卷九十也认为白堤是"白居易所筑"。毛奇龄的《西河诗话》指出了前人张冠李戴的错误："此堤本名白沙，或有时删去沙字单称白堤，而不幸白字恰与乐天姓合，遂误称白公。"关于白沙堤的来历，王晓东、洪尚之编著的《西湖山水》

一书中有较为详细的叙述：

> 虽然在有关杭州、西湖史志上都无确切的记载白堤筑于何时，但至少在唐代时白堤已经存在，当时它称为"白沙堤"，又叫"沙堤"。至于堤名与"沙"有关，据推测此堤大概是古时候在西湖刚刚成形之初，人们为拦截汹涌的钱塘江潮而筑起的一条拦江大坝。此后白沙堤名称也起变化。在宋时，这里因为是游人到孤山赏景的唯一的一条陆路，所以当时又称它为"孤山路"。到了明朝，内府织造孙隆在白沙堤原来的位置上重新垫石铺沙，并且两旁广植桃柳。当春风吹来之时，草木葱茏，繁花似锦，当时称此堤为"十锦塘"。这才是现在白堤的真正前身。

白堤既然不是白居易所筑，那么它是何时形成和如何形成的呢？学者们从不同角度加以考察，得出了不同结论。有人认为，白堤不是人工堤，而是自然形成的堤坝。远古时期，西湖前身是一个海湾，湾口南通钱塘江，江水流入海湾，由南往北，即从南面吴山东麓流入，沿西湖南、西、北山脚线作弧线运动，到北山脚下时再折向东去，最后从宝石山东流出。当湾流沿北山脚向东流动时，由于孤山岛的阻挡而丧失一部分动能。当水流分股绕行岛体南北两侧时，因为摩擦力增大，流速相应逐渐变慢，于岛东头重新汇合处，泥沙便沉积下来。这种沉积又不断地把汇合点向前推进，久之就在两股水流的汇合面上,沿水流方向堆出一条沙堤来。这就是白堤出现在孤山和宝石山之间这个从交通上讲毫无可取之处的原因。白堤生成年代当在西湖之前,很可能和海湾变成潟湖的过程同时。(参见乐祖谋《西湖白堤考》)

　　针对以上看法,也有人提出了截然相反的观点,认为白堤根本不是自然堤,而是人工堆积物,是西湖形成之后才出现的,很可能是隋朝时修筑的,即西湖是由潟湖变来的。因为在锦带桥钻孔剖面上,黏土层顶部还有一层厚约四十厘米的褐灰色泥炭层。泥炭层之上便是人工填土,厚达三至四米。人工填土是直接覆盖在泥炭层之上,白堤的形成应当在西湖形成之后,是由浅水湖泊向沼泽化变迁过程中形成的。史书记载,秦时西湖尚未形成,北魏时已提及"金牛湖",说明西湖已初步形成,而白居易诗中首次提到白沙堤。由此推测,白堤的形成是在唐朝之前,南北朝前后这段时间,很可能是在隋朝。隋朝开凿了著名的以杭州为起点的江南大运河,修筑白堤具有一定的历史背景(参见周黔生《西湖白堤成因辨析》)。前者从理论角度阐述,认为西湖是自然界的产物;后者从实践角度考察,得出了白堤是人工堆筑的结论。白堤的来历究竟如何,至今仍是一个谜,解开这个谜,还需要通过进一步科学考察、论证。

　　白居易对西湖十分喜爱,每当政事稍有空闲,常去白沙堤、孤山一带赏玩。烟波浩渺的西湖,桃红柳绿的白堤,助长了他的诗兴。他在杭州三年,写下了许多吟咏杭州,特别是西湖山水风光的诗篇,如"绕郭荷花三十里,拂城松树一千株""山名天竺堆青黛,湖号钱塘泻绿油"。长庆四年（824）春，白居易在即将卸任杭州刺史前夕，表达了依依惜别之情：

> 湖上春来似画图，乱峰围绕水平铺。松排山面千重翠，月点波心一颗珠。碧毯线头抽早稻，青罗裙带展新蒲。未能抛得杭州去，一半勾留是此湖。（《春题湖上》）

离开西湖和杭州之后，白居易还有多首怀念西湖的诗作。如"自别钱塘山水后，不多饮酒懒吟诗。须将此意凭回棹，报与西湖风月知"（《杭州回舫》）。白居易离开之后再也没有实现重游的梦想。但经过他的诗文揄扬，原来默默无闻的西湖逐渐成了闻名于世的景观，历代文人墨客接踵而至，逐渐成了文学重镇。杭州百姓怀念他为西湖和杭州发展作出的贡献，称他为"白舍人"，还把那条连接断桥和孤山的白沙堤称为白公堤，并在孤山之麓兴建了白公祠来纪念他。

二 苏 堤

苏堤，又称"苏公堤"，南起南屏山山麓，北至岳王庙东，横贯湖中。堤东是西湖，堤西有小南湖、西里湖、岳湖等。苏堤边围植桃、柳，配植樱花、紫薇、桂花、栀枝、芙蓉等。每逢春季，堤上柳烟如云，碧桃灼灼，如临人间仙境。堤上六桥全用安徽茶园石筑成,色呈微绿,与周围景色十分谐和。"六桥烟树柳笼纱","苏堤春晓"堪为西湖十景之首。

漫步苏堤,自南而北,先经"映波桥"。桥边垂柳飘拂,桥下碧波荡漾。左边西湖一角名为小南湖,湖边有一座楼台,粉墙黛瓦,曲廊回栏,景色清幽。过花港正门,向前是"锁澜桥"。两边湖面渐阔,左边是西里湖,右边是外湖,风软波柔,景色宜人。向前第三桥,名为"望山桥"。湖面开阔,宝石山与吴山左右对峙,三潭印月与阮公墩一览无余。过望山桥便是"苏堤春晓"碑亭,为清朝康熙皇帝御笔。再向前便是"压堤桥"和"东浦桥",三潭远去,西泠渐近。桥左堤名"金沙堤",将西里湖隔开。北面是岳湖,湖面种植荷花,"曲院风荷"之景即在岸边。最后一桥为跨虹桥,至此已是苏堤北端。

苏堤的建造者是苏轼。苏轼曾先后两次到杭州为官。第一次是熙宁四年至七年(1071—1074)任杭州通判,第二次是元祐四年至六年(1089—1091)任杭州太守。先后居杭州达五年之久,因此,苏轼有诗云:"居杭积五岁,自意本杭人。"(《送襄阳从事李友谅归钱塘》)

自五代吴越王钱镠对西湖集中整治后,西湖又日渐淤塞。熙宁五年(1072),苏轼任杭州通判时,葑草已把西湖湖面淤塞了十分之二三。到元祐四年(1089),他再次来杭州担任太守时,葑田已占了湖面的二分之一。当地百姓忧心忡忡地说:"更二十年,无西湖矣!"当时杭州大旱,米价上涨近一倍,离湖较远的地方,湖水每担卖七八钱,堪比平时的米价。入秋以后,连遭大雨,钱塘江、太湖泛滥成灾,"农民栖于丘墓,舟筏行于市井"。虽经苏轼多方筹措赈济,杭州居民勉强度过了两次灾荒,但他已经感觉到了整治西湖的迫切。苏轼向朝廷上奏《杭州乞度牒开西湖状》,从有利于渔业、民饮、灌田、助舰、酿酒等方面阐述了治理西湖的理由。他在奏议中言辞恳切地说:

> 杭州之有西湖,如人之有眉目,盖不可废也。唐长庆中,白居易为刺史。方是时,西湖溉田千余顷。及钱氏有国,置撩湖兵士千人,日夜开浚。自国初以来,稍废不治,水涸草生,渐成葑田。熙宁中,臣通判本州,则湖之葑合,盖十二三耳。至今才十六七年之间,遂堙塞其半。父老皆言:"十年以来,水浅葑横,如云翳空,倏忽便满,更二十年,无西湖矣。"使杭州而无西湖,如人去其眉目,岂复为人乎?

朝廷同意了他的请求,批给僧人度牒,卖了一万七千贯钱,加上赈灾余粮一万石左右。苏轼募民挖除葑草淤泥,浚深湖底,全面整治了西湖。"西湖复唐之旧,环三十里",恢复了烟波浩淼的景观。同时,他把捞起来的葑草与泥土堆成一条从南山到北山,贯穿南北的长堤,堤上架六桥,夹岸种植桃柳。这条堤建成之后,不仅方便了行人,也成为西湖不可或缺的一道亮丽景色,因而人们称之为"苏堤"。

为使西湖长治久安,苏轼还在西湖最深处立了三座石塔,不允许人们在三塔以内种植菱藕,以防西湖再度淤塞。三塔之外,则招徕民众种菱取息。后来这里就成了"西湖十景"之一的"三潭映月"。为了永久保护西湖的环境，苏东坡在《申三省起请开湖六条状》中又规定：责令钱塘县成立开湖司，由负责治安的钱塘县尉专门负责整治与疏浚西湖，"如有菱茭不切除治，即申所属点检，申吏部理为遗阙"；"新开界上，立小石塔三五所，相望为界"，规定石塔以内水面不准种植或侵占，"如违，许人告，每丈支赏钱五贯文省，以犯人家财充"；划出部分湖区，招募农民种菱，用其收入作为修湖费用；原本上交杭州府公使钱，"尽送钱塘县尉司收管，谓之开湖司公使库"，作为治湖专项经费。由此，长效解决了长期治理西湖淤塞的问题。此后整个北宋时期，再未见西湖湮塞的记载。

苏轼在堤上架设六桥，堤畔遍植桃柳，既便于西湖南北的交通，又增添了"六桥烟柳"的景色，他赋诗以记其事云："我在钱塘拓湖渌，大堤士女争昌丰。六桥横绝天汉上，北山始与南屏通。忽惊二十五万丈，老葑席卷苍云空。"（《轼在颍州与赵德麟同治西湖未成改扬州三月十六日湖成德麟有诗见怀次其韵》）由是"西湖大展"，直到南宋，舟船可直抵西山之麓。后任知州林希为颂其德，榜曰"苏公堤"，杭城人并"为轼立祠堤上"。关于苏堤的历史和景观，《武林旧事》《西湖游览志》等都有记述。南宋吴自牧《梦粱录》云：

> 元祐年，东坡守杭，奏开浚湖水所积葑草，筑为长堤，故命此名，以表其德云耳。自西迤北，横截湖面，绵亘数里，夹

道杂植花柳，置六桥，建九亭，以为游人玩赏驻足之地。咸淳间，朝家给钱，命守臣增筑堤路，沿堤亭榭再一新，补植花木。

苏堤的修筑，将湖面分出了层次，主湖在东，次湖在西，一大一小，主次分明，极有层次。这得益于苏轼丰富的筑堤经验。在修筑杭州西湖苏堤之前十二年，即宋神宗熙宁十年（1077）秋，苏轼任徐州知州不久就修筑了一条被后人称为"苏堤路"的防洪大堤。

苏堤闻名天下，据说乾隆皇帝在策划修建北京清漪园时，也着意模仿西湖苏堤六桥，在昆明湖上筑建了"西堤六桥"，即界湖桥、豳风桥、玉带桥、镜桥、练桥、柳桥。为了不被人说是抄袭，他辩称只是模仿西湖，"略师其意，不舍己之所长"。

惠洪在《冷斋夜话》中说："东坡镇钱塘，无日不在西湖。"他将杭州作为自己的第二故乡，写诗道："未成小隐聊中隐，可得长闲胜暂闲。我本无家更安住，故乡无此好湖山。"（《六月廿七日望湖楼醉书五绝》）《和张子野见寄三绝句》一诗也说："前生我已到杭州，到处长如到旧游。更欲洞霄为隐吏，一庵闲地且相留。"苏轼两度为官杭州，留下了三百多首吟咏杭州西湖的诗词。他努力疏浚西湖、改善西湖环境，用丹青妙笔描摹出西湖山水的特色。苏轼的诗词极大丰富了西湖的诗性美，也为杭州文化增添了一笔厚重底蕴。可以说因为苏轼，西湖才真正成为一处名扬天下的风景名胜。所以，后人认为"西湖初兴于白居易，形成于苏轼"。

苏轼离开杭州后，百姓在苏堤为其修亭作祠。西湖上两处三贤祠中都有苏公祠：一座是孤山竹阁，祭祀白居易、林逋、苏轼；另一座在龙井寿圣院，祭祀赵抃、辩才和苏轼。后来，人们又在葛岭上建祠纪念李泌、白居易、林逋、苏轼，苏眉山、白香山、林孤山合称三山，正如后人传诵云："唯有林苏白乐天，真与烟霞相接纳。风流俎豆自千秋，松风菊露梅花雪"（张明弼《六贤祠》）。苏轼曾做过杭州、颍州、惠州三州的地方官，而三处均有西湖。因此南宋著名诗人杨万里曾写诗《惠州丰湖亦名西湖》称赞苏轼是"西湖长"：

　　三处西湖一色秋，钱塘颍水更罗浮。东坡原是西湖长，不到罗浮便得休？

全国各地的西湖虽多，但杭州的西湖却以其风光美丽、古迹众多、文化璀璨而闻名中外。"天下西湖三十六，就中最好是杭州"，就是形象真实的写照。苏轼是西湖的再造者，不仅因为他对西湖的疏浚开发之功，使西湖成为造福一方的宝地，更因为他笔下尽情展现了西湖之美。自从苏轼"欲把西湖比西子，淡妆浓抹总相宜"的诗句问世以后，西施就和西湖结下了不解之缘，以至人们每每艳称西湖为西子湖。正是在苏轼之后，才有了更多吟咏西湖的诗文。阮元为西湖的苏文忠公祠撰写的对联可以说是道出了杭州百姓的心声："欲共水仙荐秋菊；长留学士住西湖。"

周紫芝在《苏公堤》诗中说道:"翰林一去几经秋,犹有平堤绕碧流。谁向西洲还度曲,此翁零落已山丘。"苏轼虽然离开了西湖,离开了杭州,但苏堤的存在,某种意义上,已是把苏轼永久留在了杭州,留在了西湖。正如著名作家郁达夫《咏西子湖》一诗所说:

> 楼外楼头雨似酥,淡妆西子比西湖。江山也要文人捧,堤柳而今尚姓苏。

三 孤山与放鹤亭

> 不受尘埃半点侵,竹篱茅舍自甘心。只因误识林和靖,惹得诗人说到今。

宋人王淇这首《梅》诗,是说西湖孤山之梅因林和靖的缘故而名扬天下,引得历代诗人吟咏不绝。林和靖就是林逋,字君复,钱塘(今杭州)人。生于宋太祖乾德五年(967),卒于宋仁宗天圣六年(1028)。林逋的父亲早亡,家道中落,衣食不给,但他专心致志求学修身,以避世之人自居,不参加科举考试,终身不仕。林逋以道德文章闻名于世,为世人所敬重。死后,宋仁宗赐谥号"和靖先生",故后人称其为林和靖。

林逋多才多艺,他曾经说过:"逋世间事皆能之,唯不能担粪与著棋。"(沈括《梦溪笔谈》)此外,林逋在诗、书、画等艺术领域都取得了较高的艺术成就。欧阳修《归田录》说林逋"工笔画",苏轼在《书林逋诗后》评价说:"书似西台差少肉",陆游《跋林和靖帖》也称赏林逋书法"高胜绝人"。

林逋看透了世态炎凉,毅然断绝世俗之情,他的归隐充满了失望与愤懑。在他的诗中,时见"扰扰非吾事,深居断俗情"(《淮甸城居寄任刺史》)、"道着权名便绝交"(《湖山小隐》)等愤激之语。在山清水秀的西湖隐居,林逋乐得清闲,写下了许多诗篇。他写西湖的诗句如"春水净于僧眼碧,晚山浓似佛头青"(《西湖》),呈现了黄昏时湖山间的空灵幽逸,有别于白居易眼中笔下的绮丽娇艳,也与后来苏轼笔下"淡妆浓抹总相宜"的西湖大异其趣。他还记录了苏轼疏浚西湖前,孤山一带的荒凉之景,如"草泥行郭索,云木叫钩辀"(引自《归田录》)、"草长团粉蝶,林暖坠青虫"(《小圃春日》)、"昼岩松鼠静,春堑竹鸡深"(《湖山小隐》)等。他写孤山附近湖面的葑田:"阴沉画轴林间寺,零落棋枰葑上田"(《孤山寺端上人房写望》)、"淤泥肥黑稻秧青,阔盖春流旋旋生"(《葑田》)。可见当时的孤山,草泥中螃蟹横行,山坳里竹鸡漫步,湖面上种满了水稻,别有一番风情。

林逋自己隐退,却再三教诲自己的侄子林宥积极博取功名,后林宥登进士甲科。有人曾指出林逋自相矛盾:"自身高隐而教侄登科,荣之耶?辱之耶?"他回答道:"亦非荣,亦非辱,盖人之性情各有宜耳,宜则为荣,不宜则为辱,岂可一例论。"当时林逋虽已隐居,但仍然没有忘怀世事。梅尧臣曾评价道:"和靖之学,谈道则孔孟,语文则韩李,趣向博远,直寄适于诗尔。使之立朝,定有可观。"因此,人们争劝其出来做官,而林逋听了但付一笑,从此却大隐之名愈振。一时名公,如范仲淹、陈尧佐、梅尧臣等,皆有诗推赞,而林逋"视之漠如也"。

林逋对后世文学的影响集中在咏梅诗上。他留下了八首咏梅诗,一首咏梅词。这八首咏梅诗被人誉称为"孤山八梅",而含有"疏影""暗香"一联的《山园小梅》成了他咏梅诗的绝唱,获得后人的无限赞誉:

众芳摇落独暄妍,占尽风情向小园。疏影横斜水清浅,暗香浮动月黄昏。霜禽欲下先偷眼,粉蝶如知合断魂。幸有微吟可相狎,不须檀板共金樽。

林逋写梅枝疏影横斜,暗香浮动,创造了风姿绰约的孤山梅形象。同时,他还创造了孤山月夜浓郁的诗情画意——香雾朦胧,月光似水,恬静、芳香,犹如梦境一般美好。宋人王十朋《腊日与守约同舍赏梅西湖》称其"暗香和月入佳句,压尽今古无诗才",推之为咏梅诗的千古绝唱。张炎《词源》也评价说:"诗之赋梅,唯和靖一联而已。世非无诗,不能与之齐驱耳。"

其实，孤山梅花早在唐朝就已出名，人们称这里为"梅花屿"。白居易曾有"三年闲闷在余杭，曾为梅花醉几场。伍相庙边繁似雪，孤山园里丽如妆"（《忆杭州梅花，因叙旧游寄萧协律》）等诗句。但是孤山梅闻名于世，还是因为"千载林逋留胜迹"。林逋在孤山以种树植梅为生，以"数年闲作园林主"自居。传说他种了三百六十余株梅，把每株梅树出产的收入分成一小包，每天取一包作为当天的生活费用。明朝吴从先《和靖种梅论》对林逋的高隐胜迹曾有记述：

> 处士有梅三百六十，尊正朔也；以三十树画一沟，分月令也；沟十二有畛，成一期也；居傍列二十有九，以置闰也。于是相其地脉，莳以调护，有弱者，培之使滋强；拂者，抑之使降。日与童子讨论根本，经理疆域。潜神于淡，得趣于幽。其见之简册者，则有花太平、蜂露布、风雨约、伐蛀书。赏花赋诗，悠悠林下。口不谈朝事，耳不干丝竹，足不履户外……快辄曰：长为圣世民，久沐湖山圣。门可衡也，石可枕也，水可漱也，花可餐也，云可邀也，琴剑可友也，他于我何与哉！于是绝意仕宦，高悬日月已。呜呼！处士得矣，而朝廷何乐有处士也！使以其治梅者治天下，运童子者运百僚，佐主于太平，露布则讨叛逆，约则盟僚友，书则削奸邪，朝廷有磐石之固，江山无奔湍之虞，蛀国之奴敛迹而遁，执拗之吏望风而解，党锢之惨将冰消露释，何能贻祸于不测哉！

从中可以看出，林逋种梅的方法很特别：一共种三百六十株，每三十株以沟界之，十二道沟有一道田埂；三百六十株代表三百六十天，三十株一沟代表三十天一个月，十二道沟代表十二个月，一道田埂代表一年。在田埂旁另植梅二十九株，代表闰月。这些虽属穿凿附会之说，也反映了人们对大隐林逋的期许。古吴墨浪子《西湖佳话》写他"结茅为室，编竹为篱"，"朝置一楼，暮横片石，相地栽花，随时植树。不三四年之间，而孤山风景已非昔日矣！"林逋使得孤山之梅身价倍增，《湖山便览》云：

> 林君复隐居山中，环居植梅三百六十树，落甘实，日取一以自给。咏诗有"疏影"、"暗香"之句，欧、苏诸公皆极赏之，孤山梅由是身价十倍。

因此，后人称林逋为"种梅处士"，有"梅花百世师"之誉。

林逋种梅、咏梅，大大提升了梅花的形象与内涵。他对梅花的描摹刻画，简洁传神。他写"雪后园林才半树，水边篱落忽横枝"（《梅花》），尤见梅花的幽静冷艳。他写梅静谧冰清，只有方外隐逸的高士才堪品赏，幽寂时"一味清新无我爱，十分孤静与伊愁"（《梅花》），高兴时"寄语清香少愁结，为君吟罢一衔杯"（《又咏小梅》），闲适时"等闲题咏谁为愧，子细相看似有情"（《梅花二首》）。他塑造了清绝凄美的梅花意境，把梅、雪、琴、月交织浑融成一体，奠定了后世评梅咏梅的基调。

辛弃疾《浣溪沙》说："自有渊明方有菊，若无和靖即无梅。"方回《瀛奎律髓》云："和靖八梅未出，犹为易题。疏影、暗香，一经此老之后，人难措手矣。"林逋与孤山的关系是"人标物异，物借人灵"。"孤山梅花，以和靖著名"，林逋堪是孤山景点的开拓者。李东阳《麓堂诗话》说：

> 天文唯雪诗最多，花木唯梅诗最多。雪诗自唐人佳者已传不可偻数。梅诗尤多于雪，唯林君复暗香疏影之句为绝唱，亦未见过之者，恨不使唐人专咏之耳。

舒岳祥《再题和靖索句图》云："千秋万古梅花树，直到咸平始受知。"吴锡畴《林和靖墓》也说："清风千载梅花共，说着梅花定说君。"由此，林逋的孤山植梅、咏梅，在中国文化地图上具有了某种地标作用。梅花成了孤山最为经典的风景，孤山也成了梅花观赏中的胜地。正如张之翰《接花说》所论：

> 夫草木，天地之有生，世人之无情，亦当可爱而不可去者。何哉？盖必有所主而然，故杏之于孔坛，莲之于周茂叔，菊之于陶东篱，梅之于林西湖之类是也。

"孤山擎出水中央，留下梅花代代香。"（邓林《望和靖墓》）"姓名犹寄梅花上，一度开时一度香。"（杨公远《和靖》）人们游览孤山,总不忘凭吊林逋遗迹,而孤山探梅也令人有"清风千古镇长在,见着梅花如见君"(吴龙翰《拜林和靖墓》)之感,颇具文化朝圣意味。

林逋四十多岁后长期隐居孤山,直到六十二岁死于孤山、葬于孤山,二十多年足迹不入城市。他终身不娶,种梅养鹤,人称"梅妻鹤子"。他泛舟西湖时,如有远方客至,书童即开笼放鹤,林逋见鹤乃归。宋代沈括在《梦溪笔谈》中说:

> 林逋隐居杭州孤山,常畜两鹤,纵之则飞入云霄,盘旋久之,复入笼中。逋常泛小艇游西湖诸寺,有客至林逋所居,则一童子出应门,延客坐,为开笼纵鹤,良久,逋必棹小船而归,盖尝以鹤飞为验也。

传说林逋死后,他养的两只鹤在墓前悲鸣而死,因而墓旁曾有鹤冢。据《西湖游览志》云,"林逋墓,在孤山之阴",宋代一直保存完好。绍兴十六年建四圣延祥观,附近所有墓葬一律迁走,唯独林逋墓"诏存之勿徙",并将林逋与白居易、苏轼同祭祠于三贤堂。元代又建祠堂、亭轩,为林和靖塑像,落成之日,观者如堵。

元代番僧杨琏真伽曾盗林逋墓,墓中"惟端砚一枚,玉簪一枝"而已。元朝至元年间,浙江儒学提举余谦等进行修复,在草莽中找到两块石碑,才确定林逋墓故址,新塑林逋像,植梅数百株。明代又多次进行维修,正德年间杨孟瑛修四贤堂,祭祀白居易、林逋、苏轼、李泌等人。嘉靖年间，钱塘令王钺修建放鹤亭于孤山之北。康熙年间，巡抚范承谟移放鹤亭于林逋墓侧。后又建巢居阁、梅轩等。

现在的林逋墓庐就在其住所之旁，半圆式青瓦白墙拱卫墓园，墙里墙外是历代栽植的梅花，交叠拥簇。墓庐底部用青石围砌，其上黄土覆盖，墓顶青草如茵，汉白玉墓碑竖在墓前，上书"林和靖处士之墓"。放鹤亭在背山面湖的高台上，由内外十六根朱红色柱子撑起，翘角碧瓦，双重飞檐。四面均有石级相连，亭柱上刻有四组楹联。正面外柱联为林则徐所撰："世无遗草真能隐，山有名花转不孤。"

林逋临终前曾作《自作寿堂因书一绝以志之》诗："湖上青山对结庐，坟前修竹亦萧疏。茂陵他日求遗稿，犹喜曾无封禅书。"林逋虽然长期隐居孤山，却反而名满天下。元代诗人萨都剌说林逋是"自爱烟霞居物外，岂知名姓落人间"（《题林处士故居》）。据文献记载，宋真宗闻知林逋高节，特加赏赐，并关照地方官经常去慰问他。林逋死后，宋仁宗又赐谥号"和靖先生"，照例馈赠粟帛等物。朝中公卿，社会名流，乃至方外高僧，对他都十分仰慕。欧阳修、苏轼、黄庭坚、陆游、王十朋、姜夔等人，都有诗歌赞颂。苏轼诗曰："先生可是绝俗人，神清骨冷无由俗"，"平生高节已难继，将死微言犹可录"。因为有了林和靖，所以苏轼说"孤山不孤"："孤山孤绝谁肯庐，道人有道山不孤。"（《腊日游孤山访惠勤惠思二僧》）

四　西泠与苏小小坟

　　幽兰露，如啼眼。无物结同心，烟花不堪剪。草如茵，松如盖。风为裳，水为珮。油壁车，久相待。冷翠烛，劳光彩。西陵下，风吹雨。

这首题为《苏小小墓》的乐府体诗，作者李贺以"酸心刺骨之字"（钱锺书《谈艺录》），描绘了一幅绮丽冷艳的画面，以叙说苏小小凄婉动人的爱情故事。诗中的苏小小仿佛还在当初的青松翠柏之下苦苦等候情人，风雨无阻。

　　历史上苏小小的真实身份是模糊的，但她的文学形象却异常丰满。相传她曾写有《钱塘苏小歌》一诗：

　　妾乘油壁车，郎骑青骢马。何处结同心，西陵松柏下。

这首《钱塘苏小歌》出自南朝徐陵的《玉台新咏》，是关于苏小小的最早文献记载。这首诗颇似乐府民歌《子夜四时·冬歌》："何处结同心，西陵柏树下。晃荡无四壁，严霜冻杀我。"看得出，既有两情相悦的甜蜜与缠绵，也有青松翠柏为证的执着与坚定。

　　相传，古代杭州曾有两个同名的苏小小。据郎瑛《七修类稿》说：

> 苏小小有二人,皆钱塘名娼。一南齐人,郭茂倩所编《乐府》解题下已注明矣。故古辞有《苏小小歌》,及白乐天、刘梦得诗称之者。《春渚纪闻》所载司马才仲事,并是南齐之苏小小也。一是宋人,乃见于《武林纪事》,其书无刻板,其事隐微,今录以明之。

也就是说,一个苏小小是南齐时钱塘名妓,生活于杭州西泠桥一带,死后葬于西泠桥畔。另一个苏小小是宋代钱塘名妓,其墓在嘉兴。也有人认为,明清以来"两个苏小小"的说法并不准确,宋代并无另一个苏小小,只有歌妓苏小娟。

《玉台新咏》没有说明苏小小的身世和身份,但唐人的诗文中有较为明确的记载,一般的说法是娼家。白居易诗云:"何处春深好,春深妓女家。眉欺杨柳叶,裙妒石榴花。兰麝熏行被,金铜钉坐车。杭州苏小小,人道最夭斜。"(《和春深二十首》)刘禹锡亦有诗云:"女妓还闻名小小,使君谁许唤卿卿。"(《白舍人自杭州寄新诗,有柳色春藏苏小家之句,因而戏酬兼寄浙东元相公》)可知,苏小小是一位美丽多才、声名远扬的歌女,白居易《杭州春望》诗中有"柳色春藏苏小家"一句,《余杭形胜》一诗自注云:"苏小小,本钱塘妓人也",也点明了苏小小的娼妓身份。

不过,苏小小是什么时候的人,大家就各说各话了。宋代郭茂倩的《乐府诗集》注引《乐府广题》云:"苏小小,钱塘名倡也,盖南齐时人。西陵在钱塘江之西,歌云'西陵松柏下'是也。'"进一步说明苏小小是名娼,生活在南齐,地点在钱塘江之西的西陵。关于西陵,据周密《武林旧事》卷五云:"又名'西林桥',又名'西泠桥',又名'西村'。"明代张岱《西湖梦寻》也说:

> 苏小小者,南齐时钱塘名妓也。貌绝青楼,才空士类,当时莫不艳称。以年少早卒,葬于西泠之坞。芳魂不殁,往往花间出现。

不过,另一个说法,认为苏小小是晋人。最早揭示苏小小生活时代的是旧题晚唐陆广微的《吴地记》,其中说:"嘉兴县……前有晋妓钱唐苏小小墓。"苏小小为晋代人之说,得到了北宋乐史《太平寰宇记》、南宋王象之《舆地记胜》等地理志的认可与沿袭。《太平寰宇记》云:"苏小小墓,在县前,晋朝歌姬钱塘苏小小。"南宋王象之《舆地纪胜》亦云:"晋歌姬也。"南宋祝穆撰、祝洙增订《方舆胜览》,于"苏小小墓"下注云:"在嘉兴县西南六十步,乃晋之歌姬。"四种地理志均明确指出苏小小为晋代歌姬。

关于苏小小的事迹,有着多种不同版本,以推测、演义成分居多。清朝康熙年间,古吴墨浪子在《西湖佳话》中对苏小小作了想象性的描述:苏小小出生于西子湖畔,性喜西湖山水,为人天真,敢爱敢恨,仗义疏财。她自幼流落风尘,十几岁时与当朝宰相的公子阮郁相遇,度过一段美好日子后被抛弃。后来苏小小又遇到穷书生鲍仁,资助其进京赶考,而鲍仁一去便杳无音信。苏小小伤心至极,在勾栏瓦肆放浪形骸,挥霍了几年青春之后伤心病逝,遗言葬在西泠桥畔。此时,已是滑州刺史的鲍仁回到杭州,想报答苏小小的深恩厚情,但已是阴阳永隔,只有抱棺痛哭,悔之晚矣。

根据《钱塘苏小歌》的内容与意境,明清文人大都认为苏小小死后葬于西子湖畔。《西湖佳话》就认为苏小小"生于西泠、死于西泠、埋骨于西泠"。张岱《西湖梦寻》也说苏小小"以年少早卒,葬于西泠之坞"。田汝成《西湖游览志余》则认为"其墓或云湖曲,或云江干"。据唐人记载,苏小小墓在嘉兴。刘禹锡《送裴处士应制举》一诗写道:

忆得童年识君处,嘉禾驿后联墙住。垂钩钓得王馀鱼,踏芳共登苏小墓。

嘉禾,即今嘉兴。李绅《真娘墓》明确说:"嘉兴县前亦有吴妓人苏小小墓,风雨之夕,或闻其上有歌吹之音。"徐凝《嘉兴寒食》云:"嘉兴郭里逢寒食,落日家家拜扫回。唯有县前苏小小,无人送与纸钱来。"祝穆《方舆胜览》亦说:"苏小小墓在嘉兴县西南六十步,乃晋之歌妓,今有片石在通判厅,题曰苏小小墓。"可见唐代嘉兴确实存有苏小小之墓。南宋时期,杭州已有苏小小之墓的记载。刘克庄《六如亭》诗云:"吴儿解记真娘墓,杭俗犹存苏小坟。谁与惠州耆旧说,可无抔土覆朝云?"

针对钱塘、嘉兴两地苏小小墓的纠纷,南宋地理学者王象之在《舆地纪胜》中提出:"(苏小小)岂非家在钱塘而墓在嘉兴乎?"关于杭州苏小小墓的具体地点,《咸淳临安志》《武林旧事》均泛称其墓在"湖上"。《春渚纪闻》说在杭州作幕僚的司马才仲,"其廨舍后唐苏小墓在焉",但又不详"廨舍"的具体方位。

到了元代,苏小小墓开始出现在西子湖畔。张可久散曲《湖堤春日》云:"院宇绿杨树,酒旗红杏村,一片棠梨苏小坟。"杨维桢有《西湖竹枝歌》云:"苏小门前花满株,苏公堤上女当垆。南官北使须到此,江南西湖天下无。"句中的"苏小门前",即暗指西湖景观中的苏小小墓。此后,杭州苏小小墓不断得到修缮,日渐成为游览胜景。明代张羽有《苏小坟》诗云:"冷落百花朝,无人上画桥。东风吹绿草,依旧似裙腰。"现在,她的墓亭"慕才亭"边有块石碑,上书:"南齐时滑州刺史鲍仁为纪念苏小小,根据她生前意愿,曾在此筑墓和建造慕才亭。"亭柱上有联曰:"湖山此地曾埋玉,花月其人可铸金。"

中唐时期开始,苏小小越来越成为文人创作的素材,频见于诗文、词曲、笔记之中。白居易、刘禹锡、李贺、权德舆、张祜、李商隐、罗隐、温庭筠等著名诗人,或感慨,或悲伤,或钦慕,从不同角度进行描述,去猜想这个美丽的女性。明清两代记录和吟咏西湖苏小小墓的诗文不计其数。清人沈复《浮生六记》有较为具体的描述:

苏小墓在西泠桥侧。土人指示，初仅半丘黄土而已。乾隆庚子（1780年），圣驾南巡，曾一询及。甲辰（1784年）春，复举南巡盛典，则苏小墓已石筑其坟，作八角形，上立一碑，大书曰"钱塘苏小小之墓"。从此吊古骚人，不须徘徊探访矣。余思古来烈魄忠魂埋没不传者，固不可胜数，即传而不久者亦不为少，小小一名妓耳，自南齐至今，尽人而知之，此殆灵气所钟，为湖山点缀耶？

苏小小之所以被历代文人倾慕，她的墓庐多有文人造访凭吊，主要是因为她才貌出众、恬静聪慧、诗才横溢。历代诗人对此多有歌咏，如温庭筠《苏小小歌》："吴宫女儿腰似束，家在钱唐小江曲。"《春暮宴罢寄宋寿先辈》云："斜掩朱门花外钟，晓莺时节好相逢。窗间桃蕊宿妆在，雨后牡丹春睡浓。苏小风姿迷下蔡，马卿才调似临邛。谁怜芳草生三径，参佐桥西陆士龙。"纤腰如束，玲珑婀娜，当然是风姿迷人了。白居易《和春深二十首》称赞说："杭州苏小小，人道最夭斜。"从"夭斜"一词可想见苏小小袅娜多姿、仪态万方之状。

文学中的苏小小痴情忠贞，追求爱情自由。她是个敢爱敢恨的痴情女子，对此后人多有歌颂。白居易《杨柳枝词》说："苏州杨柳任君夸，更有钱塘胜馆娃。若解多情寻小小，绿杨深处是苏家。"牛峤《杨柳枝》云："吴王宫里色偏深，一簇纤条万缕金。不愤钱塘苏小小，引郎枝下结同心。"杨柳柔韧兼有，象征苏小小柔中带韧的性格特征。苏小小对爱情的追求既真诚热烈，又冷静坚韧，感动着一代代文人墨客。

从唐人的诗歌来看，苏小小的人生是一个悲剧。心爱之人无情离去，令其伤心绝望。温庭筠《苏小小歌》说："一自檀郎逐便风，门前春水年年绿。"张祜《苏小小歌》云："登山不愁峻，涉海不愁深。中擘庭前枣，教郎见赤心"，"新人千里去，故人千里来。剪刀横眼底，方觉泪难裁"，描述了作为歌妓的苏小小迎来送往的失意、哀怨与无奈之情。张祜《题苏小小墓》道："漠漠穷尘地，萧萧古树林。脸浓花白发，眉恨柳长深。夜月人何待，春风鸟为吟。不知谁共穴，徒愿结同心。"对她生前的真挚爱情的落空和身后的冷落萧条寄寓了深切同情。明代才女冯小青曾有《拜苏小小墓》诗："西泠芳草绮粼粼，内信传来唤踏春。杯酒自浇苏小墓，可知妾是意中人。"同病相怜，她最能体味苏小小的苦难与悲愤。

苏小小家住西泠桥畔，日受秀丽的西湖山水的熏陶，与西湖、西泠结下不解之缘。她喜爱自由自在的生活，常乘坐油壁车，"朝朝松下路，夜夜水边村"，"傍山沿湖去游嬉，自由自在，全不畏人"。据《西湖佳话》描述，苏小小说自己"有一癖处，最爱的是西湖山水。若一入樊笼，止可坐井观天，不能邀游于两峰三竺矣。……倘入侯门，河东狮子，虽不逞威，三五小星，也须生妒。况豪华非耐久之物，富贵无一定之情，入身易，出头难"。她热爱西湖山水，又向往自由，把入富贵人家看作"入樊笼"，视富贵如浮云，不肯牺牲个人自由来换取富贵。

李商隐《汴上送李郢之苏州》云:"苏小小坟今在否,紫兰香径与招魂。"因为苏小小的存在,西湖多了一份凄美,西泠多了一段传奇。正如申屠奇《西湖古今谈》所说:

> 西泠桥在历史上虽然以其优美的景色而备受人们赞赏,然而它更因苏小小的故事而称誉天下。历代诗人吟哦苏小小的名诗佳句中,都把苏小小故事和西泠桥紧紧联系在一起……从而更使人们对这座诗情画意的西泠桥,别有一种缱绻之情。

五　断　桥

断桥位于西湖之东北,是白堤的起点。断桥不断,那为什么叫做断桥呢?历来有不同的说法。一种说法是此名相传唐代就有,本名宝祐桥,后来因孤山之路在此而断,故俗称"断桥"。唐朝诗人张祜《题杭州孤山寺》有"断桥荒藓涩,空院落花深"之句。一种说法是古时这里居住有段姓人家,原为段家桥,"段""断"同音,后来误称断桥。明代田汝成《西湖游览志》说:

> 元时钱惟善《竹枝词》,有段家桥之名,闻者哂之,以为杜撰,然杨、萨诸诗,往往亦称段桥,未可谓无证也,姑两存之。

还有一个说法：断桥，也有人称为"短桥"。南宋吴礼之有《霜天晓角》词云："荡漾香魂何处？长桥月，短桥月。"长桥指双投桥，据林家溱《福州坊巷志》云："今清波门外有双投桥，俗呼长桥。"短桥与长桥相对应，后来传写成"断桥"。至于哪一种说法更为准确，如今已不得而知。

西湖名胜中很少因故事出名的，但断桥和雷峰塔例外。这两处景点都因为白蛇与许仙的故事而闻名于世。断桥是《白蛇传》中许仙与白娘子相会定情的地方，白娘子在这里终于找到了前世的救命恩人许仙。经历水漫金山之后，他们又在断桥邂逅重逢，再续前缘。

身处断桥，外望西湖，左右顾盼皆有美景可以欣赏。左顾外湖，视野开阔，湖中胜景一览无余。湖面平如镜，岛屿点缀其间，远处的山树淡如烟，苏堤隐约可见。右盼里湖，湖小而曲折幽深，有宛转不尽之意。身临断桥，向四周环顾，远山近水，烟柳绿荫，湖光塔影，有无限诗情画意。明代文人洪炎有诗《断桥闲望》赞叹道：

> 闲余步上断桥头，到眼无穷胜景收。细柳织烟丝易滑，青屏拂鸟影难留。斜拖一道裙腰绕，横看千寻镜面浮。投老近来忘俗累，眷怀逋客旧风流。

"断桥残雪"是西湖十景之一，意为冬季大雪初霁时景色最美。下雪时望湖光山色，银装素裹，分外动人。但是杭州的冬天很少下雪，有时甚至一个冬天都不下一场雪。倘若下了一场雪，杭州人便会倾城而出，观赏雪景。也有人认为，"残雪"非言桥上所积留，而是指置身桥上，眺望葛岭、孤山一带亭台和梅树上的积雪。元、明有诗人咏"断桥残雪"云："玉腰蟒蜒垂天阔，金脊楼台夹岸迷"，"孤山霁色无寻处，笑指梅花隔岁寒"。明人汪砢玉《西子湖拾翠余谈》说过："西湖之胜，晴湖不如雨湖，雨湖不如月湖，月湖不如雪湖。"钟敬文在《西湖的雪景》一文中也说过：

> 从来谈论西湖之胜景的，大抵注目于春夏两季；而各地游客，也多于此时翩然来临——秋季游人已渐少，入冬后，则更形疏落了。这当中自然有以致其然的道理。春夏之间，气温和暖，湖上风物，应时佳胜，或"杂花生树，群莺乱飞"，或"浴晴鸥鹭争飞，拂袂荷风荐爽"，都是要教人眷眷不易忘情的。于此时节，往来湖上，沉醉于柔媚芳馨的情味中，谁说不应该呢？但是春花固可爱，秋月不是也要使人销魂么？四时的烟景不同，而真赏者各能得其佳趣。

清初，康熙帝巡幸至此，正值春雪未消，远处楼台高下铺琼砌玉，喜称非古长安"灞桥风雪"可比，于是御书"断桥残雪"，制匾悬于桥边亭楼之上。后来，亭楼倾塌，现在的这座断桥是1941年重修的。桥北路口之御碑亭，几经风霜，仍旧有古迹可寻。

以"断桥残雪"为代表的"西湖十景"，最早是源于古代画家的笔下。南宋迁都临安，随之南来的画院画家为西湖山水作画，并为所画景物题名。以画西湖全景著名的陈清波所画的西湖山水中就题有"断桥残雪""三潭印月""雷峰夕照""苏堤春晓""南屏晚钟"等。画家马远也画过"柳浪闻莺""两峰插云""平湖秋月"等。此外，还有"曲院风荷""花港观鱼"等，最后便成了"西湖十景"。尽管后来的元明清时期又有新的八景、十景、十八景等，但影响都远不及最初的"西湖十景"。"断桥残雪"为"西湖十景"之首，应该是没有问题的。

六 忠 骨

（一）岳飞庙

怒发冲冠，凭栏处，潇潇雨歇。抬望眼，仰天长啸，壮怀激烈。三十功名尘与土，八千里路云和月。莫等闲，白了少年头，空悲切！

靖康耻，犹未雪。臣子恨，何时灭？驾长车踏破，贺兰山缺。壮志饥餐胡虏肉，笑谈渴饮匈奴血。待从头，收拾旧山河，朝天阙。

绍兴四年（1134）秋，岳飞第一次北伐大获全胜。八月下旬，南宋朝廷提拔岳飞为清远军节度使。当旌节发到鄂州（今武昌）时，全军将士欢欣鼓舞。这一天,雨歇云收,江山澄丽,岳飞凭栏远眺,感慨万千,吟咏了这首词。

金天会三年(1125),金兵大举侵犯中原,大片国土沦陷。岳飞临危受命,背负岳母所刺的"精忠报国",踏上战场抗击金军、保家卫国。岳家军训练有方,纪律严明,"冻死不拆屋,饿死不掳掠",颇受群众拥护。岳飞更是身先士卒,用兵机智多谋,"善以少击众"。宋高宗赵构曾手书"精忠岳飞"四个字,让人绣在旗子上嘉奖他。绍兴十年(1140),岳飞率领的岳家军在郾城大破金国的劲旅"拐子马",金人哀叹说:"撼山易,撼岳家军难!"抗金过程中,岳家军前锋曾进抵朱仙镇,距离故都汴京仅有四五十里,大有一举收复中原,直捣金国都城黄龙府(今吉林农安)之势。当时岳飞对将士们说:"直抵黄龙,与诸公痛饮耳!"

岳飞坚决抗金,逐渐成了宋高宗、秦桧等投降派的最大障碍。为了达到与金国媾和的目的,秦桧在宋高宗指使下,"一日奉十二金字牌",勒令岳飞急速班师。《宋史》记述说:

> 飞北伐,军至汴梁之朱仙镇,有诏班师,飞自为表答诏,忠义之言,流出肺腑,真有诸葛孔明之风,而卒死于秦桧之手。盖飞与桧势不两立,使飞得志,则金仇可复,宋耻可雪;桧得志,则飞有死而已。

为了满足金国统治者"必杀飞,始可和"的要求,绍兴十一年(1141)十月,宋高宗、秦桧等把岳飞、岳云及张宪逮捕入狱。十二月癸巳,将岳飞杀害于杭州风波亭,岳云与张宪被斩于市。据《忠文王纪事实录》记载,当时便有武昌军士感愤道:

> 自古忠臣帝主疑,全忠全义不全尸。武昌门外千株柳,不见杨花扑面飞。

南宋名臣胡铨也有《吊岳飞》诗,抒发了深切哀痛之情:

> 匹马吴江谁着鞭,惟公攘臂独争先。张皇貔貅三千士,支柱乾坤十六年。堪悯临淄功未就,不知钟室事何缘。石头城下听舆论,万姓颦眉亦可怜。

岳飞被害后,一位狱卒冒着生命危险,连夜将岳飞的遗体背出钱塘门外,草草埋葬。二十多年之后,即位不久的宋孝宗下诏给岳飞平反昭雪,追复原官。南宋隆兴元年(1163),又下诏将岳飞改葬于栖霞岭下。相传,宋孝宗一天乘龙舟游湖,突然狂风大作,天昏地暗,孝宗抬头遥望湖北面的栖霞岭,只见岳飞和将士们立于云端,怒目而视。陪同的文武百官解释,那不过是岳坟周围的柏树枝条,孝宗吓得胆战心惊,慌忙下令靠岸回宫。从此以后,岳飞墓旁的柏树枝条,都指向西湖南边的南宋皇宫。(参见庞学铨《西湖激荡英雄气》)民间将此柏枝南向的现象神化为由岳飞忠烈精神感化而成，明代诗人高启有《吊岳王墓》诗赞道："大树无枝向北风，千年遗恨泣英雄。"

或许为了弥补愧疚之心，淳熙五年（1178），南宋皇帝赠岳飞谥号"武穆"。宋宁宗嘉泰四年（1204），又追封高宗时的抗金诸将为七王，岳飞被追封为"鄂王"。嘉定十四年（1221），杭州始建岳王庙，后经多次重修。宋理宗即位后，认为"武穆"之号不足以概括岳飞一生的功绩，便于宝庆元年（1225）下诏追封岳飞"忠武"之谥号。虽然岳飞死后不断受到追封、褒扬，但是，难消历代仁人志士的愤懑之情，尤其南宋士人更是耿耿于怀。刘过曾有《六州歌头》词题岳飞庙云：

中兴诸将，谁是万人英。身草莽，人虽死，气填膺。尚如生。年少起河朔，弓两石，剑三尺，定襄汉，开虢洛，洗洞庭。北望帝京。狡兔依然在，良犬先烹。过旧时营垒，荆鄂有遗民。忆故将军，泪如倾！

当年事，知恨苦，不奉诏，伪邪真？臣有罪，陛下圣，可鉴临，一片心。万古分茅土，终不到，旧奸臣。人世夜，白日照，忽开明。衮珮冕圭百拜，九泉下、荣感君恩。看年年二月，满地野花春，卤簿迎神。

岳飞之死，是一个千古冤案。为了表达对谋害岳飞的奸臣的痛恨之情，明代开始铸秦桧等人跪像于岳飞墓前。据明人朱国祯《涌幢小品》云：

> 正德八年，都指挥李隆范铜为桧、桧妻王氏、万俟卨三像，反接跪墓前。万历中，兵使者范涞增张俊像，抚臣王汝训沉张俊、王氏两像于湖，移秦、万二像跪祠前。

关于岳飞死难的罪魁祸首，一般归罪于奸臣秦桧，而明代书画家文徵明则慧眼独具，透过历史迷雾看到了事情的本质，指出是宋高宗"忍自弃其中原，故忍杀飞"（《宋史·岳飞传》），秦桧只是"逢其欲"而已。其《满江红》一词道破了个中因由：

> 拂拭残碑，敕飞字、依稀堪读。慨当初，倚飞何重，后来何酷！岂是功成身合死，可怜事去言难赎。最无辜、堪恨更堪悲，风波狱。
>
> 岂不念，封疆蹙。岂不念，徽钦辱。念徽钦既返，此身何属？千载休谈南渡错，当时自怕中原复。笑区区、一桧亦何能，逢其欲。

（二）于谦墓

岳飞死后三百多年，在明洪武三十一年（1398）四月二十七日，一个男婴在浙江钱塘太平里的一户人家诞生。他生于江南，却威震塞北，一度力挽狂澜，拯明朝大厦于将倾。他就是于谦，字廷益，号节庵。杭州吴山河坊街祠堂巷41号曾是于谦故居,至今吴山上还有"于街"之称。于谦二十三岁考中举人,二十四岁中进士。他曾奉命考察湖广,安抚川贵少数民族;巡抚河南、山西多年,兴修水利,植树凿井,发展农业,使山西、河南积谷各达数百万石,深得民心。正统六年(1441),因他进京从不谒见当权宦官王振,被陷害入狱,山西、河南吏民闻讯纷纷上书求情,终得恢复官职。

明英宗正统十二年(1447),于谦奉诏进京任兵部左侍郎。十四年(1449),蒙古族瓦剌部落在酋长也先率领下举兵犯明。在操纵朝政的太监王振的鼓动之下,明英宗亲率五十万大军迎敌。由于准备仓促,加上王振的错误指挥,明军在土木堡大败,全军覆没,明英宗也被瓦剌军俘虏。

消息传到北京,朝野震惊。当时戍卫京师的军队不足十万,在此危急时刻,明英宗之弟、郕王朱祁钰召集群臣商议对策。面对有的大臣提议南迁避祸的主张,于谦极力反驳,推举郕王登上帝位,是为明景帝(亦称明代宗)。在于谦指挥下,明军奋起反击,多次击败瓦剌军队,使也先的如意算盘落空,不得不撤军,使京城免遭生灵涂炭,避免了一场空前浩劫。眼看利用明英宗要挟不成,也先不得不乞和,将明英宗归还。

景泰元年(1457),明英宗在将领石亨、政客徐有贞、太监曹吉祥的支持下发动宫廷政变,重登帝位。英宗复位后,便立即逮捕于谦,诬陷其"意欲"谋反,判处死,抄家,家属充军边境。据《明史》中说,于谦"死之日,阴霾四合,天下冤之"。后人将于谦之死比拟

岳飞被害,称为天下奇冤。清人孟亮揆曾有《于忠肃墓》一诗写道:

> 曾从青史吊孤忠,今见荒丘岳墓东。冤血九原应化碧,阴磷千载自沉红。有君已定还銮策,不杀难邀复辟功。意欲岂殊三字狱,英雄遗恨总相同。

后来,徐、石二人争权,徐有贞被贬云南卫充军,石亨谋反事露,石彪被斩首,石亨死于狱中。于谦之子于冕初发辽东卫充军,至是赦归,始将于谦发棺回杭,葬于西湖之三台山。明宪宗即位后,于冕上疏,讼父亲之冤。上甚怜恤,为于谦平反昭雪,恢复原官,并派员祭祀。明孝宗即位后,追赠太傅头衔,赐谥号"肃愍"。明神宗时又改谥号为"忠肃",建旌功祠。成化二年(1466),朝廷专门派人到杭州祭祀,祭文对于谦大作褒扬:

> 卿以俊伟之器,经济之才,历事先朝,茂著劳绩。当国家之多难,保社稷以无虞;惟公道而自持,为权奸之所害。在先帝已知其枉,而朕心实怜其忠。

于谦为人刚正不阿,抱定济世为民之志,宁得罪权贵而不避让。相传有一天,于谦在一座石灰窑前观看工匠煅烧。一堆堆青黑色山石,经过熊熊烈火焚烧后,都变成了白色的石灰。他深有感触,作《石灰吟》以明心志:

> 千锤万凿出深山,烈火焚烧若等闲。粉身碎骨浑不怕,要留清白在人间。

这首诗是他十二岁时所作,也是他毕生的座右铭。全诗表面上是咏物,实则是借物咏怀,表明了诗人一身凛然正气。他用一生实践着少时的誓言,确实做到了廉政清白。于谦被抄家时,家里除了明代宗赐予的宝剑等物品外,别无余物。"粉身碎骨浑不怕,要留清白在人间"的名句,也表现了杭州人外圆内方的刚毅秉性。至今,杭州人还因办事耿介而被世人称为"杭铁头"。

岳飞和于谦之死,都是欲加之罪,为天下奇冤。两人死后都被安葬在美丽如画的西子湖畔,为湖山增色。于谦墓与岳飞庙如日月双悬,受到历代仁人志士的凭吊、追怀。对此,清代文人袁枚曾有《谒岳王墓》诗予以高度评价:

> 江山也要伟人扶,神化丹青即画图。赖有岳于双少保,人间才觉重西湖。

(三)苍水祠

> 国破家亡欲何之,西子湖头有我师。日月双悬于氏墓,乾坤半壁岳家祠。惭将赤手分三席,敢为丹心借一枝。他日素车东浙路,怒涛岂必属鸱夷。(《甲辰八月辞故里》)

这首壮怀激烈的诗歌,是明末抗清名将张煌言在就义前一个多月所写,意思说西湖有于谦和岳飞的坟墓,于谦的功绩与日月同辉,岳飞英勇抗金才使得南宋保存了长江流域以南的半壁江山,自己没有功绩,怎敢仅仅因忠贞的缘故,在西湖和于谦、岳飞平分三席之地呢,八月浙江潮,将不仅为伍子胥一人而怒涌,自己也将魂随潮水,以抒冤愤。诗中的"鸱夷",指皮革制的囊。据《史记·伍子胥传》中说,伍子胥死后,吴王取其尸"盛以鸱夷革,浮之江中"。

张煌言(1620—164),字玄箸,号苍水,宁波鄞县人。他十六岁考中秀才,二十三岁考中举人。清兵入浙后,张苍水被公推为抗清义军代表。兵败后,他坚决拒绝清廷的一再招降,虽然他的父亲、妻儿均已被捕,清军以此为要挟,但他毫不动摇,于1664年7月17日也被捕。19日,被押至宁波后转送杭州。途中他作诗多首,其中《忆西湖》诗云:

> 梦里相逢西子湖,谁知梦醒却模糊。高坟武穆连忠肃,添得新祠一座无?

尽管在宁波、杭州的清廷大臣待张苍水如上宾,不断劝降,但他宁死不屈,凛然回答道:"父死不能葬,国亡不能救,死有余罪。"(邵廷寀《东南纪事》)杭州百姓仰慕张苍水,买通牢头求字、求诗、求画,"翰墨酬接无虚日"。张苍水在杭州的影响越来越大,探望他的人越来越多。清廷官员担心发生意外，上书刑部请求将他押解进京或速决。刑部的批复是："解北恐途中不测，拘留惧祸根不除，不如杀之。"（计六奇《明季南略》）

1664年9月，张苍水等四人被杀害于杭州凤凰山下。临刑前，他最后一次深情远眺南屏郁郁苍苍的河山美景，由衷叹道："可惜了大好山色！"并口占绝命词：

我年适五九，复逢九月七。大厦已不支，成仁万事毕！

记录者录错一字，张苍水笑道："他日自有知之者！"遂挺立受刑。随从人员及船工同时遇害，其妻儿也于三日前在镇江被杀。张苍水死后，尸体被抛弃在荒郊野外。他的外甥收尸后，将其安葬在南屏山荔枝峰下。下葬时没有墓碑，只是在一方端砚的背面刻下了他的名字，埋入坟中。

张苍水领导义军在浙闽一带抗清近二十年，历经艰难险阻，百折不挠，获得了士人普遍敬重。他的同乡黄宗羲为他撰写了墓志铭。人们又在他的墓道一侧修建了张苍水祠。据说后代人常"寒食洒浆，春风纸蝶。岁时浇奠不绝。而部曲过其墓者，犹闻野哭云"（《兵部左侍郎张公传》）。乾隆四十一年（1776），清廷赐张苍水谥号"忠烈"。后人把他和岳飞、于谦并列，誉为"西湖三杰"。

（四）秋瑾墓

> 万里乘云去复来，只身东海挟春雷。忍看图画移颜色，肯使江山付劫灰。浊酒不销忧国泪，救时应仗出群才。拼将十万头颅血，须把乾坤力挽回。

这首题为《黄海舟中日人索句并见日俄战争地图》的诗歌，抒发了作者不惜抛头颅、洒热血而拯救祖国于水深火热、瓜分豆剖之危的壮烈情怀。诗风豪雄，力重千钧，是一代巾帼英雄秋瑾的手笔。

秋瑾生性坚强豪侠，早年婚姻不幸，"知己不逢归俗子，终身长恨咽深闺"。1904年，她告别家人，东渡日本寻求救国之路。在日本期间，她加入了孙中山领导的中国同盟会。这首诗是1905年夏历十二月，秋瑾从日本归国途中所作。

归国后，秋瑾加入了蔡元培、章太炎等人组织的光复会。不久，她主持光复会训练基地大通学堂的校务，并伺机在浙江起义。1907年7月，徐锡麟在安徽起义失败后，绍兴府知府贵福查封大通学堂，秋瑾被捕，并被"即行正法"。临刑前，秋瑾向负责审案的官员提出写家书诀别、死后不剥衣服、不要将首级示众等三项要求，但只有后两项要求被允准。7月15日凌晨，秋瑾在绍兴轩亭口从容就义，时年三十三岁。秋瑾的生前好友徐自华、吴芝瑛遵从其遗愿，"卜地西湖西泠桥畔，筑石葬之"。吴芝瑛亲书墓碑"鉴湖女侠秋瑾之墓"，徐自华撰《鉴湖女侠秋君墓表》云：

> 石门徐自华，哀其狱之冤，痛其遇之酷，悼其年之不永，憾其志之不终，为约桐城吴女士芝瑛，卜地西泠桥畔，葬焉。用表其墓，以告后世，俾知莫须有事，固非徒南宋为然；而尚想其烈，或将俯仰徘徊，至流涕不忍去，例与岳王坟同不朽云。

清廷得知后，欲削平秋瑾墓。秋瑾的大哥秋誉章携秋瑾的儿子将棺木迁往湖南，与其夫王廷钧合葬。辛亥革命胜利后，秋瑾的尸骨又被从湖南运回，归葬西泠桥畔原址，并在墓地临湖处兴建了秋社和风雨亭。1912年，孙中山亲临秋瑾墓主持祭典，题写了"巾帼英雄"的挽幛和一副挽联：

> 江户矢丹忱，感君首赞同盟会；轩亭洒碧血，愧我今招侠女魂。

孤山和西泠桥附近坐落着数十座名人墓冢。1964年，为了"扫除腐朽反动的思想影响，改变与'鬼'为邻的不合理现象"，这些名人墓冢被集体迁至鸡笼山马坡岭脚下。秋瑾遗骨也被迁至此，草草安葬。"文革"结束后，名人墓冢陆续回迁。埋在鸡笼山下装有秋瑾尸骨的坛罐，被重新挖出。工作人员将秋瑾遗骨在白布上一块块拼接，拼接到颈骨时，发现上面还留有刀痕。

1981年，秋瑾墓在西泠桥的另一端重修，并立起一座高两米七的汉白玉全身雕像。秋瑾像头梳发髻，上穿大襟唐装，下着百褶散裙，左手按腰，右手扶剑，眼望西湖，神色凝重。墓冢由花岗石砌筑，呈方座状，高一米七五。正面嵌大理石，镌刻有孙中山"巾帼英雄"手迹，墓座背面嵌有初葬秋瑾时徐自华撰文的"西泠十字碑"。

（五）苏曼殊

有诗僧、画僧、情僧、革命僧之称的苏曼殊也长眠在西湖之畔。苏曼殊（1884—1918），原名戬，字子谷，法号曼殊。他是一位中日混血儿，短暂的一生充满了传奇色彩。1904年春，二十多岁的苏曼殊第一次来到西湖，就被这里的美景吸引住了。他访灵隐禅寺，登飞来山峰，观雷峰古塔，留下许多诗篇，如《住西湖白云禅院作此》一诗：

> 白云深处拥雷峰，几树寒梅带雪红。斋罢垂垂浑入定，庵前潭影落疏钟。

诗描写初春时节的西湖美景，营造出一种寂静悠远的禅意，反映了诗人沉浸其中的恬静淡然之心境。他在日本时，曾写诗怀念西湖："春雨楼头尺八箫，何时归看浙江潮。芒鞋破钵无人识，踏过樱花第几桥？"（《本事诗》）在东京还曾作画《孤山图》，并在画上书题杨廷枢诗一首：

> 闻道孤山远，孤山却在斯。万方多难日，一坞独栖时。世远心无碍，云驰意未移。归途指邓尉，且喜夕阳迟。

苏曼殊曾十多次到杭州西湖旅行，他有多篇小说取材取景于此。在小说《碎簪记》中他说："计余前后来此凡十三次：独游者九次，共昙谛法师一次，共法忍禅师一次，共邓绳侯、独秀山民一次，今即同庄湜也。"他甚至还想把在日本的母亲奉迎到西湖之滨安居，可见对西湖之钟情。1918年5月2日，苏曼殊圆寂于沪上广慈医院，年仅三十五岁。苏曼殊死后，刘半农有悼诗多首刊于《新青年》杂志，其中一首写道：

> 有人说他痴，我说"有些像"；
> 有人说他绝顶聪明，我说"也有些像"；
> 有人说他率真，说他做作，我说"都像"；
> 有人骂他，我说"和尚不禁人骂"；
> 更有人说他是"奇人"，却遭了"庸死"，我说——
> "庸死未尝不好"。

生前好友居正、陈去病提议将苏曼殊葬在他喜爱的西湖之畔。徐自华捐赠墓地，孙中山特致送葬仪千金。1924年6月8日，苏曼殊的棺柩自上海启运杭州。当时的《民国日报》还曾刊发南社同人的《曼殊上人安葬孤山通告》：

> 兹定阳历六月八号（即阴历五月初七）上午九时，奉柩由沪宁北站启程，约下午四时到杭。凡沪杭两地同人，与有交谊者，

请准期在站迎候可也。九号午时登穴，特此通告，南社同人启。

6月9日上午，陈去病、居正及夫人钟明志、林之夏、胡怀琛、徐蕴华、诸宗元等七人，将苏曼殊的灵柩缓缓入穴。当时上海《新闻报》曾刊登一首《谒诗僧曼殊上人墓》道："诗囊酒袋走天涯，文字姻缘处处家。寻得名山寄遗蜕，半依名士半名花。"著名诗人柳亚子每到杭州必去参谒苏曼殊的墓，曾赋诗道：

孤山一塔汝长眠，怜我蓬瀛往复旋。红叶樱花都负了，白蘋桂子故依然。逋亡东海思前度，凭吊西泠又此缘。安得华严能涌现，一龛香火礼狂禅。（《西湖谒曼殊墓有作》）

"文革"时期，苏曼殊的墓碑被毁坏，尸骨迁往马坡岭草草埋葬。时过境迁，原墓埋没，已无法寻回遗骨。2005年12月，人们多方呼吁，杭州市为已迁马坡岭的苏曼殊、徐自华、惠兴、林寒碧、林启等五人，在吉庆山隧道南山口附近的迁葬处树立了"西湖名人墓地纪念碑"。

"人间花草太匆匆，春未残时花已空。"（《偶成》）苏曼殊终于长眠于他所钟爱的"古木萧森，万柄荷叶"的西湖之畔，或许他真是"神仙沦小谪"，我们已"不须惆怅忆芳容"。

第六章　杭城的作家旧居

一　龚自珍与长明寺巷

　　天风吹我，堕湖山一角，果然清丽。曾是东华生小客，回首苍茫无际。屠狗功名，雕龙文卷，岂是平生意？乡亲苏小，定应笑我非计。

　　才见一抹斜阳，半堤香草，顿惹清愁起。罗袜音尘何处觅？渺渺予怀孤寄。怨去吹箫，狂来说剑，两样消魂味。两般春梦，橹声荡入云水。

这是龚自珍的一首《湘月》词，处处可见作者的雄心壮志。"怨去吹箫，狂来说剑"，"箫"与"剑"，是龚自珍诗词中经常对举出现的两个词语。笔随剑意，直指时政之腐败；箫声哀怨，透着情爱之凄婉。这一箫一剑，与他一生相伴。

　　龚自珍一生辗转飘零于大江南北，杭州、苏州、徽州、上海、北京等地均有他居留的痕迹。不过，龚自珍还是最爱故乡杭州。他有诗云：

> 浙东虽秀太清羼，北地雄奇或犷顽。踏遍中华窥两戒，无双毕竟是家山。（《己亥杂诗》一五二）

散落在各地的龚自珍故居，因时光的磨洗或战火的焚毁，绝大多数现已湮没无闻，唯有杭州的一处仍保存尚好。

龚自珍的旧宅在杭州长明寺巷的小弄深处，现隐藏在一处叫做小米园的居民区内，但门牌依旧是马坡巷16号。长明寺巷，是杭州城内众多小巷子中的一条，外表上并没有令人称奇的地方，相对更寂静些。就算在白天，也很少有汽车嘶鸣或人声喧哗。与这条巷子咫尺相隔，就是杭州著名的商业街——解放路。那里车水马龙，人头攒动，一派现代商业的繁荣景象。

马坡巷的历史已经相当悠久了。

杭州自古繁华。清代时的杭州由不很规整的长方形城墙所包围。城西出清波门、涌金门和钱塘门，便是波光潋滟的西湖。城东出候潮门、庆春门、清泰门，便是城河，这是连接京杭大运河的重要水道。再向东，越过阡陌田畴，直抵波涛翻滚的钱塘江。杭州城中南北流向有三条水道，中间的一条水道叫中河。以此为界，河东称东城，河西称西城。城东靠近城墙处，有一条南北走向的巷子，南近东花园，北抵清泰门，叫做马坡巷，又名马婆巷。这巷子为什么叫这么一个名字，已经难得其详了。只知道自南宋以来，这里就是官员富绅集中居住的地方之一。一条不很宽阔的马坡巷两侧，高宅深院，栉比鳞次。高墙后的树影花枝，伸出墙头，把影子洒落在巷子里，散发着诱人的味道。

龚氏一族是杭州的望族。先世是北方人，随南宋高宗南渡，流寓到余姚，后来才迁到杭州，著籍仁和。乾隆五十七年（1792）农历七月初五午时，龚自珍出生在马坡巷的龚府。到这时，龚氏一族居住在杭州（仁和）已经有四百年了。龚自珍在《己亥杂诗》中有一首云：

> 家住钱塘四百春，匪将门阀傲江滨。一州典故闲征遍，撰杖观涛得几人？

龚自珍的母亲段驯，是正统考据学派大师段玉裁之女，自幼学书写作，喜欢吟诗，著有《绿华吟榭诗草》。父亲龚丽正是段玉裁的入室弟子。龚自珍的第一任老师是母亲。幼年时母亲床头膝下的手把吟诵，对他影响很深。成年以后，龚自珍写有《三别好诗》绝句三首，借评论古人来感念母亲。诗的原序说：

> 余于近贤文章，有三别好焉；虽明知非文章之极，而自髫年好之，至于冠，益好之。兹得春三十有一，得秋三十有二，自揆造述，绝不出三君，而心未能舍去。以三者皆于慈母帐外灯前诵之，吴诗出口授，故尤缠绵于心；吾方壮而独游，每一吟此，宛然幼小依膝下时。

父亲龚丽正非常注重对儿子的教育,早早就传授给龚自珍做文章的知识。他自己还编选了一些《文选》文章,龚自珍放学之后,他就亲自教授。当时的马坡巷中,应是经常回荡父子二人对读《文选》的声音。后来龚自珍回顾此事,写下《因忆二首》,其二曰:

因忆斜街宅,情苗苗一丝。银釭吟小别,书本画相思。亦具看花眼,难忘授《选》时。泥牛入沧海,执笔向空追。

段玉裁也十分宠爱这个外孙,在龚自珍十二岁的时候,就教他研读《说文》。段玉裁后来年老体衰,住在苏州以著述自娱,仍然十分关心龚自珍。早在龚自珍两岁时,龚丽正曾去信请岳父为儿子命名,段玉裁用心地复了一封长信,说外孙"名曰自珍,则字曰爱吾宜矣"。在信中,他勉励龚自珍"爱亲、爱君、爱民、爱物,皆吾事也。未有不爱君、亲、民、物,而可谓自爱者;未有不自爱而能爱亲、爱君、爱民、爱物"。后来,段玉裁还给龚自珍写信,勉励这个外孙"博闻强记,多识蓄德,努力为名儒,为名臣,勿愿为名士。何谓有用之书?经史是也"。在《己亥杂诗》中,龚自珍多处提及外公段玉裁,其中一首云:

张杜西京说外家,斯文吾述段金沙。导河积石归东海,一字源流奠万哗。

此处说的段金沙，即段玉裁。作为一代名儒，段玉裁的学术思想、治学方法和个人品格，自然影响了龚自珍。

从出生到六岁，龚自珍一直都住在杭州。幼年时他体弱多病，既聪明，又敏感。段驯十分宠爱这个儿子，常把他带在自己身边。中年时的龚自珍回忆幼年在杭州时的情景，写了一首题为《冬日小病寄家书作》的五言古诗，其中有几句云：

> 黄日半窗暖，人声四面希。饧箫咽穷巷，沉沉止复吹。小时闻此声，心神辄为痴。慈母知我病，手以棉覆之。夜梦犹呻寒，投于母中怀。行年迫壮盛，此病恒相随。饫我慈母恩，虽壮同儿时……

显然，在这样的院落里，龚自珍没有像多数杭州人那样一直安逸于暖风醉人的西子湖畔，"抛却湖山一笛秋，人间无地署无愁"（龚自珍《梦中作四截句》）。青年时代的龚自珍立志考取功名，在政治上发挥才智，为国效力，但不幸屡次受挫，最后勉强在京考取了一官半职，却又因受到排挤而被迫辞官回乡。仕途上的努力失败后，龚自珍把所有的抱负化为犀利的诗文。他上承先秦两汉，发展出了一个迥异于唐宋八大家和桐城派的独特文章流派。

后来，他开始出入于青楼、赌场，借此消磨胸中的惆怅和怨恨。据说，龚自珍三岁时便学会了吹箫。无论是抚箫自弄，还是闻箫过耳，都会令他心神摇荡，痴迷得难以自禁。他对与箫有关的人和物也十分迷恋，作诗填词好用"箫"韵，闻箫寻访更是常事。

但是，呜咽低沉的箫声消减不了他内心的不平之气。他的性格是两面的，在哀怨缠绵背后还有一种凛凛剑气。1839年，龚自珍结束宦游生涯。在返乡途中，他看到田园荒芜，生灵涂炭，写下了著名的《己亥杂诗》，下面是其中两首：

九州生气恃风雷，万马齐喑究可哀。我劝天公重抖擞，不拘一格降人才。

浩荡离愁白日斜，吟鞭东指即天涯。落红不是无情物，化作春泥更护花。

现在，小巷深处的龚自珍故居被绿树掩映着。这是1949年后重新修复的，基本上保存了其居住时的原貌，现辟为龚自珍纪念馆。一座清代风格的两层楼房，雕梁画栋，古朴典雅，上下五开间，两旁各有耳房。主楼前有一小块空地，是故居的院子。院子内一株开满白色花朵的夹竹桃迎风摇曳，见了让人生出些许的爱意。院中有铺石小径，更显清幽，旁有水塘，内养红色金鱼，于这百年的故宅中算是最年轻的生灵了。

故居正厅安放着龚自珍半身铜像，堂上悬挂着书法家沙孟海书写的匾额"剑气箫心"。匾额下面悬挂着"一箫一剑平生意，负尽狂名十五年","气寒西北何人剑,声满东南几处箫"等诗句。正厅四角陈列着龚自珍生平图文简介、大事年表、史料、龚氏年谱、诗选和后人研究文集等。正厅东首一间,陈列着龚自珍生前用过的文房四宝和箫、剑。正厅门旁有一副对联,云:"胸中韬略,袖里经纶,放眼迎来新世界;世上疮痍,人间疾苦,挥毫化作老波澜。"一如龚自珍的品德和情操。

站在故居小院之中,夹竹桃花的香气,让人不由地会想起"丁香花公案"。

1841年农历八月十二日,龚自珍因暴疾逝世于丹阳县署,"剑气"和"箫声"就这样猝然而又悲壮地结束了,终年仅五十岁。他去世以后,出现各种有关他死因的传说,最为人们熟知的便是"丁香花公案"。他的诗作《己亥杂诗》(第二百零九首):"空山徙倚倦游身,梦见城西阆苑春。一骑传笺朱邸晚,临风递与缟衣人。"(原注:忆宣武门内太平湖之丁香花一首),引发了一场文坛风流案。这首诗是作者怀念京师花木组诗中的一首,组诗中有忆鸾枝花、忆芍药、忆海棠、忆丁香、忆花之寺的海棠和忆太平湖的丁香花等。有人借"阆苑春""缟衣人"等词,附会故事,引出一段龚自珍与女词人顾太清的风流韵事。

顾太清(1799—1877),名春,字子春,号太清,满洲镶蓝旗人,西林觉罗氏,自署太清春、西林春,嫁给乾隆的曾孙奕绘贝勒为侧室。顾春才貌双全,与丈夫感情甚好,时相唱和,与京师名流及其内眷也有往来。她是清代满族女词人中佼佼者,后人评价颇高。龚自珍年长顾春七岁，是当时京师文坛名士，与奕绘夫妇相交。道光十八年（1838）奕绘贝勒病死，正妻所生的长子把顾春逐出了太平湖畔的贝勒府。

龚自珍的这首诗，引起了一些人的猜想：龚自珍与顾春有私情，被继任贝勒的奕绘正室长子发觉，派人追杀。龚自珍只身匆匆南逃。谁知仇家不舍，终于把他毒死在丹阳县署。后来，曾朴把这个传闻当作故事写入小说《孽海花》中，冒鹤亭还作了《孽海花闲话》予以注释。在刻印顾春词集《天游阁集》时，冒鹤亭为此书作序，对相关传闻加以证实，一时几成正史。

1930年代，史学家孟森写了一篇《丁香花公案》，予以辨正，指出龚自珍与顾春的恋爱故事属不实之词。苏雪林更是撰写《丁香花疑案再辩》一文，详尽地揭示所谓龚、顾恋情故事的虚假。至此，龚自珍与顾春并无恋爱的事总算澄清了。可是，这段公案虽然已被史学家们辨明，但因流传甚广，仍然被一些人作为想象的底本，甚至成为一些小说与电视剧创作的题材。

龚自珍去世后，他的朋友、杭州书商曹籀为原刻《定庵文集》作序，极尽赞美之辞，说："君平生著述等身，出入于九经七纬，诸子百家，足以继往开来，自成一家……纵千金而不易，匪一簧之可遗，岂徒以妙色和声，美味好臭，怡神而荡魄哉……定庵往矣，定庵之文，如水火之在天壤间，未尝一日无者也。"梁启超在《清代学术概论》中也有一段评述龚自珍思想特点的文字，概括得比较切实中肯：

> 段玉裁外孙龚自珍，既受训诂学于段，而好今文，说经宗庄、刘。自珍性俶宕，不检细行，颇似法之卢骚，喜为要眇之思。其文辞俶诡连犿，当时之人弗善也。而自珍益以此自喜，往往引《公羊》义讥切时政，诋排专制；晚岁亦耽佛学，好谈名理。综自珍所学，病在不深入，所有思想，仅引其绪而止，又为瑰丽之辞所掩，意不豁达。虽然，晚清思想之解放，自珍确与有功焉。光绪间所谓新学家者，大率人人皆经过崇拜龚氏之一时期；初读《定庵文集》，若受电然，稍进乃厌其浅薄。然今文学派之开拓，实自龚氏。

1961年，鲁迅的好友沈尹默写过《追怀鲁迅先生六绝句》，其中一首云："少时喜学定庵诗，我亦离居玩此奇。血荐轩辕荃不察，鸡鸣风雨已多时。"少年鲁迅学龚诗，学到的应该是龚自珍身上的那种剑气，只不过到了鲁迅的文学世界里，"剑"变成了"匕首"。

不过，并非人人都认同龚自珍的剑气箫心，比如章太炎就不买龚自珍的账。

章太炎是古文经学最后一位大师，他恪守门户，对今文经学的批判毫不留情。他否定龚自珍宣扬今文经学的作用，否定龚自珍的文章，到了敌视的程度：

> 仁和龚自珍，段玉裁外孙也。稍知书，亦治《公羊》，与魏源相称誉……皆好为姚易卓荦之辞，欲以前汉经术助其文采，不素

习绳墨，故所论支离自陷，乃往往如讝语。（章炳麟《訄书·清儒第十二》）

龚自珍自己也写了一些评价自我的诗作，其中《题红禅室诗尾》三首中的一首应是他最为自信的定评：

不是无端悲怨深，直将阅历写成吟。可能十万珍珠字，买尽千秋儿女心。

二　俞樾、俞平伯的俞楼

杭州孤山路32号，是一幢两层三开间的中式楼房。它在西湖白堤的尽头、西泠桥的南侧，背依孤山崖壁，面临西湖碧波，左邻苏东坡为纪念欧阳修而筑的名泉"六一泉"，右伴苏小小亭，这便是人们所说的俞楼（又称小曲园），是国学大师俞樾及其曾孙俞平伯的旧居。

俞樾是浙江德清人，字荫甫，号曲园居士。清道光三十年（1851），以一句"花落春仍在"，获得主考官曾国藩赏识而入翰林院，官及翰林院编修，河南学政。后遭陷害罢官，从此潜心于著书讲学。俞樾学问精深，史学、诗词、训诂、佛学、小说、戏曲无不精通，兼擅书画，其书尤以篆、隶著名，撰有《俞氏丛书》《春在堂全书》。

俞樾一生的住宅原有三处：一在苏州，名"曲园"；二在杭州三台山，名"右台仙馆"；三即这里所说的"俞楼"。俞楼是俞樾一生中最重要的住处。同治六年（1866）冬，俞樾应浙江巡抚马新贻邀聘，来杭州孤山任"诂经精舍山长"，至光绪二十四年（1898）因老迈辞职，共执教三十一年，张佩纶、吴昌硕、章太炎等名士皆出于其门下。曲园先生任诂经精舍山长之初，眷属仍居苏州。在俞楼未筑成之前，先生每年来杭州两次，即"每春秋一来"，都在"课院（诂经精舍）之第一楼"居息。第一楼者，乃精舍内一幢三开间小楼。据《俞楼杂纂》载："西湖诂经精舍有湖楼三楹，志书所谓第一楼也。余自戊辰（1867）之岁始，主精舍讲席。……春秋佳日，必自吴下寓庐至西湖精舍，多或一、二月，少或一、二旬，岁以为常……"学生们就把曲园先生居住的第一楼称为"俞楼"，西湖诂经精舍便是俞楼的前身。

俞楼的建立与曲园先生的学生们有着重要的关系，甚至可以说这是一份师生间的礼物。

俞樾在诂经精舍讲学之初，仅每年春秋各来湖楼一次，勾留时日不定。弟子们因不能长留老师，引为憾事。每当俞樾回苏州时，大家便聚在第一楼，置酒为乐，师生依依话别。光绪三年（1877），俞樾主讲诂经精舍已近十年，在返回苏州前，再次与弟子们话别，他亲自煮酒食招待诸多弟子，欢乐竟日。弟子们对乃师的"赐食精舍"，非常兴奋。在聚会中，一位叫王梦薇的弟子画了幅《俞楼秋集图》，寄到苏州曲园，并在图后写了一段跋语，说："湖堧有精舍也，主之者为吾师俞曲园先生。舍故有楼,群称之曰俞楼。"这便是"俞楼"二字的最初来源。弟子汪子乔善于写榜书,就写了"俞楼"二字挂在精舍的第一楼前。俞樾得知后,写信制止说:"往昔湖楼小集情景,乃承诸位雅意,已经绘之于丹青得以传播,又作诗歌咏,这样妆点我,费了大家的心思。惭愧惭愧。当然,绘图题诗尚还可以,若是以'俞楼'二字写在精舍上,则大为不可。我偶然承袭前人主持诂经精舍,在第一楼暂作主人,鸿爪雪泥,偶然寄踪,他日学业日渐荒疏,而且还要琢磨着引退,数年后楼还在这里,可楼中的主人却又不知道是张王李赵了,岂可妄据为己有呢。"他还让梦薇务必转告子乔,因为"此榜书一悬挂楼上,必然会遭到外人议论,加重我的罪过。如果诸君的妙绘妙咏,能够经翰墨流传,而且他日更有好事如同诸君的,补作小楼,以存旧迹,那么子乔所题的榜书仍可炫耀楹楣。然而此事不会有,即使有之,也当在五百年后了"。

弟子徐花农也认为将第一楼题名为"俞楼"是不妥当的,应该另建"俞楼","为湖上添一胜迹"。他和王梦薇发起集资造俞楼的倡议,声称要与西泠和湖上名胜联系起来,使"俞楼延月",与"阮墩渔唱""彭庵禅灯""薛庐听泉"合为"西泠四景"。对徐、王二位的倡议,三十多名弟子大为赞同,他们立即开始敛资并勘察楼址。

光绪四年(1878),俞楼开始兴建。此时,正赶上山西、河南两省发生灾荒。俞樾致信徐花农,谈了停建俞楼的四条理由。他讲道,汉代建一露台只需百金的花费,汉文帝都很珍惜,何况我辈蚍蜉之人。之所以应该停建的理由是:其一,如果时局从容,则借此装点湖山未尝不可，现在西北奇荒，许多人甚至准备捐献诸生的膏火以赈济灾民，而鄙人作为精舍主持，乃于此艰难之日兴建这样的不急之工，是加重我的不德；其二，所集之资并未齐全而用先取之钱，在现在就放手动工，虽有取携之便，他日恐怕会成倍增加楼工的开支；其三，凡物都忌讳太盛，鄙人有何德何能而可据此湖山胜地；其四，我的意思是墙垣业已筑成，先把地方圈好，请等数年之后，足下非常得意的时候再说。到那时，鄙人海山兜率，或已经有了其他归宿，足下扞怀旧之情，修践言之信，再谋划建筑，重起楼台，则诸位的风范与楼俱高，而鄙人的姓名也许可以与楼并存。若此时勉强筑成，或许正好以此速招诽谤，这就与诸位的见爱盛情相去甚远了。

花农在给老师的复信里，也讲了五点不能停建的理由，并说，上梁的日子已定，不日即可完工。他还在信中劝说道："吾师请勿过于谦抑，兜率之论，虽然出于达人，然而古代的经师无过于康成（郑玄），现在的林下，无过于随园（袁枚），二人均以大耋之年，尽享林泉之福，吾师必当同他们一样，何必把享林泉之福变为庄叟（庄子）的寓言呢。"弟子们为了让老师在有生之年尽快享林泉之福，俞楼的兴建继续进行。是年十二月俞楼建成。

俞楼在建成之初并非三间房子，而是两间。正好俞樾的挚友彭玉麟（字雪琴）侍郎巡视长江路过苏州，看到病重的俞夫人，力劝她到俞楼养病。来到杭州后，彭雪琴看到俞楼房间比较小，认为不足以居眷属，就出资扩建俞楼的西偏之屋，并在院中叠石为小山，又在楼后凿了一个水池，引六一泉水和西湖之水汇注于内，还在楼前种花，楼后植树、叠石、凿池、筑亭。俞樾在《百哀诗》中有"多情更感老彭铿，添筑西头屋数楹"之句，说的就是此事。俞楼建成的次年，这里又添建了西爽亭。俞楼的落成，成为杭州城的一大新闻，前往观看的人络绎不绝。次年春，俞樾与夫人也同到俞楼。

其实，俞楼未筑成之前，知道的人就已经很多了。花农来信向老师说："西湖的船工、采菱的妇女，都争望俞楼落成，纷纷鼓帆呼渡于楼下。"楼成后，俞樾专门著有《俞楼经始》一卷，刻入《俞楼杂纂》中，流播艺林。次年正月，杭州城元宵夜张灯猜谜，内有一条谜语，以"俞楼经始"四字隐《四书》人名二，谜底即为"徐辟""彭更"。俞楼之作，发端于徐花农，而彭雪琴又廓而大之，其寓意也可以说是巧对了。

自俞楼至西爽亭，中间尚有许多空地。俞樾的弟子吴叔和，于辛巳年（1881）夏天，在这片空地上布置景点。取俞樾"山下吟庵伴老坡"之句，筑建伴坡亭；因传说这一年春金华将军的神灵降于该地的松树上，又兴建灵松阁；小蓬莱的建筑，则是袭用孤山旧有之名。这样，俞楼的胜景，比往昔增加了不少。经过开拓，"俞楼经始"除"徐辟""彭更"而外，还增一"吴充"，以此，才能补"俞楼经始"的遗漏。俞樾有诗道："徐辟彭更佳话在，续添名士有吴充。"经过吴叔和对俞楼周围亭台景点的增设，俞楼的泉石之盛，已经超过了《俞楼经始》的记述。为了铭记俞楼所包含的师生情和朋友情，俞樾又作了《俞楼诗记》，详细记载各个景点的名称来历，俞楼——门楣上有砖刻"俞楼"二字——为彭雪琴侍郎所书。

俞楼建成后，在众弟子的陪同下，俞樾参观了周边房舍。他极为兴奋，特地用诗文详细地记载了各个景点。那时候，"俞楼"二字已昭显于建筑的门楣上了，抬头即见。进去又见一门，其上署有"小曲园"三字。因俞樾在苏州有寓所为曲园，此处较之又小，故名"小曲园"。正室名曰"碧霞西舍"，其上有楼，就是所谓的"俞楼"。其西有平屋，用来做宾客休息之所。后有轩，极为小巧幽雅。俞樾有诗曰："徐子曾从梦里来，碧霞门在左边开。因之小筑称西舍，恰好遥山对右台。"院内还有西爽亭、鹤守岩、曝书台、文石亭。文石亭旁即是曲园书藏，藏有曲园生平著作，为山之书冢。文石亭附近有一方大池，南北七八丈，东西三丈，因与文石亭相近，故取名为"文泉"。

俞楼依山面湖，朴素简净，占地不大，视野很美，坐收西湖里外之胜，真是读书讲经、养身怡性的好所在。这样的结果，显然是出乎俞樾的意料。门下弟子对自己的关心和敬爱，令他感觉无限安慰。曲园先生因此作诗答谢众门生："昔年曾向此经过，六一泉荒蔓草多。太息光阴真荏苒，无端楼阁起嵯峨。桥边香冢邻苏小，山上吟庵伴老坡。多谢门墙诸弟子，为余辛苦辟行窝。"（俞樾《俞楼诗记》）同时他回忆起年轻时的情景："曾向西泠桥下坐，安知他日有俞楼？"有了俞楼，俞樾就不再住诂经精舍的第一楼了，俞楼成了西湖的"第一楼"，自此闻名遐迩。俞樾又曾作诗曰："陶庐谢墅总千秋，如我

微名岂足留?行到白沙堤尽处,居然人尽识俞楼。"并自书一联,悬挂在楼前:

合名臣名士,为我筑楼,不待五百年后,斯楼成矣;
傍山北山南,循地选胜,适在六一泉侧,其胜如何。

在杭州,确实曾经一度出现"行到白沙堤尽处,居然人尽识俞楼"的盛况。杭州民间也一直流传着俞樾一家冷泉巧对的故事。据说,在杭州西湖灵隐冷泉亭,原先悬有一联:"泉自几时冷起,峰从何处飞来?"一日,俞樾与夫人游灵隐,小坐亭上,共读此联。夫人道:"此联问得有趣,请作答语。"俞樾应声而答:"泉自有时冷起,峰从无处飞来。"夫人道:"不如改为:泉自冷时冷起,峰从飞处飞来。"言毕,夫妻相与大笑。数日后,次女来,俞樾要她试为冷泉亭旧联作答。女儿沉思良久,笑道:"可答为:泉自禹时冷起,峰从项处飞来。"俞樾惊问:"'项'字何指?"女儿道:"不是项羽将此山拔起,安得飞来?"

1902年,八十多岁的曲园老人与孙子俞陛云一起来到杭州俞楼。此时俞樾离开诂经精舍已有四年。此次重来,也是老人最后一次到杭州俞楼。临别前,望着俞楼,他满怀不舍地题联道:"湖山恋我,我恋湖山,然老夫耄矣;科第重人,人重科第,愿吾孙勉之。"后来又作了二十五首《西湖杂诗》,用来记叙此次之行。清光绪三十二年(1906)十二月二十三日,俞樾病逝于苏州马医科寓所,享年八十六岁。临终前,他写了"留别诗"十首,其中一首《别俞楼》诗云:"占得孤山一角宽,年年于此凭栏杆。楼中人去楼仍在,任作张王李赵看。"

俞樾一生弟子众多,先后受业门生有三千多人,其中许多都学有所成,成为名人志士。章太炎十七岁离家到诂经精舍就读,七年后离开杭州。后来,他先是提倡维新变法,然后又倡言民主革命,离传统经学越来越远,终于惹得俞老先生大为不满。当章太炎回精舍拜见老师时,俞曲园翻脸骂道:"今入异域,背父母陵墓,不孝;讼言索虏之祸毒敷诸夏,与人书指斥乘舆,不忠。不孝不忠,非人类也。小子鸣鼓而攻之可也!"把他轰了出去。素有章疯子之称的章太炎,脾气原本暴躁,只是在老师面前也不得不忍。他随即便写了《谢本师》,责问俞老先生:"何恩于虏,而恳恳蔽遮其恶?"(清政府对您有何恩惠可言,使您那么卖力地为其遮盖丑恶?)俞樾一心治经,反对革命。得意门生叛出师门,且言辞激烈,对本师全盘否定,这事情震动了当时的知识界。自此,"谢本师"成为文坛的一个典故。有趣的是二十年后,"谢本师"事件也发生在了章太炎身上。章太炎的学生周作人如法炮制,也写了一篇《谢本师》,宣布与章太炎断绝师生关系。当然,这是后话了。

1900年,八十高龄的俞樾又添了一个曾孙,后来成为俞楼的第二个主人,他就是红学家俞平伯。俞平伯是俞陛云的儿子,俞曲园儿子去世早,他把孙儿俞陛云当做儿子从小着意培养,专门为他编写了一本教材《曲园课孙草》。俞陛云后来成为著名的古典文学研究专家、诗人,著有《蜀輶诗记》《诗境浅说》《唐五代两宋词选释》等。

俞平伯一周岁时,按苏州当地的风俗,小孩满周岁,必宴请亲朋戚友,还要摆上各种小巧的物件,让孩子"抓盘"(又称为"抓周"),文房四宝、小金印、官帽、算盘、小巧刀剑、胭脂水粉……孩子抓到什么,似乎对其前程是一个征兆。俞平伯抓的是小金印和珊瑚帽顶,没有去拿刀剑。俞樾在大喜之余,写下这样的诗句:"只愧儒门欠英武,但能取印不提戈。"

俞樾对俞平伯珍爱有加。1930年代初期,林语堂办的杂志《人世间》扉页常用一大张米色道林纸刊印著名学人的照片,有一期刊登的便是曲园老人拄着龙头拐杖、拉着曾孙俞平伯这样一张照片。俞樾不但教曾孙读书识字,更亲自制作描红纸,手把手教他描涂"上大人"。有诗为记:

>娇小曾孙爱似珍,怜他涂抹未停匀。晨窗日日磨丹砚,描纸亲书"上大人"。(俞樾《补自述诗》)

1919年,毕业于北京大学的俞平伯投身新文化运动,被誉为"五四才俊"。当时白话文流行未久,白话散文写得好的不多,朱自清算一个,俞平伯也算一个。

"俞平伯与俞楼有过一段短暂而深远的情缘。1920年4月,俞平伯从英国留学回来,受聘于杭州第一师范学院,和夫人许宝驯客居杭州。当时的俞楼因俞樾晚年回到苏州而荒置，由于种种原因，直到 1924 年，俞平伯才得以入住。"（苏沧桑《风月无边》）也许是因为曾祖父曾不断地念叨过西湖的俞楼，也许是因为在杭州住了四年多后才得以搬进俞楼的漫长期待，俞平伯在 1924 年 3 月 30 日入住俞楼后可说是兴奋无比。据他自述："住杭州近五年了，与西湖已不算新交。我也不自知为什么老是这样'惜墨如金'。在往年曾有一首《孤山听雨》，以后便又好像哑子。"在入住后的第二天，他就迫不及待、无比欣喜地写下了《湖楼小撷》的第一篇《春晨》：

> 这是我们初入居湖楼后的第一个春晨。……今儿醒后，从疏疏朗朗的白罗帐里，窥见山上绛桃花的繁蕊，斗然的明艳欲流。……
>
> 今朝待醒的时光，耳际再不闻沉厉的厂笛和慌忙的校钟，惟有聒碎妙闲的鸟声一片，密接着恋枕依衾的甜梦。

虽然在俞楼只待了短短的九个月，但这一段日子却带给俞平伯无限惊喜，激发了他强烈的文学创作热情，让他写下了《春晨》《楼头一瞬》《绯桃花下的轻阴》《西泠桥上卖甘蔗》等一篇篇美文：

> 轻阴和绯桃直是湖上春来时的双美。桃花仿佛茜红色的嫁衣裳，轻阴仿佛碾珠作尘的柔幂。它们固各有可独立之美，但是合拢来却另见一种新生的韶秀。桃花的粉霞妆被薄阴梳拢上

了,无论浓也罢,淡也罢,总像无有不恰好的。姿媚横溢全在离合之间,这不但耐看而已,简直是腻人去想……(《绯桃花下的轻阴》)

我住楼上,其上之重楼旁有小台。我就登临一望啊!这一望呀……云雾正密搂着,朝阳忽然在其间半露它娇黄的脸,自然要被它们狠狠的瞪着眼。这个情急已欲出,它两个死赖还不走,而轻清的风便是拨乱其间的小丑。……春风的心力已软媚到入骨三分,无怪云雾朝阳都是这般妖娆弄姿,亦无怪乍醒的人凭到阑干,便痴然小立了。(《楼头一瞬》)

住在俞楼的日子,让俞平伯几乎用尽了形容词。可是,这一句闲笔最有趣:"《儒林外史》上杜慎卿说:'菜佣酒保都有六朝烟水气。'……这一次西泠桥上所见虽说不上什么六朝风流,但总使人觉得身在江南。"(《西泠桥上卖甘蔗》)难怪好朋友朱自清笑他被西湖"粘"住了。朱自清道出了其中的缘由:"不错,他惦着杭州;但为什么与众不同地那样粘着地惦着?他在《清河坊》中也曾约略说起;这正因杭州而外,他意中还有几个人在——大半因了这几个人,杭州才觉可爱的。"(朱自清《燕知草·序》)"这几个人"之中,必然有对他疼爱有加的曾祖父俞樾吧。

1925年,俞平伯离开杭州,回到北京,任职于燕京大学。离开后,俞平伯一直对俞楼魂牵梦绕,无论在《芝田留梦记》《西湖的六月十八夜》,还是在《清河坊》《冬晚的别》《重来之日》等文章里,都能感受到他关于俞楼的丰富的感情、无限的情趣、美好的回忆和轻清而美丽的忧伤。

俞楼经过一百多年的风雨侵袭，命运几经波折。1929年第一届西湖博览会时，俞楼成为"卫生馆"。抗战中它一度沦为日寇的高级军政机关，所幸由于俞樾老人在日本文坛的威望而没有遭受破坏。抗战胜利后，俞楼被租借，变为"杏花酒家"，彭玉麟题词的"俞楼"雕刻也被破坏。中华人民共和国成立后，这里被当做了宿舍和仓库，"文革"中被全部"充公"……直到1998年，命运坎坷的俞楼被拆迁改建，恢复最初的三间二层结构，灰墙、黛瓦、褐柱。此外还新建、重建了一批辅助建筑，如联廊、牌坊、西爽亭、伴坡亭等。改建后的俞楼变为"俞曲园纪念馆"，内陈列着有关俞樾的史料，并经常进行文学研究活动。面貌虽然相似，但俞楼再没有当年"西湖第一楼"的气势和神韵了。

三　马一浮与蒋庄

杭州原本有四大庄园，分别是汪庄、郭庄、刘庄和蒋庄，不过这四个庄园远不如杭州的西湖、断桥、雷峰塔等景点那般出名和热闹。它们在深巷绿荫之中的安静角落，独享一方山水之幽。后来，汪庄被改造为西子宾馆，刘庄也被改建为西湖国宾馆，不再是游客们游玩的地方。四大庄园因此只剩郭庄和蒋庄。要说是游玩赏景，郭庄当属第一选择；要想在游玩中找寻些历史故事、文学典故，感受一下历史人文气息，那就要去蒋庄了。单说国学大师马一浮在这儿度过了长达十七年的隐居生活，就有说不完的故事。

蒋庄在西湖花港观鱼公园内，地处苏堤映波桥畔；在西湖苏堤南端映波与锁澜二桥之间，有一座东西向的拱桥，如长虹卧波，直通花港观鱼。踏过拱桥，有一开阔处，坪上绿草如茵，时有白鸽自由飞翔。西首有亭，是为牡丹亭。绕亭植有各种牡丹、芍药，花开时节，游人如织。右边是西里湖，湖上小船悠悠，欸乃有声；左边是成片的高大树木，有松树、香樟、玉兰、竹林等。树丛深处，有一幢两层三开间的古朴建筑，上下围廊与西楼相通，雕花门窗，飞檐翘角，典雅肃穆，这便是蒋庄。

蒋庄为无锡人廉惠卿所建，原名小万柳堂，旧称廉庄。宣统年间转售给南京商人蒋苏庵。蒋得此楼后，改建屋宇，并将小万柳堂易名为兰陔别墅，俗称蒋庄。1949年，蒋苏庵师从马一浮，把他接至蒋庄居住，自此马一浮便在蒋庄长期安定下来。后来因"文革"爆发，马一浮被迫离开。

马一浮（1883—1967），绍兴上虞人，幼名福田，更名浮，又字一佛，后字一浮，号湛翁。他从小天资聪颖，记忆力惊人。据说五岁能诗，九岁熟读《文选》《楚辞》，有神童之称。十一岁时，母亲卧病在床，想考考儿子，指着庭前菊花，要他作五律一首，并限用麻字韵。马一浮略一思索，便出口成诗，云："我爱陶元亮，东篱采菊花。枝枝傲霜雪，瓣瓣生云霞。本是仙人种，移来高士家。晨餐秋更洁，不必羡胡麻。"母亲听了，且喜且忧："儿长大当能诗。此诗虽有稚气，颇似不食人间烟火语。汝将来或不患无文，但少福泽。"

马一浮从小就喜欢读书。他家是书香门第，家里有不少藏书，他任意涉猎，早暮攻读。父亲请了乡间一位很有名望的举人郑目莲来家里教他。但不久，这位举人突然要求辞馆而去。马一浮的父亲大惑不解，以为是自己的孩子不听教诲，惹老师生气，经再三盘问，才知道原来是孩子的才智在某些方面已经超过老师，老师自感不能胜任，又不愿耽误弟子学习，所以请辞。

马一浮有一个出了名的大脑袋。他平时不戴帽子。1949年后，据说由于当选为第二、第三届全国政协特邀委员，要在初冬到北京参加全国政协会议，他想买顶帽子保暖，可跑遍杭州竟找不到合适的大号帽子。大胡子也是他外貌的明显特点。在1911年他和马叙伦的合影上，二十八岁的他就已经蓄起了络腮胡。在1942年四川乐山的照片上，他的胡子已彻底长成了一挂银髯。关于马一浮的外貌，丰子恺在他的《陋巷》一文中有详细的记载：

> 我跟着L先生走进这陋巷中的一间老屋，就看见一位身材矮胖而满面须髯的中年男子从里面走出来应接我们。……他的头圆而大，脑部特别丰隆，假如身体不是这样矮胖，一定负载不起。他的眼不像L先生的眼纤细，圆大而炯炯发光，上眼帘弯成一条坚致有力的弧线，切着下面的深黑的瞳子。他的须髯

从左耳根缘着脸孔一直挂到右耳根,颜色与眼瞳一样深黑。我当时正热中于木炭画,我觉得他的肖像宜用木炭描写,但那坚致有力的眼线,是我的木炭所描不出的。

马一浮一生中有两次长时间的隐居,一次是1905年到1938年长达三十三年在杭州的西子湖畔,远离尘世的动荡与喧嚣,埋头读书,潜心治学。其间只在民初时应蔡元培的邀请,出来做过几周的民国教育部的秘书长,不久后便辞官归去。不过,那时他不住在蒋庄,而是辗转于广化寺、永福寺等地。大部分时间里,马一浮除了去文澜阁读书,基本上都闭门不出。出于对佛学的喜爱,他与杭城的佛学界偶有往来走动,香积寺、地藏庵等是他常去的地方。他在1917年给李叔同的一封信里曾经说:"昨复过地藏庵,与楚禅师语甚久,其人深于天台教义,绰有玄风,不易得也。幻和尚因众启请,将以佛成道日往主海潮寺,遂于今夕解七,明日之约盖可罢矣。"

正是马一浮精深的佛学研究深深影响了李叔同,使李叔同了却尘缘,成了后来的弘一法师。这是后话。对于国内的学术界人士,他虽然偶也有交往,但书信交往的较多,见面的较少,并且基本上只有来访,没有往还。马一浮的这种作风,不仅让他显得十分与众不同,而且更增添了他的大师的神秘感,加上那个时代国学一路门庭冷落,学者凋零,从业者已经不多,够资格去西子湖畔造访马一浮并与之攀谈者,更是少得可怜,举国也不过十数人而已。因此,随着时间的推移，马一浮与外界的交往，越来越少。惟有如弘一法师、梁漱溟、熊十力等，或者有资格、有诚意向他求学的人，如丰子恺以及他的几个学生，才能够与他保持较长久的友谊和往来。丰子恺的《陋巷》一文便是记录这一时期他几次拜访马一浮的经历，文中他称马一浮是"当世的颜子"。

熊十力著《新唯识论》时，与马一浮友情正笃，对他在儒学和佛学方面的造诣十分叹服。他曾经两次来西湖拜访马一浮，将自己写作《新唯识论》的种种想法和观点拿出来同他讨论。尤其是《新唯识论》中"境论"部分的"明心"章，他征求了马一浮的意见，采纳颇多。他后来特别在该书原本（文言文本）"绪言"中写道：

> 《境论》文字，前半成于北都，后半则养疴杭州西湖时所作。……自来湖上，时与友人绍兴马一浮商榷疑义，《明心》章多有资助云。

其自作眉批又补道：

> 《明心上》谈意识转化处，《明心下》不放逸数，及结尾一段文字，尤多采纳一浮意思云。

不过，能与马一浮相见的都是志同道合之人，有些人虽去拜访，却被他拒之门外。军阀孙传芳就曾慕名来访，但到了门口却被断然拒绝。马一浮说:"告诉他,人在家!就是不见。"权势为他而倾心,他却不为权势心动。

马一浮的另一次归隐,是1949年到"文革"爆发十七年左右的时间。这段时间,他一直住在蒋庄。他曾如此描写蒋庄,欣喜之情毕现:

> 庚寅夏四月望。移寓苏堤定香桥蒋氏别业之香严阁,主人所目为西楼者也。临水为楼,轩窗洞豁。南对九曜山,山外玉皇峰顶,丛树蔚然若可接。东界苏堤,槐柳成行。西望三台,南北两高峰迤逦环侍。唯北背孤山、宝石山,不见白堤。避喧就寂,差可栖迟。南湖一曲荷叶,田田若在。庭沼俯槛,游鱼可数。今日湖上园亭寥落,此为胜处矣。(马一浮《香严阁日谱》)

此时的马一浮已是国学泰斗,诗、书、文均造诣极深,早已声名远播,拜访的人已不仅仅是几位学者或慕名而来求学的学生,也不乏社会各界名人甚至国家政要。他们慕名而来,与马一浮以诗文、书法友会。马一浮的侄子马镜泉回忆说:"几乎天天都有朋友去蒋庄看望伯父。"(《我的伯父马一浮》)马一浮的《香严阁日谱》上记载最多的也是"几月几日,严不党、刘蕙孙来""几月几日,毅成来,留共饭,谈甚久"等内容。

1952年春天,上海市市长陈毅在浙江省文教厅厅长刘丹陪同下到西湖蒋庄拜访马一浮。碰巧主人正在午休,陈毅说不要惊动先生，稍后再登门。他们在花港公园内转了一圈后再来到马宅，马一浮仍未醒，家人看到外面正下着雨，便招呼客人进屋等待。陈毅推辞道："未得主诺，不便入内"，就在屋檐下伫候。马一浮起床后，知道有客来访，连忙请他们入内，才知道来的是陈毅。那次，宾主交谈甚欢。陈毅提出请马一浮任职于上海市文物管理委员会，他欣然答应。以后，陈毅来杭州，又多次到蒋庄探望，有时一谈就是大半天。马一浮还作诗一首赠送给陈毅："不恨过从简，恒邀礼数宽。林栖便鸟养，舆诵验民欢。皂帽容高卧，缁衣比授餐。能成天下务，岂独一枝安。"

周恩来也到蒋庄做过客。1957年4月，周恩来陪同苏联领导人伏罗希洛夫访问杭州。其间，周总理邀请客人一起去见马一浮，介绍说："马一浮先生是我国著名学者，是我国唯一的理学家。"来到兰陔别墅前，周恩来亲自叫门："马老在家吗？马老在不在家？"马一浮得知周总理来访，急忙下楼迎客。会见中，伏罗希洛夫问马一浮："您在研究什么？"回答："读书。"又问："现在做什么？"再答："读书。"

马镜泉回忆说："在一天的时间中伯父除了会友，干的最多的事情就是读书。伯父精通五国语言，常常伏案专心阅读外国原著。"（《我的伯父马一浮》）苏曼殊拜访过马一浮后，留下的印象是："此间有马处士一浮，其人无书不读，不慧曾两次相见，谈论娓娓，令人忘饥也。"马一浮真可谓"无书不读、无学不研"，他把"学无止境"做到了极致。贾平凹在一次访谈中说：

> 作为中国作家,中国各个时期的文学我仅浏览过一次而已,四书五经并没有读完。……有一年去杭州参观了马一浮故居,听介绍,说马一浮觉得要读书了,就上山三年不出来,我没有这个勇气啊!(引自裴钰《贾平凹:想改个笔名重新写作》)

然而风云变幻,"文化大革命"一开始,有人想起了西湖边的这个"封建遗老",冲进蒋庄,恣意毁坏马一浮收藏的珍贵典籍,责令马家限期搬出。之后,马一浮只能栖身于安吉路的一所陋屋。在搬出蒋庄的那天晚上,他一身单衣,独自凭倚临湖槛许久,时而望天长叹,时而凝视湖面,低头短嘘。后来,他听说李叔同的学生潘天寿在美院遭受非人待遇,连叹两声说:"斯文扫地,斯文扫地。"从此再不开口,一病不起。次年夏天,一代儒宗驾鹤西去。临死前,他以欹斜的笔迹,费力地写下了最后一首绝笔诗《拟告别诸亲友》:

> 乘化吾安适,虚空任所之。形神随聚散,视听总希夷。沤灭全归海,花开正满枝。临崖挥手罢,落日下崦嵫。

1973年,熬过了"文化大革命"的丰子恺,在胡治均的陪同下来杭凭吊马一浮故居。当他们走到花港观鱼的御碑亭附近时,丰子恺突然停步不前,对胡治均说:"我不去了,你去看看就来,我在此等你。"随后,又自言自语说:"人已不在世了,看又何益。"(胡治均《西湖忆游——追记丰子恺先生最后一次赴杭》)在那个年月,马一浮遭迫害而死，虎跑寺弘一大师的纪念塔也被拆毁，两位恩师前辈的遭遇，想必让七十五岁的老人起了世事无常的无限感伤。

四 李叔同与虎跑寺

1912年初秋的一个下午，西湖边景春园的茶楼上，从东京上野美术学校毕业回国的李叔同，边喝着清茶边眺望着对面的昭庆寺。秋风轻拂西湖柔柔的水波，湖面上舟船星星点点，此时的李叔同醉心的不是西湖的美景，而是坐落在西湖周围的那些佛寺。从他左边的昭庆寺数起，招贤寺、灵隐寺、虎跑寺、净慈寺，悠悠的钟声和僧侣诵经的声音，润泽着他的心灵。从此，李叔同与杭州结下了不解的尘缘，最终在虎跑寺走入了他向往已久的佛门圣地。

1902年，李叔同来过一次杭州。为了参加光绪二十八年的乡试，他在杭州住了一个多月。尽管他从小涉猎广泛，学业出众，十九岁便参加了上海的"城南文社"，所作诗文连得第一，但这次乡试却没有考中。1905年秋，李叔同登上了赴日本留学的轮船。

1912年，李叔同任教于浙江省立第一师范学校，教授音乐和绘画。在这里，他认识了影响他后来人生走向的好友夏丏尊。夏丏尊在学校里任舍监，兼授国文。李叔同长夏丏尊六岁，两人一见如故、情同手足。夏丏尊后来说："他的一言一行，随时都给我以启诱"，而夏丏尊的一言一行，又何尝没有深深地影响李叔同？

1913年的一天，为了躲避一个所谓的"社会名流"在学校的演讲，李叔同和夏丏尊在西湖三岛之一湖心亭品茗清谈。湖心亭，初名"振鹭"，始建于1552年，后来按照清代的清喜阁的样式重建，所以改称"清喜阁"。清代时这里的"湖心平眺"是著名的"钱塘十景"之一。虽然四周湖水碧波浩渺，群山环列如屏，两人却并非心旷神怡。原来夏丏尊正因为学生宿舍丢失了财物却找不到偷盗者而苦恼，于是随口对李叔同说：

"像我们这种人，出家做和尚倒是很好的。"

李叔同听了笑而不答。两人虽然情投意合，在教育思想上也有一种默契，但行为方式还是有差异。也许有些话在夏丏尊看来只是随口一说，解解心中郁闷，而李叔同则是一个万事皆认真的人。比如对学生的教育，他们的学生丰子恺有过这样的评说：

> 李先生一做教师，就把洋装脱下，换了一身布衣：灰色布长衫，黑布马褂，金边眼镜换了钢丝边眼镜。对学生态度常是和蔼可亲，从来不骂人。学生犯了过失，他当时不说，过后特地叫这学生到房间里，和颜悦色，低声下气的开导他。态度的谦虚与郑重，使学生非感动不可。记得有一个最顽皮的同学说："我情愿被夏木瓜骂一顿，李先生的开导真是吃不消，我真想哭出来。"原来夏丏尊先生也是学生所崇敬的教师，但他对学生的态度和李先生不同，心直口快，学生生活上大大小小的事情他都要管，同母亲一般爱护学生，学生也像母亲一般爱他，

深知道他的骂是爱。因他的头像木瓜，给他取个绰号叫做夏木瓜，其实不是绰号，是爱称。李先生和夏先生好像我们的父亲和母亲。（丰子恺《李叔同先生的教育精神》）

对于老师凡事认真的人生态度，丰子恺说：

> 弘一法师由翩翩公子一变而为留学生，又变而为教师，三变而为道人，四变而为和尚。每做一种人，都十分认真，十分像样。他的做人，好比全能的优伶，起老生像个老生，起小生像个小生，起花旦又很像花旦……都是"凡事认真"的原故。（丰子恺《为青年说弘一法师》）

有一次，夏丏尊在一本日本的杂志上看到了一篇名为《断食的修养方法》的文章。文章说断食是身心"更新"的修养方法，可以帮助改去恶习，生出伟大的力量，自古宗教上的杰出人物，如释迦、耶稣等都曾通过断食来修炼。文章还列出了断食过程中的种种注意事项和方法，继而介绍了一些专门讲断食的参考书。夏丏尊一时觉得有趣，就把文章推荐给了李叔同，还说："有机会最好把断食来试试。"

夏丏尊的所言所行只是一时的兴趣，说完便忘了，谁知李叔同一看文章便被迷住了，决心亲身躬行，通过断食来锻炼自己的身心。断食需要一处安静的地方，根据西泠印社社友叶品三的推荐，他选中了虎跑寺。

虎跑寺位于西湖西南隅的大慈山下，又叫定慧寺。这里群峰环峙，丛林莽莽，溪水淙淙，环境幽静，空气清新。寺院始建于唐元和十四年，宋代改名"法云祖塔院"。元代重建，恢复原名，明、清间经历了数次的摧毁重建，寺院的规模越建越大，最终形成现在的样子。

李叔同来到虎跑寺后，写了《断食日志》，详细地记录下自己的断食感受：

> 十二月一日，晴，微风，五十度。断食前期第一日。疾稍愈，七时半起床。是日午十一时食粥二盂，紫苏叶二片，豆腐三小方。……
>
> 二日，晴和，五十度。断食前期第二日……是日舌苔白，口内粘滞，上牙里皮脱。精神如常……
>
> 三日，晴和，五十二度……是晨觉饥饿，胸中搅乱，苦闷异常，口干饮冷水……

李叔同在虎跑寺的断食修炼十分顺利，第一周是半断食，第二周是全断食，第三周一反第一周的顺序而行之，效果良好。他在断食后，不但不觉得痛苦，反而觉得身心灵化，似有仙象，心气比平时更灵敏、畅达，有一种脱胎换骨般的感觉。于是，他根据老子"能婴儿乎"之意，改名为李婴。

李叔同原本只想通过断食来锻炼身心，并无其他期望。然而，在虎跑寺住了三个星期之后，他对僧人们的生活亲近起来。每当看到那些出家人从身边走过，他都会羡慕那种与世无争的神气。他也时常向和尚借来佛经阅读，试图从中寻觅另一种释然的人生，并自称为"欣欣道人"。李叔同从此迈出了他走向佛门的脚步。他在《我在西湖出家的经过》中写道：

> 杭州这个地方，实堪称为佛地，因为那边寺庙之多，约有两千余所，可想见杭州佛法之盛了。……我以前虽然从五岁时，即时常和出家人见面，时常看见出家人到我的家里念经及拜忏。而于十二三岁时，也曾学了放焰口，可是并没有和有道德的出家人住在一起，同时也不知道寺院中的内容是怎样，以及出家人的生活又是如何。这回到虎跑去住，看到他们那种生活，却很欢喜而且羡慕起来了。我虽然在那边只住了半个多月，但心里头却十分地愉快，……这一次，我之到虎跑寺去断食，可以说是我出家的近因了。

从虎跑寺断食回来不久便是春节，李叔同没有回上海看望家人，而是又回到虎跑寺去习静了。他已经被寺里的环境陶醉，有心成为一名佛门弟子。他在给在日本留学的学生刘质平的信中说："鄙人拟于数年之内，入山为佛弟子（或在近一两年亦未可知，时机远近，非人力所能定也）。现已络续结束一切。"为了尽快结束尘缘，他渐渐收缩了个人的生活范围。他原来在课外教丰子恺日文，如今请了夏丏尊接替；他的日本画家朋友来西湖写生，他也让丰子恺替他陪同。看到李叔同的举动，心里焦急的夏丏尊又随口说了一句："这样做居士究竟不彻底，索性做了和尚，倒爽快！"

李叔同听后又只是笑而不答。

1918年正月十五日，李叔同在虎跑寺拜了悟法师，行了皈依礼，取法名演音，号弘一。这一年的农历七月十三日，李叔同告别了任教的浙江省立第一师范学院，正式出家为僧，成了弘一法师。

李叔同出家的时候，夏丏尊已回老家上虞度假，当时并不知道。暑假结束后他跑到虎跑寺去看旧友，他已经是身披海青的和尚。面对好友，他仍是笑着说："昨天受剃度的。日子很好，恰巧是大势至菩萨生日。"

夏丏尊却急了："不是说暂时做居士，在这里住住修行，不出家的吗？"

"这也是你的意思，你说索性做了和尚……"

夏丏尊恍然大悟，当初自己一句随口说的话，到了李叔同那里都成了认真的。曾经的一句话让他在虎跑寺断食三周，沉浸于佛门的清净；如今又是一句话，让他了却了尘缘，皈依佛门。李叔同常对别人说："我的出家，大半由于这位夏居士的助缘。此恩永不能忘！"

夏丏尊这天在虎跑寺与弘一法师作别之时，和他相约：尽力护法，吃素一年。弘一法师只回答了四个字：阿弥陀佛。从此以后，夏丏尊再不敢跟李叔同开玩笑，他知道像李叔同这样的人，对任何事都是虔诚认真的。他的出家，他的弘法度生，都是他人生的夙愿使然，也是他应有的福德。作为好友应该替他欢喜，替众生欢喜才对，自认为对他负责任的规劝，不但是自寻烦恼，还可能是一种僭妄。

不过，这并不是每个人都能接受的。李叔同在天津的原配夫人得知他出家的消息后，自知已无法改变这一事实，只能默默流泪。他在上海的日籍夫人则跑到杭州当面劝说丈夫，但弘一法师只说了寥寥数语，送给往日情谊甚笃的妻子一块手表作为离别纪念，随后便坐上一叶轻舟离去，连头都没有回一次。他早已看破红尘，心中只剩下一方净土；而后，妻子回了日本，从此音讯全无。

世人多无法理解他的所作所为。人们都把出家当作无路可走时的最后选择，是一种苦难中的煎熬，而他却当作自己人生的追求。他对寂山长老说过："弟子出家，非谋衣食，纯为生死大事。"真可谓"别人笑我太疯癫，我笑他人看不穿。不见五陵豪杰墓，无花无酒锄作田"。

丰子恺对自己的老师的出家作了"三层境界说"的理解：

> 我以为人的生活，可以分作三层：一是物质生活，二是精神生活，三是灵魂生活。物质生活就是衣食，精神生活就是学术文艺，灵魂就是宗教。"人生"就是这样的一个三层楼。
>
> （丰子恺《我与弘一法师》）

丰子恺认为人生就是在爬这样一种楼，但不是每个人都能爬到顶，也不是每个人都要循层而上。他认为李叔同的升华道路就是从一楼循层而上到三楼。

弘一法师一直致力于编写、厘定、修补、校对佛经，并不断四处现身说法、讲说佛学。他写下了《南山律在家备览诸篇》《四分律比丘戒相对表》等佛学著作，创作了《三宝歌》《清凉歌》等经典的佛教歌曲，讲说《阿弥陀经》《律学要略》等。在清凉世界中他依然是炽热的灯芯，以己之躯，燃出大光明，普照众生。

1942年10月，弘一法师意识到自己将不久于人世，想起了当年跟老友夏丏尊说的话，要留一份遗书给他，于是写下：

朽人已于月日迁化。曾赋二偈，附录于后：
君子之交，其淡如水。执象而求，咫尺千里。问余何适，廓尔忘言。华枝春满，天心月圆。
谨达，不宣。
前所记月日，系依农历。又白。

这应该是我们见到的最为特别的一份遗书，是超脱，但又是何等情深。

1942年10月10日下午，在福建泉州不二祠晚晴室，弘一大师用颤抖的双唇对身边的妙莲法师说："妙莲，研些墨，我想写几个字……"妙莲将墨备妥，然后把大师扶下床。大师用尽最后的一点气力,写下了四个大字:"悲欣交集"。这是弘一大师最后的遗墨。妙莲法师在《晚晴老人生西后之种种》中记载了弘一法师火化时的情景:

> 事后即将灵骸遵遗命送开元承天二寺供养,……于百日内常念地藏菩萨,随于碎骨炭灰内拣选舍利,至百日拣去碎骨炭灰三分之二,得舍利一千八百余颗,舍利块五六百颗……

如今的虎跑寺,依然是难得的清净之地,进了寺门就是扑面的清静,似乎满山的风都在这院子里栖了下来。大门右侧一幢两层小楼,中西合璧式,白墙朱栏,门上挂着匾额,上书"弘一精舍"四字。那原是虎跑定慧寺的方丈楼,也就是弘一大师断食咏经之处。正对山门是一段长阶,拾级而上,大师的铜像就在石碑后的大殿中立着。这里现已成了弘一法师纪念馆。来自四面八方的游客,上香跪拜,于香烟袅袅中收获自己心中的那份"天心月圆"。

五　郁达夫的风雨茅庐

"不是樽前爱惜身,佯狂难免假成真。曾因酒醉鞭名马,生怕情多累美人。劫数东南天作孽,鸡鸣风雨海扬尘。悲歌痛哭终何补,义士纷纷说帝秦。"(郁达夫《钓台题壁》)在郁达夫众多优秀的古体诗词中，这首应该最能代表这位传奇作家的其人其志其情。讥刺时事，佯狂之中满怀忧伤愤世之情；多情才子，却一生风雨鸡鸣，难逃劫数。

1933年春，郁达夫带着有"杭州第一美女"之称的第二任妻子王映霞，迁居杭州。按他的意思，一来是为了躲避上海的各种压力。他在《迁杭有感》一诗中写道："冷雨埋春四月初，归来饱食故乡鱼。范雎书术成奇辱，王霸妻儿爱索居。伤乱久嫌文字狱，偷安新学武陵渔。商量柴米分排定，缓向湖塍试鹿车。"从诗中可以看出，他想要躲避上海的"文字狱"，企图找到一个偷安的"桃花源"。当时，郁达夫在上海加入"左联"，主编左翼刊物《大众文艺》，成为当时国民党特务所忌恨的人物。在王映霞的劝告下，他决意做一个离开战场的隐士。南社诗人柳亚子赠给郁达夫的诗也可为证："妇人醇酒近如何？十载狂名换苎萝。最是惊心文字狱，流传一叙已无多。"二来是郁达夫想换一个新的生活环境，找一个心灵依靠的归宿。他在《移家琐记》中说：

> 流水不腐，这是中国人的俗话，Stagnant pond，这是外国人形容固定的颓毁状态的一个名词。在一处羁住久了，精神上习惯上，自然会生出许多霉烂的斑点来。更何妨洋场米贵，狭巷人多，以我这一个穷汉，夹杂在三百六十万上海市民的中间，非但汽车，洋房，跳舞，美酒等文明的洪福享受不到，就连吸一口新鲜空气，也得走十几里路，移家的心愿，早就有了。

在1935年写的《住所的话》中他曾这样说：

> 自以为青山到处可埋骨的漂泊惯的流人，一到了中年，也颇以没有一个归宿为可虑；近年常常有求田问舍之心，在看书倦了之后，或夜半醒来，第二次再睡不着的枕上。尤其是春雨萧条的暮春，或风吹枯木的秋晚，看看天空，每会作赏雨茅屋及江南黄叶村舍的梦想；游子思乡，飞鸿倦旅，把人一年年弄得意气消沉的这时间的威力，实在是可怕，实在是可恨。

对于为什么选择杭州，郁达夫也有自己的理由：

> 若要住家，第一的先决问题，自然是乡村与城市的选择。以清静来说，当然是乡村生活比较得和我更为适合。可是把文明利器——如电灯自来水等——的供给，家人买菜购物的便利，以及小孩的教育问题合计起来，却又觉得住城市是必要的了。具城市之外形，而又富有乡村的景象之田园都市，在中国原也很多。北方的北平，就是一个理想的都城；南方则未建都前之南京，濒海的福州等处，也是住家的好地。可是乡土的观念，附着在一个人的脑里，同毛发的生于皮肤一样，丛长着原没什么不对，全脱了却也势有点儿不可能。所以三年之前，也是在一个春雨霏微的节季，终于听了霞的劝告，搬上杭州来住下了。（郁达夫《住所的话》）

对于郁达夫的迁居，包括鲁迅在内的许多朋友，都是力阻的，他们认为浙江的政治环境其实更为恶劣，迫害文人无所不用其极。鲁迅在给黄萍荪的一封信中说："仆为六七年前以自由大同盟关系，由浙江党部率先呈请通缉之人，'会稽乃报仇雪恨之乡'，身为越人，未忘斯意，肯在此辈治下，腾其口说哉。"不过，郁氏夫妇那时"移家心切，便也不去十分注意它"（王映霞《半生杂忆》），未听从友人劝告，执意前往。尔后，鲁迅又写了一首题《阻郁达夫移家杭州》的七律：

> 钱王登假仍如在，伍相随波不可寻。平楚日和憎健翮，小山香满蔽高岑。坟坛冷落将军岳，梅鹤凄凉处士林。何似举家游旷远，风波浩荡足行吟。

鲁迅诗的深意，郁达夫自是明白。但是，他和王映霞还是在杭州住了下来，在两年多后建起了他们期望能遮挡人间风雨的爱巢——"风雨茅庐"。建造一座属于自己的房子是郁达夫心中许久的心愿：

> 自家想有一所房子的心愿，已经起了好几年了；明明知道创造欲是好，所有欲是坏的事情，但一轮到了自己的头上，总觉得衣食住行四件大事之中的最低限度的享有，是不可以不保住的。我衣并不要锦绣，食也自甘于藜藿，可是住的房子，代步的车子，或者至少也必须一双袜子与鞋子的限度，总得有了才能说话。况且从前曾有一位朋友劝过我说，一个人既生下

了地,一块地却不可以没有,活着可以住住立立,或者睡睡坐坐,死了便可以挖一个洞,将己身来埋葬;当然这还是没有火葬,没有公墓以前的时代的话。(郁达夫《记风雨茅庐》)

1935年7月,郁达夫开始兴建新居,他原来的设想是:

> 地皮不必太大,只教有半亩之宫,一亩之隙,就可以满足。房子亦不必太讲究,只须有一处可以登高望远的高楼,三间平屋就对。但是图书室,浴室,猫狗小舍,儿童游嬉之处,灶房,却不得不备。房子的四周,一定要有阔一点的回廊;房子的内部,更需要亮一点的光线。此外是四周的树木和院子里的草地了,草地中间的走路,总要用白沙来铺才好。四面若有邻舍的高墙,当然要种些爬山虎以掩去墙头,若系旷地,只须植一道矮矮的木栅,用黑色一涂就可以将就。门窗当一例厚玻璃来做,屋瓦先钉上铅皮,然后再覆以茅草。(郁达夫《住所的话》)

不过,这应该只是诗人的率性之言。新家一经建起,还是"涂上了朱漆,嵌上了水泥"。建成后的新宅,由前屋和后院两部分构成,走进大门,两侧共有五六间平房。然后穿过天井,又见三间坐北朝南的正屋,正屋是一幢南向的三间平房,东西两间都是卧室,当中一间有后轩的是客厅,上首悬着一块写着"风雨茅庐"的横额,这是郁达夫亲自取名,马君武用"风痛的右手"写的。客厅的壁上四幅虎皮笺纸书成、配上四个乌木镜框的，是鲁迅为郁达夫移家题赠的那首诗。正屋与后院，用砖墙相隔，后院也建有三间平房，作书房和客房之用。当年孙百刚在回忆新居落成后不久去拜访时，是这样描述风雨茅庐的：

> 到门口一看：气势相当豪华。两扇大铁门敞开着，一条水泥铺道一直通进去。……我们先看南向的三间正屋。当中一间客厅，……客厅旁边东西两间都是卧室，开间相当宽阔，每间各有后轩。这里陈设的家具一律是新的，壁上挂的字画、镜屏，都是别人送的。……在东北角的水泥铺道，有一条支路引我们来到三间小屋。……由此折回出去，朝东沿铺道向前走，经过一重矮墙上开着的月洞门，出现一个小院子，点缀着一些假山石，摆着几盆养有金鱼的荷花缸。里面是朝南的两间，杭州人一般称为滴落轩的大花厅，外边一间比较大点的便是郁达夫的书房。三面沿壁，排列着落地高大书架，密密层层地放着近六、七千册的中、英、日、德、法各国文字的书籍。（孙百刚《郁达夫外传·风雨茅庐》）

虽然新家的规模已经超出了当初的设想，但郁达夫还是将其命名为"风雨茅庐"，也许是期待这座小院能为他遮挡艰难时世的风风雨雨，能让他在西子湖畔陪着美妻长相厮守。但风雨茅庐并没有给郁达夫带来好运。用他自己的话来说："一九三六年春天，杭州的风雨茅庐造成之后，应福建公洽主席之招，只身南下，意欲漫游武夷、太姥，饱采南天景物，重做些记游述志的长文，实就是我毁家之始。"（郁达夫《毁家诗纪》）

在另一篇《回忆鲁迅》中他说："我因不听他（指鲁迅）的忠告，终于搬到杭州去住了，结果竟不出他之所料，被一位党部的先生，弄得家破人亡。""他的忠告"，就是指挂在风雨茅庐客厅镜框内鲁迅的那首七律诗，这诗的意思，鲁迅也同郁达夫说过。诗中举钱镠、伍子胥、岳飞、林和靖四位古人，劝说郁达夫。可惜郁达夫没有听从鲁迅的忠告。风雨茅庐，没有成为郁达夫遮蔽风雨的温暖港湾，反而让他原本飘零的人生又多了几分飘零。

鲁迅的预言不幸而中。要说这一切，我们还得从一个人说起，那就是王映霞。她是风雨茅庐的另一个主人。

王映霞是郁达夫的第二任妻子。他们的相识始于一次意外相遇："他一进门就被她的美丽和光艳吸引住了。就像一个孤独的夜行者，在黑漆漆的、不辨方向的旷野中摸索走路时，忽而眼前一亮，看到了五彩缤纷的、美丽的光焰一样。于是他心头涌起一阵狂跳，于是他屏住呼吸，于是他两眼凝视着那灿若明灯的光焰。"这是桑逢康在《感伤的行旅——郁达夫》中，描述郁达夫在1927年1月14日第一次见到这素不相识的杭州女孩时的内心感受。

郁达夫对王映霞是一见钟情。据说他一见到她，就惊为"天人"，认为找到了自己的爱情。在郁达夫的日记中，可以看出他一触即发的浓烈的爱意：

> 从光华出来，就上法界尚贤里一位同乡孙君（孙百刚）那里去。在那里遇见了杭州的王映霞女士，我的心又被她搅乱了，此事当竭力的进行，求得和她做一个永久的朋友。中午我请客，请她们痛饮了一场，我也醉了，醉了，啊啊，可爱的映霞，我在这里想她，不知她可能也在那里忆我？（《郁达夫日记》之《村居日记》）

这位王映霞，原名金宝琴，自称为"上等人家小姐"（王映霞《致郁达夫》），有"杭州第一美女"之称。她不仅容貌艳丽迷人，在气质上也是一派新知识女性的豁达大方，令郁达夫为之倾倒。1927年6月5日，郁达夫不顾自己已有妻子，也不顾家人和友人的反对，毅然和比自己小许多的王映霞走到了一起。

郁达夫终于寻找到了他所认为的爱情的归宿。两情相悦，是天大的好事。但家里的妻儿也让郁达夫难以割舍，他最难处置的就是这种"终于两边都舍不得"的状况。他在1927年2月27日的日记中写道：

> 我时时刻刻忘不了映霞，也时时刻刻忘不了北京的儿女。一想起荃君（即第一任妻子孙荃）的那种孤独怀远的悲哀，我就要眼泪，但映霞的丰肥的体质和澄美的瞳神，又一步也不离的在追迫我。向晚的时候，坐电车回来，过天后宫桥的一刹那，我竟忍不住哭起来了。啊啊，这可咒诅的命运，这不可解的人生，我只愿意早一天死。

世事人情，总是那么难料。其实，在风雨茅庐动工不久，郁达夫便因受不了泥土砖瓦的干扰而离开王映霞和三个孩子，到福州漫游去了。随后又接受了福建省政府的委任，担任省府参议。当郁达夫得知风雨茅庐落成，从福建赶回杭州时，王映霞已经迁入新居。在风雨茅庐仅住了短短三天之后，郁达夫又赶往福州任职。后来，日本侵华的战火波及杭州，王映霞独自带着孩子离开风雨茅庐，四处逃难，最后在其弟和浙江教育厅厅长许绍棣的帮助下避难丽水。艰难时世的漂泊中，郁达夫没能陪伴在她的身边，王映霞依赖最多的是另一个男人——许绍棣。郁达夫在福州的工作并不顺利，后来因不断听到有关妻子婚外情的流言，悲愤羞愧之中，写下了这样的诗句：

> 贫贱原知是祸胎，苏秦初不慕颜回。九州铸铁终成错，一饭论交竟自媒。水覆金盆收半勺，香残心篆看全灰。明年陌上花开日，愁听人歌缓缓来。（郁达夫《毁家诗纪 十二》）

这段家务事的前后因果，究竟孰是孰非，何虚何实，至今众说纷纭，莫衷一是。但后来见诸报纸的结局是：两人争吵不断，一怒之下，王映霞离家出走，郁达夫则在《大公报》上登出了颇显荒唐的寻妻启事。至此，郁王之事闹得满城风雨。后来，在田汉、郭沫若等人的劝说下，郁达夫又在《大公报》上登出致歉启事，两人重归于好，并立下字据："从今以后，各自改过，各自奋发。""夫妇共同努力于圆满家庭生活之创造。"事情就此平息，但两人已是心存芥蒂，裂痕再难修复。

不久，郁达夫应《星洲日报》的邀请，举家迁往南洋，从此再未回过风雨茅庐。到了新加坡之后，郁达夫和王映霞的感情并未转好，最终彻底破裂。1939年3月5日，在香港出版的《大风》旬刊第三十期上，郁达夫将1936年春至1938年冬陆续写成的十九首诗和一首词加上"新注"，以《毁家诗纪》为题发表。这组诗词毫无保留地公开了二人婚变的内幕，更对王映霞"婚外情"进行了揭露和指责。《毁家诗纪》甫一发表便轰动国内外，成了压垮风雨茅庐的最后一根稻草。王映霞随即写下答辩文和长信，同样刊登在《大风》上予以还击。《大风》成为他们厮杀恩怨情仇的阵地，也成为埋葬他们爱情和家庭的坟墓。

1940年3月，郁达夫与王映霞正式宣布离婚，并在报纸上各自登出启事。郁达夫称，两人脱离关系后，王氏一切活动均与他无涉，王映霞则在启事中竭力打击、指责对方"年来思想行动，浪漫腐化，不堪同居"（王映霞《离婚启事》）。见证他们爱情的风雨茅庐，在精神意义上彻底倒塌，怎不让人摇头叹息？两年后，1942年4月，三十五岁的王映霞重披嫁衣，再做新娘，在盛大的婚礼上春风得意。而此时，四十六岁的郁达夫正改名换姓，在苏门答腊的蛮荒之地风餐露宿，躲避日本侵略军的搜捕追杀。两相对照，令人不免哀痛难禁。

1945年9月17日，郁达夫因汉奸告密被捕，被日本宪兵秘密杀害于印度尼西亚的丹戎革岱，年仅四十九岁。死前，他曾有一篇遗言:"余年已五十四岁,即今死去,亦享中寿。天有不测之云,每年岁首,例作遗言,以防万一。……国内财产,有杭州官场弄住宅一所,藏书五百万卷,经此大乱,殊不知其存否。国内有三子,飞、云、均,虽无遗产,料已长大成人,地隔数千里,欲问讯亦未由及也。……乙酉年元旦。"郁达夫至死还惦记着他的风雨茅庐。

其实,郁达夫在风雨茅庐仅仅只住过三次,前后加起来不足一个月。他辗转四方,浪迹海外,最终客死他乡。他离世五十五年后,王映霞逝世于故里杭州。官场弄的风雨茅庐仍在,两位主人却都已作古。两人围绕风雨茅庐的恩恩怨怨、情爱纠葛,如今还不时被人翻出。无论怎样,风雨茅庐里记载的故人故事、文学经典,还是值得记忆珍藏的。这已经与是非对错无关了。